니꼴라이 고골
(Nikolai Gogol)

블라지미르 나보꼬프 (Vladimir Nabokov) | 김문황 번역

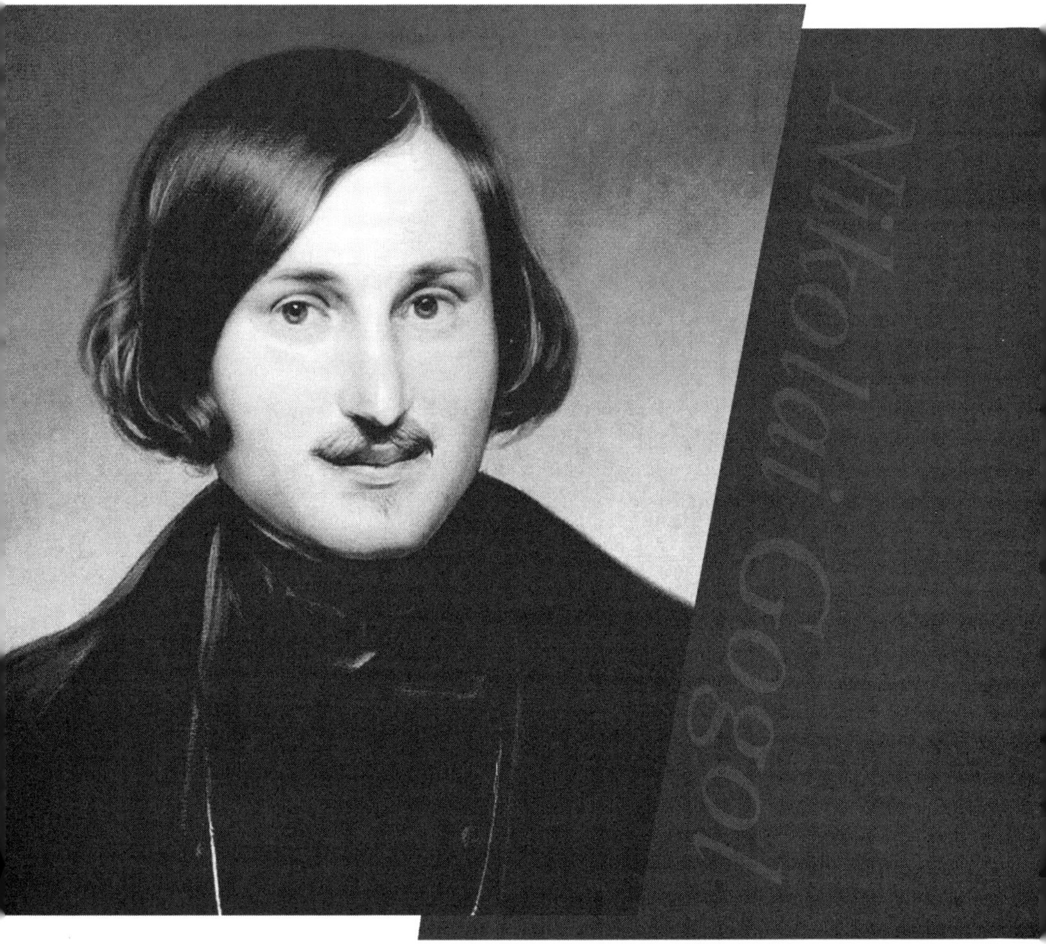

충북대학교 출판부

니꼴라이 고골 *(Nikolai Gogol)*

저　　자 | Vladimir Nabokov
역　　자 | 김 문 황
발행처 | 충북대학교 출판부
발행인 | 김 수 갑
주　　소 | 28644 충북 청주시 서원구 충대로 1(개신동)
전　　화 | (043) 261-2952, 3014
팩　　스 | (043) 274-1256
이메일 | presscbu@chungbuk.ac.kr
등　　록 | 제1983-2001-7호
초판1쇄 | 2021.03.20
인쇄처 | 다해(02-2266-9247)

* 이 저서는 2020학년도 충북대학교 국립대학 육성사업에 의하여 지원 발행되었음.

ISBN 978-89-7295-516-0　93890

값 28,000원

일러두기

* 『Nikolai Gogol』에 등장하는 러시아인들의 이름과 작품명을 모두 러시아어로 바꿔 전사했고, 약 330개의 역주를 사용해 상세한 해설을 추가했다.
* 러시아어는 오늘날 영어, 중국어, 독일어, 일어, 프랑스어, 스페인어 등 대부분의 외국어를 전사할 때 사용하는 방식과 동일하게, 즉 원어에 가깝게 '소리 나는 대로' 표기했다. 다만 오랫동안 습관적으로 사용했던 모스크바, 우크라이나 등 일부단어만 옛 방식으로 표기했다.
* 도서명은 『 』, 신문과 잡지명은 « », 그리고 인용문은 " "를 사용했다.
* 저자는 독자들의 이해를 돕기 위해 ( ) 또는 [ ]를 사용하여 단어, 문구, 그리고 문장을 첨가했다. 역자는 혼란을 최소화하기 위해 이 괄호들을 ( )로 통일했다. 그런데 문장 내에서 ( )가 중복적으로 사용될 경우 ( )대신 [ ]를 사용했다.
* 저자는 자신이 강조하려는 단어와 문구를 ' ', **고딕체**, *이탤릭체*, 또는 대문자로 처리했다. 역자는 혼란을 최소화하기 위해 이를 ' '로 일괄처리하고 괄호 안에 러시아어, 영어, 프랑스어, 독일어, 또는 스페인어를 병기했다. 그리고 역자가 중요하다고 생각하는 극히 일부 단어와 문구도 ' '로 처리했다.
* 독자들의 이해를 돕기 위해 역자는 http://www.yandex.ru/image에서 제공한 사진과 삽화 17개를 추가했다.
* 끝으로 『Nikolai Gogol』를 번역하는 과정에서 나보꼬프의 문체를 가능한 덜 훼손시키려고 노력했다.

니꼴라이 고골
(Nikolai Gogol)

블라지미르 나보꼬프 (Vladimir Nabokov)

/ **김문황** 번역 /

목 차

작가소개 7

역자소개 11

역자의 글 13

고골의 『광인일기』 중에서 15

1. 그의 죽음과 청년기 (His Death and His Youth) 19

2. 『검찰관』 (*The Government Spector*) 63

3. 우리의 Mr. 치치꼬프 (Our Mr. Chichikov) 99

4. 교사와 안내자 (The Teacher and Guide) 165

5. 가면의 극치 (The Apotheosis of a Mask) 197

6. 해설 (Commentaries) 215

7. 연보 (Chronology) 223

작가소개 | *Владимир В. Набоков*

러시아가 낳은 20세기의 위대한 작가 블라지미르 나보꼬프(Владимир В. Набоков, 1899~1977)는 쌍뜨 뻬쩨르부르그의 명문귀족 가문에서 태어났다. 그의 부친은 러시아제국에서 장관을 역임했던 인물이다. 어린 시절부터 영어와 프랑스어를 배우며 외국어와 문학에 흥미를 느낀 나보꼬프는 1916년에 첫 시집을 발표했다. 1917년 볼셰비키혁명이 발발하자 그의 가족은 영국으로 망명했고, 그는 1919년 케임브리지 대학에 입학하여 영문학과 프랑스문학을 전공했다.

1921년 졸업하고 이듬해 가족과 함께 베를린으로 이주했다. 1922년 소련당국에 의한 부친의 피살과 2차 세계대전 중 나치에 의한 동생의 죽음에 충격을 받은 후, 그는 평생 동안 자신의 작품에서 정치와 사회문제를 다루지 않겠다고 결심한다. 1922년부터 블라지미르 시린[1]이라는 필명으로 집필활동을 시작한 그는 이듬해 첫 희곡 『방랑자, Скитальцы』를

---

1) 역주: 시린(Сирин)은 러시아 민간전설에 나오는 괴조(怪鳥)이다. 몸뚱이는 새인데 얼굴은 여자의 모습을 하고 있다. 고골이 'V. 알로프'(В. Алов)라는 필명을 사용한 것처럼 나보꼬프도 '블라지미르 시린'이라는 필명을 사용했다.

발표했다. 그는 영어와 러시아를 가르치며 번역(프랑스어를 러시아어, 영어를 러시아어로, 그리고 러시아어를 영어로 번역), 테니스코치, 체스게이머 등으로 생계를 꾸려나갔다. 그는 최초로 러시아어 퍼즐게임을 만든 인물이다. 1925년 변호사의 딸 베라 슬로님과 결혼하고 이듬해 발표한 장편 『마쉔까, Машенька』[2]로 문학적 명성을 얻게 된다. 1937년 파리로 거처를 옮긴 후 장편 『재능 Дар』(1938)[3]을 포함한 다수의 작품을 발표했다. 1939년에는 프랑스어로 쓴 첫 단편 『Mademoiselle O』를 발표했다.

1940년 나치가 파리를 침공하자 미국으로 이주했다. 1941~1948년 매사추세츠에 있는 웨슬리대학에서 러시아문학과 유럽문학(영문학, 불문학, 독문학, 스페인문학)을 강의했다. 1941년 포스트모더니즘 경향의 장편 『The Real Life of Sebastian Knight』[4]를 발표했다. 1944년 고골의 생애와 작품을 통섭해서 다루고 있는 비평서 『Nikolai Gogol』을 발표했다. 19세기 사실주의비평가들이 주장한 고골비평을 조목조목 따지며 반박하는 내용을 담고 있는 이 비평서는 비평계에 돌풍을 일으켰고, 러시아문학계에서 고골을 재해석하는 기폭제가 되었다. 1948년 코넬대학 러시아어문학과로 이직했다. 나비에 관심이 많았던 그는 하버드대학 동물박물관에서 연구원으로 활동하며 나비에 관한 2편의 논문도 발표했다. 1955년 장편 『Lolita』[5]를 발표하여 큰 성공을 거두었고, 1957년 장편 『Pnin』[6]을 발

---

2) 역주: 나보꼬프의 잃어버린 어린 시절을 다루고 있는 작품이다.

3) 역주: 러시아어로 쓴 그의 마지막 소설이다. 시인 고두노프-체르드인쩨프를 통해 망명작가들의 암울한 의식을 묘사한 자전적 작품이다.

4) 역주: 작가 세바스찬 나이트의 동생 브이와 세바스찬 나이트의 애인 니나의 여자 친구 르서프가, 마치 체스판의 나이트(knight)를 가지고 게임을 하듯 고인이 된 세바스찬 나이트의 생전의 삶을 파헤치는 작품이다. 나보꼬프 문학세계의 특징이 잘 드러난 작품이다.

5) 역주: 이 작품은 출판초기 포르노소설로 간주되어 미국에서 3년 동안 출판과 판매가 금지되었다. 언어의 마법사인 나보꼬프가 미국인들에게 익숙한 장면들을 '낯설게하기 기법'으로 묘사한 포스트모더니즘 경향의 작품이다. 그는 이 작품에 대해 다음과 같이 말했다. "나는 교훈적인 소설을 쓰는 작가가 아니다. 주인공 롤리타를 구속할 도덕과 윤리

표했다.

1959년 코넬대학 교수직을 사임하고 이듬해 스위스로 이주했다. 스위스에 여동생이 살고 있었기 때문이다. 그리고 1977년 7월 2일 스위스 몽트뢰에서 사망할 때까지 호텔에서 생활하면서 집필활동을 계속했다. 스위스에서 발표한 작품으로는 장편 『Pale Fire』(1962)[7], 뿌쉬낀의 『예브게니 오네긴 Евгений Онегин』에 방대한 주석을 달아 번역한 『Eugene Onegin』(1964), 단편집 『Speak, Memory』(1966)[8] 그리고 『Ada』(1969)[9] 등을 꼽을 수 있다. 그가 사망하고 4년이 지난 1981년에 자신이 웨슬리대학과 코넬대학에서 강의했던 내용을 묶은 『Lectures on Russian Literature』가 발행되었다. 이 작품에는 그가 좋아했던 고골, 도스또옙스끼, 똘스또이, 그리고 체홉의 주요작품에 대한 분석이 들어있다. 그리고 뚜르게네프와 고리끼의 일부 작품[10], "속물과 속물근성", 그리고 "번역의 예술"에 대한 단문(短文)도 포함되어 있다.

그는 조국을 떠나 망명지에서 영어로 작품을 쓰면서 자신의 어린 시절 향수를 저버리지 않은 작가이며, 평생 동안 러시아어에 대한 사랑과

는 존재하지 않는다. 나에게 소설은 내가 미학적인 기쁨이라고 명명한 것을 나에게 제공할 때만 존재한다."

* 낯설게하기 기법(остранение)은 친숙하고 일상적인 사물이나 개념을 낯설게 하여 독자로 하여금 새로운 느낌이 들도록 표현하는 기법인데, 러시아 언어학자 빅또르 쉬끌롭스끼(Виктор Б. Шкловский, 1883~1984)가 주창했다.

6) 역주: 외국인 관점에서 미국학생들과 미국학계를 조명하고 있는 작품이다.

7) 역주: 망명 작가가 망명지에서 체험한 것을 다루고 있는 작품이다.

8) 역주: 어린 시절 뻬쩨르부르그 인근 영지에서의 삶을 묘사하고 있는 회고록 모음집이다. 그는 이 회고록에서 다음과 같이 말하고 있다. "오랫동안 내가 간직해온 러시아에 대한 향수는 잃어버린 영지와 재물에 대한 슬픔이 아니라, 잃어버린 어린 시절에 대한 사무치는 그리움이다."

9) 역주: 이 소설은 영어로 집필되었는데 러시아어와 프랑스어도 광범위하게 사용되고 있다. 서류상 남남이지만 실제로는 남매지간인 주인공 '바나'와 '아다'의 어린 시절부터 노인이 될 때까지의 사랑을 다루고 있는 작품이다.

10) 역주: 나보꼬프는 뚜르게네프(Иван С. Тургенев, 1818~83)와 고리끼(Максим Горький, 1868~1936)를 평범한 작가로 간주했다.

자부심을 마음속에 품고 살았던 작가이다. 『Lolita』에 대한 작품평에서 그는 다음과 같이 말했다. "2류 브랜드인 영어 때문에, 러시아어로 자연스럽게 그리고 풍부하게 표현할 수 있는 '불가사의한 거울', '벨벳', '배경에 암시된 연상' 등과 같은 표현들을 버려야한다는 것이 비극이었다." 고골처럼 언어의 마법사인 그는 예술세계에 침몰하여 현실세계와 환상세계를 넘나들며, 언어유희와 수수께끼 같은 퍼즐이 난무하는 작품을 집필한 '20세기의 고골'인 것이다.

역자소개 | 김 문 황

1956년 부산에서 태어나 서울고를 거쳐 한국외국어대학교 러시아어과를 졸업했다. 1985년 American University 국제지역학대학원에서 러시아지역학 석사과정을 수료한 후, Michigan State University 슬라브어문학대학원에서 러시아문학 석사와 박사학위(고골 전공)를 수여했다. 한국외국어대학교와 서울대학교 노어노문학과 강사를 거쳐 충북대학교 러시아 언어문화학과에 재직하고 있으며, 2008~2009년 한국노어노문학회 회장을 역임했다.

주요 저서 및 역서로 『고대러시아문학사』, 『근대러시아문학사』, 『현대러시아문학사』, 『20세기말현대러시아문학사』, 『러시아 문학감상』, 『톨스토이 단편선』, 『검찰관』, 『따라스 불바』 등이 있다. 그리고 고골과 관련된 다수의 논문을 집필했다. "고골 비평의 변화에 관한 연구", "레알리즘으로 바라본 고골 문학세계의 모순", "고골 문학세계에 반영된 여성관과 미학세계", "The Flow of Russian Critics' Reinterpretation of Gogol in the Beginning of the Twentieth Century", "『이반 이바노비치와 이반 니끼포로비치가 어떻게 싸웠는가에 관한 이야기』에 반영된 고골 문학세계", "고골 작품세계에 표출된 악마의 형상", "고골의 『검찰관』에 나타난 상징적 테마: 종교적 상징의 함의", "고골의 『코』에 나타난 심리학과 환상적 낭만주의", "『친구들과의 서신교환선』에 나타난 고골 사상", "고골과 환상적 낭만주의", "고골의 『따라스 불바』 연구: 의도적 변형", "고골의 『외투』와 『광인일기』 비교연구", "고골의 『죽은 혼』 연구", "고골의 『마차』 연구", "고골의 『옛 기질의 지주』 연구", "고골의 『비이』 연구: 현실과 환상세계의 유동", "고골의 『소로친스까야 정기시장』 연구".

역자의 글

1994년 고골전공으로 박사학위를 받고, 충북대학에서 강의와 연구를 시작했다. 그리고 고골의 작품과 생애를 다루고 있는 『Nikolai Gogol』 번역에 착수했다. 꼭하고 싶었던 작업이었다. 이 비평서는 19세기 사실주의비평가들이 주장한 고골비평을 조목조목 따지며 반박하는 내용을 담고 있다. 1944년에 출판된 이 작품은 비평계에 돌풍을 일으켰고, 러시아문학계에서 고골을 재해석하는 기폭제가 되었다.

그런데 이 작품에는 생경한 외국어, 사전에도 안 나오는 정체불명의 단어, 난해한 표현, 문법에도 맞지 않는 문장, 그리고 내용과 관련이 없는 엉뚱한 문장 등이 난무하고 있다. 나보꼬프와 고골은 불가분의 관계라고 주장했던 비평가들의 말이 떠올랐다. 러시아에서 가장 난해한 천재작가 고골의 기묘한 작품을 읽고 있는 것 같은 착각이 들었다. 고골을 빼닮은 또 다른 천재작가라는 생각도 들었다. 그리고 명저인데도 불구하고 그동안 아무도 번역하지 않은 이유를 짐작할 수 있었다.

너무나 어려웠다. 그래서 시작한지 3년 만에 번역을 접었다. 그리고 20년 동안 강의를 하면서 고골연구에 몰두했다. 2018년 번역작업을 재개했다. 결코 쉽지 않은 작업이었다. 처음 착수한지 25년 만에, 은퇴를 1년 남겨놓은 시점에 번역을 마무리할 수 있었다. 『Nikolai Gogol』이 출판된 지 76년 만에 한국어번역판이 완성된 것이다.

1장은 고골의 죽음, 청년기, 독일여행, 그리고 『지깐까 근교 농가의 야회』의 일부작품을 다루고 있다. 2장은 『검찰관』을, 3장은 '뽀쉬로스찌'와 『죽은 혼』 1부를 다루고 있다. 4장은 유럽여행, 로마에서의 생활, 『친구들과의 서신교환선』, 팔레스타인 순례여행, 그리고 『죽은 혼』 2부를 다루고 있다. 5장 "가면의 극치"는 고골의 최고걸작인 『외투』를 심도 있게 분석하고 있다. 끝으로 6장 "해설"에서는 7장 "연보"가 실리게 된 사연이 담겨있다.

고골의 생애와 작품을 통섭하여 다루고 있는 『Nikolai Gogol』을 통해 독자들은 고골의 문학세계뿐 아니라 나보꼬프의 문학세계도 이해할 수 있을 것이다. 이 책은 고골과 나보꼬프뿐 아니라 러시아문학에 관심이 있는 연구자들, 학생들, 그리고 일반인들에게 큰 도움을 줄 것으로 사료된다. 힘들었지만 보람 있는 작업이었다. 온갖 식물과 동물의 천국이며 한밤중 빛나는 별을 헤아릴 수 있는 아름다운 인경리 전원마을 이웃들과 김태옥 교수의 소박한 응원에 깊은 감사를 드린다.

2021. 01.
인경리 전원마을에서

고골의 『광인일기』 중에서[11)]

"아니야, 나는 더 이상 참아낼 힘이 없다. 맙소사! 그들이 나에게 무슨 짓거리를 하고 있나! 그들이 내 머리에 찬물을 들이붓다니! 그들은 내게 관심도 없고, 쳐다보지도 않고, 내 말을 듣지도 않는다. 도대체 내가 그들에게 무슨 짓을 했단 말인가? 그들은 무슨 연유로 나에게 고통을 가하고 있는 것일까? 난 아무 것도 가진 것이 없다. 나는 힘도 없고, 이 모든 고통을 견뎌낼 수도 없다. 내 머리가 타 들어간다. 그리고 내 앞에 있는 모든 것들이 빙글빙글 돌아간다. 나를 좀 살려줘요! 나를 데려가 줘요! 내게 삼두마차를 줘요! 마차에 질풍처럼 질주하는 세 필의 말을 달아서! 올라타라, 내 마부야! 울려 퍼져라, 내 작은 방울아! 힘차게 달려라, 말들아! 그리고 나를 이 세상 밖으로 데려가라! 더 멀리, 아주 멀리, 아무 것도 보이지 않을 때까지. 저기 내 앞에 하늘이 소용돌이치며 올라간다. 저 멀리 작은 별들이 반짝인다. 숲이 시커먼 나무와 달과 함께 질주한다. 회청색 안개가 발밑에 펼쳐진다. 현악기 소리가 안개 속에 울려 퍼진다. 한쪽 편에 바다가 보이고, 반대편에 이탈리아가 보인다. 그리고 저쪽에 러시아 농가가 눈에 들어온다. 저 멀리 흐릿하게 보이는 것은 바로 나의 집이 아닌가? 창가에 앉아 계신 분은 나의 어머니가 아닌가? 어머니, 당신의 가련한 아들을 살려주세요! '그의' 병든 머리에 눈물 한 방울 흘려주세요! 보세요, 사람들이 얼마나 그를 괴롭히는지! 이 가련한 고아를 당신의 가슴에 끌어안아주세요! 그는 이 세상에 몸 둘 곳조차 없습니다! 사람들이 그를 몰아내고 있어요! 어머니! 당신의 병든 아이를 불쌍히 여

---

11) 역주: 나보꼬프가 『광인일기 Записки сумасшедшего』의 마지막 단락을 번역하여 『니꼴라이 고골』에 실은 글이다. 나보꼬프는 광인 뽀쁘리쉰의 마지막 외침을 고골의 사망 직전 상황과 유사하다고 판단한 것 같다.

겨 주세요! 그런데, 여러분은 알제리 총독의 코 밑에 혹이 자라고 있는 것을 아십니까?"

1.

그의 죽음과 청년기

(His Death and His Youth)

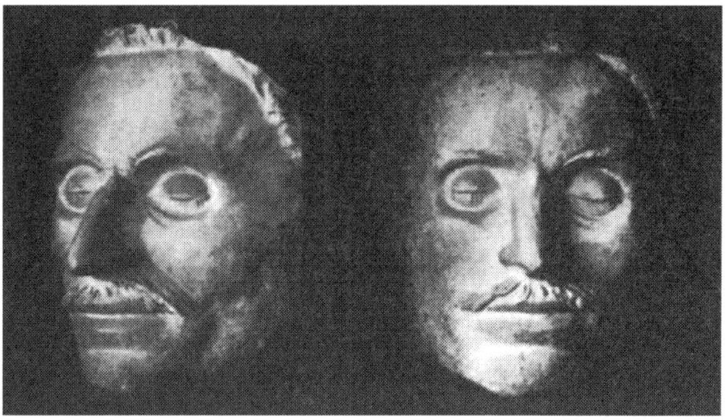

고골 사망 직후 제작한 얼굴 석고상

1.

러시아가 낳은 가장 난해한 산문작가 니꼴라이 바실리예비치 고골(Николай Васильевич Гоголь, 1809~52)은 1852년 3월 4일 목요일 아침 8시경, 모스크바에서 사망했다. 당시 그의 나이는 43세였는데, 19세기 전반기의 위대한 러시아 작가들의 터무니없이 짧았던 수명을 고려할 때 비교적 오래 살았다고 볼 수 있다. 스스로 선택한 단식의 결과로 (심각한 우울증을 앓고 있던 그는 단식을 통해 악마에게 대항하고자 했다.) 발생한 극도의 체력저하는 급성뇌빈혈을 초래했다. (아마도 영양실조로 인한 위염도 동반했을 것이다.) 그가 받은 치료법인 강력한 변통(便通)과 방혈(放血)은 말라리아와 영양실조의 여파로 이미 심각하게 손상된 유기체의 죽음을 앞당겼다. 극악무도할 정도로 원기가 왕성한 몇몇 의사는 고골을 일반적인 광인환자로 취급했다. 그들은 허약해진 고골의 체력을 회복시키려는 노력은 하지 않고, 먼저 광기의 주원인을 제거하려는 엉뚱한 시도를 감행했다. 15년 전쯤 결투에 의해 복부에 총탄이 박힌 뿌쉬낀[12)]은 변비에 걸린 어린아이들을 치료하는 데나 적합한 의료시술을 받았다. 당시에는 유능한 러시아의사들을 양성하기 위한 의학전문기관이 설립되고 있는 과정이었기 때문에, 형편없는 독일인과 프랑스인 이류의사들이 러시아 의학계를 주름잡고 있었다.

라틴어 의학용어도 제대로 알지 못하는 덩치가 큰 배불뚝이 의사들이 몰리에르의 『우울증 환자』를 관람하던 중, 몰리에르가 소란스런 연극무대에서 갑자기 선홍빛 피를 토하는 것을 보자 한껏 웃던 웃음을 멈추었다.[13] 고골이 의사들에게 마지막으로 평온하게 내버려달라고 애원했을 때, 그들은 가련하고 연약한 고골의 육체를 말로 표현할 수 없을 정도로 끔찍하게 그리고 그로테스크하게 다루었다. 샤르코[14]가 주장한 정신분열환자 치료법에 확신을 갖고 있는 의사 오베르(Dr. Auvers 또는 Dr. Hovert)는 고골의 증세를 오진하고, 침상에 누워있는 고골의 코에 토실토실한 거머리 6마리를 붙인 후 그를 따듯한 욕조 안으로 밀어 넣고 머리에 찬물을 끼얹었다. 고골의 연약한 몸뚱이가 움푹 파인 나무욕조에 처박혔을 때, 그는 신음소리를 내며 미약하게나마 몸부림쳤다. (당신은 척추가 위장을 관통하는 것을 느낄 수 있을 것이다.) 알몸 상태로 고골이 다시 침상에 눕혀졌을 때, 그는 전율하며 거머리를 떼어달라고 간청했다. 고골의 코에 매달린 거머리들은 그의 입술을 헤집으며 들쑤시고 있었다. ("거머리들을 제거해 줘요! 제발 거머리를 떼어내 줘요!"라고 고골이 애원했다.) 고골이 자신의 손으로 거머리를 떼어내려고 난리를 치자, 뚱뚱한 오베르 박사의 건장한 조수가 그의 양손을 꽉 붙잡았다.

---

12) 역주: 뿌쉬낀(Александр С. Пушкин, 1799~1837)은 1837년 2월 8일 네덜란드 대사의 양아들 단테스와의 결투에서 큰 부상을 입고 2월 10일 사망했다.

13) 역주: 장-밥티스트 포쿠엘린(Jean-Baptiste Poquelin)이 본명인 몰리에르(Moliere, 1622~73)는 17세기 프랑스의 유명한 희극작가이자 배우이다. 그는 1673년 2월 17일 저녁 자신의 마지막 작품인 『우울증 환자 Le Malade Imaginaire』의 네 번째 공연 중 무대에서 각혈을 하고 쓰러졌고, 그날 밤 사망했다. 당시 고골의 긴박한 상황을 공연 중 쓰러진 몰리에르의 상황에 빗대어 표현한 것이다.

14) 역주: 샤르코(Jean Martin Charcot, 1825~93)는 19세기 프랑스의 유명한 신경정신과 의사이다.

불쾌감을 유발하는 이 장면에는 필자가 개탄하며 감정에 호소하는 측면이 다소 내포되어 있다. 그런데 천재성을 부여받고 태어난 고골의 기이한 신체적 특성을 살펴보기 위해 그의 신체부위를 조금 더 상세히 묘사할 필요가 있다. 고골의 '배'(belly)는 그의 작품의 '아름다움'(belle)이며, 그의 코는 그의 작품의 '연인'(beau)이다. 그의 위(胃)는 그의 '가장 고귀한 내부기관'(noblest inner organ)이었는데, 이제 그의 위는 사실상 소멸되었고 대신 악마들이 그의 콧구멍에 대롱대롱 매달려 있었다. 죽기 몇 달 전부터 그는 철저하게 금식했고, 그 결과 한때 그의 위가 축복 받고 누렸던 경이로운 소화능력은 완전히 파괴되어버렸다. 삐쩍 마른 왜소한 체구이지만, 고골만큼 엄청난 양의 마카로니를 흡입하거나 체리파이를 먹어치운 사람은 없었다. (독자들은 이름에 언어유희를 사용한 『검찰관 Ревизор』(1836, 1842)의 등장인물 도브친스끼와 보브친스끼의 외모를 고골이 '토실토실하게 살찐 작은 배'(plump little tummies)라고 표현했던 것을 기억할 것이다.) 고골의 큼직하고 뾰족한 코는 워낙 길어서 이리저리 움직일 수 있었다. 젊은 시절에 고골은 마치 신체를 마음대로 구부릴 수 있는 아마추어 곡예사처럼 코끝과 아랫입술을 맞닿게 할 수도 있었다. 그의 코는 자신의 신체기관 중에서 가장 예민하고 중요한 기관이었다. "그의 코는 너무나도 뾰족하고 길기 때문에 만일 '손가락 튕기기'(chiquenaude)로 침입자(코)를 쫓아내지 않는다면, 아무런 도움도 없이 스스로 작은 코담배 박스를 뚫어 버릴 수도 있었다." (고골이 어떤 젊은 숙녀에게 보낸 편지에서 이런 표현을 사용하고 있는데, 여기서 능글맞은 그의 성격을 엿볼 수 있다.) 우리는 그의 환상적인 작품을 통해 코에 관한 라이트모티프[15]를 발견할 수 있다. 고골처럼 음식냄새를 맡거나, 재채기를 하거나, 코를 고는 행위를 묘사한 작가는 거의 찾아볼 수 없다.

---

15) 역주: 라이트모티프(leitmotiv)는 의미심장한 문구나 상투적인 이미지 등을 반복하여 묘사하는 문학기법이다.

고골의 작품에는 이런 저런 주인공들이 또는 주인공의 코가 마차를 타고 다닌다. 다시 말해 주인공의 코가 마치 로렌스 스턴의 『신사, 트리스트럼 섄디의 생애와 의견』에 등장하는 낯선 인물 슬라켄베리우스처럼 마차를 타고 다닌다는 것이다.[16] 그리고 코담배를 들이마시는 향연도 펼쳐진다. 『죽은 혼 Мёртвые души』(1842)의 주인공 치치꼬프가 손수건을 사용하여 코를 풀 때 돌풍과도 같은 깜짝 놀랄만한 트럼펫 소리가 터져 나오기도 한다. 콧물이 떨어지고, 코가 씰룩거리고, 코들이 사랑스럽게 또는 거칠게 다루어진다. 어떤 술주정뱅이는 다른 사람의 코를 면도칼로 '잘라낸다.'(saw off)[17] 그리고 어떤 광인[18]은 달에 코들이 거주하고 있다는 것도 발견한다.

이처럼 코에 대한 고골의 자의식은 이 신체기관에 대한 진정한 찬가인 『코 Нос』(1836)라는 작품을 탄생시켰다. 프로이트 학설에 동조하는 비평가들은 온통 뒤죽박죽인 고골의 문학세계에 등장하는 인물들의 속과 겉이, 또는 위와 아래가 뒤집혀져 있다고 주장한다. (고골은 1841년 파리 의사협회가 자신의 위(胃)의 위아래가 뒤집혀 있는 것을 발견했다고 선언했다.) 그 결과 그의 코는 다른 신체기관에 의해 작동을 할뿐 아

16) 역주: 『코 Нос』에 등장하는 꼬발레프 소령의 코가 관리로 위장하고 마차를 타고 가는 장면을 언급한 것이다. 로렌스 스턴(Lawrence Sterne, 1713~68)은 아일랜드 출신 영국 소설가로 고골처럼 상식을 벗어난 괴팍한 작가로 알려져 있다. 그의 대표작 『신사, 트리스트럼 섄디의 생애와 의견 The Life and Opinions Tristram Shandy, Gentleman』(1759~67)은 총 9권으로 구성되어 있는 미완성작품이다. 1권은 명목상 주인공인 트리스트럼 섄디의 수태, 3권은 그의 탄생, 그리고 6권은 그의 유년기를 다루고 있다. 그런데 작가는 섄디의 일상과 사고는 전혀 다루지 않고 자신의 기발한 문학기법과 일탈만을 제공한다. 따라서 독자는 작가가 무엇을 이야기하려는지 감을 잡을 수가 없다. 3권과 4권에는 독일인 하펜 슬라켄베리우스(Hafen Slawkenbergius)가 가상의 작가로 등장한다. 유난히 긴 코를 갖고 있는 그는 코와 관련된 주제에 대해 대단한 권위를 갖고 있는 인물이다.

17) 역주: 단편 『코 Нос』의 첫 장면에서 이발사 이반 야꼬블레비치(Иван Яковлевич)는 면도를 하다 실수로 주인공 꼬발레프(Ковалев) 소령의 코를 자른다.

18) 역주: 『광인일기 Записки сумасшедшего』의 주인공 뽀쁘리쉰(Поприщин)을 지칭한다.

니라, 이와 반대로 다른 신체기관들도 그의 코에 의해 작동을 한다는 것이다. "고골의 상상력이 코를 탄생시켰는지, 혹은 그의 코가 상상력을 탄생시켰는지"에 대한 의문은 그리 중요하지 않다. 나는 고골의 코가 비정상적으로 길기 때문에 자신의 코에 대해 지나칠 정도로 큰 관심을 갖게 되었다는 주장을 무시할 필요가 있다고 생각한다. 그리고 고골의 코 또는 '후각 작용'(olfactivism)을, 일반적으로 카니발에서 광범위하게 사용되고 있는 유머뿐 아니라 코에 관한 러시아 특유의 유머와 관련된 '문학적 속임수'(literary trick)로 간주하는 것이 타당하다고 생각한다. 우리는 '기쁜 코'(nose-gay)이자 '슬픈 코'(nose-sad)이다. 로스탕의 연극 『시라노』[19]에서 코를 암시하는 유명한 장면은 코와 관련된 수 백 개의 러시아 속담이나 금언과 비교해 볼 때 그리 대단한 것이 아니다. 낙담했을 때 러시아인들은 코를 숙이고, 영광스러운 때 코를 치켜세운다. 기억력이 좋지 않을 때는 코 안에 흔적을 새겨놓는 것이 좋다. 승리자가 패배자의 코를 닦아준다. 러시아인들은 어느 정도 위협적이고 절박한 사건을 언급할 때 코의 길이를 사용하여 표현한다. 우리는 코로 누군가를 데리고 간다든지, 누군가에게 코를 맡겼다고 말한다. 그리고 조는 사람의 모습을 묘사할 때 '꾸벅꾸벅 존다'(nod)라는 표현 대신 코의 '각도를 기울인다'(angles)라고 말한다. 큰 코가 볼가 강을 연결시킨다고 말한다. 또는 백 년 동안 자랐기 때문에 큰 코가 되었다고 말한다. 콧속이 따끔거리는 증세는 좋은 소식을 예고하는 것이고, 코끝에 여드름이 돋아난 것은 얼마 후 흥청망청 술잔치가 벌어진다는 것을 뜻한다. 어떤 작가의 코에 파리가 앉았

19) 역주: 에드몽 로스탕(Edmond Rostand, 1868~1918)은 19세기말 프랑스 낭만주의 희극작가이다. 1894년 희극 『로마네스크 Les Romanesques』를 발표했고, 1897년 명배우 코클랭이 주연을 한 『시라노 Cyrano de Bergerac』를 통해 명성을 얻었다. 『시라노』는 1897년 12월 28일 초연을 시작으로 500회 연속공연을 기록하며 대성공을 거둔 작품이다. 17세기 중엽 파리를 배경으로 한 작품인데, 시인이자 유능한 검객인 주인공 시라노의 코가 이상하게 생겼기 때문에 로크사느와의 사랑에 실패한다는 이야기를 다루고 있다.

다고 표현하는 것은 그가 유머작가로 평판을 얻었다는 것을 뜻한다. 젊은 시절에 고골은 코에 관한 이런 표현들을 무의식적으로 사용했지만, 완숙한 시절에는 이런 표현에다 자신의 천재성에서 기인한 독특한 양념을 가미하여 사용했다. 처음부터 고골이 '그런 식으로'(as such) 묘사된 러시아인들의 코를 우스꽝스러운 기관으로 간주했다는 점에 주목할 필요가 있다. 고골은 코를 밖으로 돌출된 독특한 기관으로, 코의 소유자와 상관없는 독립된 별개의 기관으로, 그리고 그로테스크하고 특별한 남성의 심벌로 인식했던 것이다. (나 역시 프로이트 비평가들의 주장에 동의한다.) 따라서 고골은 예쁜 처녀의 부드러운 달걀형 얼굴을 묘사할 때 그녀의 코 때문에 무척이나 고통스러워했다.[20]

『코』에 등장하는 꼬발레프 소령의 코 삽화

20) 역주: 고골은 어린 시절부터 미술에 관심이 많았다. 청년시절에 그는 뻬쩨르부르그의 미술아카데미에서 미술공부를 했다.

고골의 길고 민감한 코가 [새로운 '전율'(frisson)을 야기하는] 러시아문학에서 새로운 냄새를 발견했다는 기록이 있다. 러시아 속담에 "가장 긴 코를 가진 사람이 가장 멀리 본다."라는 말이 있다. 고골은 자신의 긴 코의 콧구멍을 통해 아주 먼 곳을 바라보았던 것이다. '민간전승'(folklore)이라고 불리는 기성복을 팔고 있는 싸구려 가게에서 빌려온 카니발 캐릭터인 이 기관(코)은 고골의 천재성이 절정에 달했을 때 그의 가장 중요한 동맹이 되었다. 훗날 자신의 천재성이 파괴되면서 설교자가 되려고 노력했을 때,[21) 『코』의 주인공 꼬발레프 소령이 자신의 코를 잃어버렸던 것처럼 고골 역시 자신의 코를 상실하게 된다.

죽어가고 있는 사람이 자신의 콧구멍 주변에서 피를 빨고 있는 소름끼칠 정도로 사악한 검은 벌레들을 제거하려고 애쓰는 애처로운 장면(어떤 목격자가 기록한 장면)은 무시무시한 상징을 내포하고 있다. 고골은 일생동안 살금살금 기어 다니며 미끌미끌하고 소름끼치는 벌레에 대한 특별한 혐오감을 갖고 있었다. 이 혐오감이 일종의 종교적인 신념에 바탕을 두고 있었다는 것을 우리가 받아들인다면, 당시 그가 느꼈던 것을 충분히 상상할 수 있을 것이다. 악마가 지리학적으로 어떤 종족에 속하고 있는가에 대한 과학적 연구는 아직까지 시도된 바가 없지만, 러시아 악마의 변종(變種)들에 대한 주요 특징은 다음과 같이 요약할 수 있다. 선량한 러시아인들의 입장에서 볼 때 고골의 작품에서 자주 맞닥뜨리는 꿈틀거리며 미성숙한 단계에 놓여있는 '악마'(Чёрт)는 새우처럼 몸을 구부리고 있는 낯선 이방인이거나, 독일인, 폴란드인, 그리고 프랑스인의 가냘픈 다리에 녹색 피가 흐르는 신체를 갖고 있는 왜소하고 보잘 것 없는 '새끼악마'(imp)이거나, 표현할 수 없을 정도로 '혐오스럽고'(гаденький)

21) 역주: 1840년 대 중엽 고골의 천재성이 쇠퇴하면서 그가 『친구들과의 서신교환선(選) Выбранные места из переписки с друзьями』(1847)의 집필을 시도했다는 것을 지적한 것이다.

은밀하게 침입하는 '비열한'(подленький) 존재인 것이다. 악마를 짓이길 때 우리는 메스꺼움과 황홀함을 동시에 느끼게 된다. 그러나 꿈틀거리는 악마의 검은 실체가 너무나 역겹기 때문에 지구상의 어느 누구도 맨손으로 악마를 짓이길 수는 없다. 그리고 너무나 강렬하고 충격적인 혐오감 때문에 우리는 악마를 짓이길 때 사용했던 도구들을 멀리 던져버리게 된다. 야윈 검은 고양이[22]의 아치모양으로 굽은 등, 또는 울렁거리는 목을 갖고 있지만 인간에게 무해한 파충류의 굽은 등,[23] 또는 일부 저속한 악당들의 가냘픈 팔다리와 교활한 눈은 [그 악당은 뼈만 앙상하게 남았을 정도로 비쩍 말랐기 '때문에'(because) 진짜 악당인 것이다.][24] '악마와 유사한'(чёрт-like) 특징을 갖고 있기 때문에 고골을 특별한 방식으로 자극했던 것이다. 그런데 고골이 악마를 다정다감한 러시아 술주정뱅이[25]로 묘사한 것은 자신과 다른 사람들에게 강요했던 종교관을 드러내지 않으려는 의도적인 행위라고 볼 수 있다. 이 세상에는 비늘이나 발톱, 혹은 갈라진 발굽을 가진 기이하지만 해롭지 않은 작은 신들이 존재하고 있다. 하지만 고골은 이들을 인식하지 못하고 있었다. 어린 시절 고골은 굶

22) 역주: 『옛 기질의 지주』에 등장하는 잿빛 고양이를 언급하는 것으로 추정된다. 이 작품에서 고양이는 악마의 상징 또는 죽음의 메신저로 등장한다. 자세한 내용은 김문황, "고골의 『옛 기질의 지주』 연구" 『인문학지』 46-47집, 충북대학교 인문학 연구소, 2013을 참조.

23) 역주: 고골은 『외투』에서 재봉사 뻬뜨로비치(Петрович)의 엄지손톱을 거북이 등처럼 두껍고 딱딱하다고 묘사하고 있다. 뻬뜨로비치는 이 작품에서 악마의 형상으로 묘사되고 있다. 자세한 내용은 김문황, "『외투』와 『광인일기』 비교연구", 『비교문화연구』 13권 1호, 경희대학교 비교문화연구소, 2009를 참조.

24) 역주: 『이반 이바노비치와 이반 니끼포로비치가 어떻게 싸웠는가에 관한 이야기 Повесть о том, как поссорился Иван Иванович с Иваном Никифоровичем』에 등장하는 이반 이바노비치를 지칭한 것이다. 그는 비쩍 마른 몸에 교활한 눈 그리고 가냘픈 팔다리를 갖고 있다. 자세한 내용은 "『이반 이바노비치와 이반 니끼포로비치가 어떻게 싸웠는가에 관한 이야기』에 반영된 고골 문학세계", 『슬라브연구』 15권, 한국외국어대학교 러시아연구소, 1999를 참조.

25) 역주: 『지깐까 근교 농가의 야회 Вечера на хуторе близ Диканьки』에 등장하는 다음과 같은 인물들을 지칭한 것이다. 『소로친스까야 정기시장』의 체레비끄와 그리찌꼬, 『이반 꾸빨라 전야』의 뻬뜨루샤, 『5월의 밤』의 갈레니끄, 그리고 『성탄절 전야』의 쮸브와 바꾸라.

주리고 겁먹은 고양이의 목을 졸라 땅에 파묻었는데, 그가 천성적으로 잔인했기 때문이 아니라 단지 이 불쌍한 동물의 몸에서 느낄 수 있는 연약한 부드러움이 그의 위장을 뒤틀리게 만들었기 때문이다. 어느 날 밤 고골은 뿌쉬낀에게 생애를 통틀어 자신이 목격한 장면들 가운데 가장 우스꽝스런 것은 불난 집의 뜨거운 지붕위에서 발작하며 뛰어다니는 수고양이를 본 일이라고 말했다. 실제로 인간의 영혼에 고통을 가하는데 익숙한 악마가 고뇌하며 춤추는 광경은, 지옥에 대한 공포심을 품고 살았던 고골에게 절묘한 희극적 역설인 것이다. 고골이 악사꼬프[26] 저택의 정원에서 장미꽃을 꺾고 있을 때, 그의 손등을 건드린 검정색 애벌레는 그로 하여금 비명을 지르고 악사꼬프의 집안으로 뛰어들게 만들었다. 스위스에서 고골은 종종 햇빛이 잘 드는 산길을 따라 산책하면서 도마뱀들을 지팡이로 두들겨 패 죽이곤 했다. 도마뱀을 죽일 때 사용했던 지팡이는 1845년 로마에서 찍은 그의 '은판사진'(daguerrotype)[27]에서 찾아볼 수 있다. 이런 행위는 고골에게 매우 고상한 일거리였다.

2.

정교한 손가락 사이에 (마치 펜을 쥐고 있는 것처럼) 가느다란 상아로 만든 손잡이가 달린 지팡이를 잡고 있는 고골의 모습이 사진의 4분의 3

---

26) 역주: 산문작가인 악사꼬프(Сергей Т. Аксаков, 1791~1859)는 고골과 친분이 두터운 슬라브주의자이다. 1832년 고골을 처음 만난 악사꼬프는 그를 순수하고 러시아적인 재능을 가진 훌륭한 작가로 평가했다. 당시 악사꼬프의 집은 슬라브주의자들의 본거지였고, 고골은 악사꼬프의 집을 자주 방문했다.

27) 역주: 1837년 프랑스인 사진기술자 다게르(Daguerre)가 발명한 사진법이다. 은판에 요오드 가스를 뿜어 빛을 쬔 후 수은증기 속에서 현상하는 사진법이다. 나보꼬프는 daguerreotype을 daguerrotype로 오기했다.

정도를 차지하고 있다. 잘 빗겨진 그의 긴 머리칼은 왼쪽으로 가르마가 타져있고, 깔끔하게 정리된 콧수염은 그리 유쾌해 보이지 않는 그의 입술 위에 놓여있다. 그의 코는 크고 뾰족하며 날카로운 얼굴의 윤곽과 조화를 이루고 있다. 오래된 영화의 장면에서나 볼 수 있는 낭만적 등장인물의 눈가에 서려있는 어두운 그림자가 그의 시선에 드리워져 있고, 의기소침하고 약간 '귀신들린'(haunted) 표정을 짓고 있다. 그리고 깃이 넓은 코트와 근사한 조끼를 입고 있다. 만일 오래되고 퇴색한 이 흑백사진에 색깔을 가미한다면, 고골은 초록색 병의 색조를 띠며 이국적인 파충류의 피부에서나 볼 수 있는 진청색의 섬세한 눈꼴무늬에 오렌지색과 자주색으로 얼룩진 조끼를 입고 있었을 것이다.

1845년 로마에서 찍은 고골의 은판사진

3.

고골의 소년기는 어떠했는가? 별로 흥미로운 것은 없다. 그는 아이들에게 흔히 발생하는 질병인 볼거리, 성홍열 그리고 '가려움증'(pueritus scribendi)을 앓았다. 고름이 흘러내리는 귀, 더러운 손, 그리고 기름때에 절은 지저분한 머리카락을 가진 병약하고 생쥐처럼 두려움에 떠는 소년이었다. 그리고 끈적거리는 사탕을 게걸스럽게 빨아먹는 소년이었다. 학급 친구들은 그가 사용했던 책을 만지려하지 않았다. 그는 우크라이나의 네쥔(Нежин)에서 학업을 마치고 일거리를 찾기 위해 뻬쩨르부르그로 떠났다. 상경하자마자 걸린 지독한 감기는 동상에 걸린 자신의 코를 냄새도 맡지 못 할 정도로 엉망으로 만들어버렸다. 그리고 그는 새 옷을 장만하는데 350루블을 사용했다. 이 액수는 그가 어머니에게 의무적으로 써서 보냈던 안부편지에 언급된 금액이다. 고골이 훗날 자신의 과거를 미화시켜 그럴듯하게 엮어놓은 이야기에 따르면, 뻬쩨르부르그에 도착하여 맨 처음 한 일은 개인적으로 알지도 못하면서 광적으로 존경했던 위대한 시인 뿌쉬낀을 방문한 것이었다. 그러나 이 위대한 시인은 아직 침대에서 일어나지 않았기 때문에 고골은 그를 만날 수 없었다. 고골은 두려움과 동정심을 갖고 뿌쉬낀의 시종에게 물었다. "아이고, 나리께서 밤새워 일을 했나보군?" 시종은 코웃음을 치며 대답했다. "사실 일을 하시긴 했습니다. 보다 정확하게 말하자면 카드놀이를 했습니다."

얼마 후 고골은 다소 일관성 없이 직장을 구하려고 동분서주했다. 그러다가 아무런 이유도 없이 이를 중단하고, 어머니에게 가끔 돈을 요구했다. 그는 뻬쩨르부르그로 상경할 때 몇 편의 시를 가지고 왔다. 『간쯔 뀨헬가르쩬 Ганц (sic!)[28] Кюхельгартен』이라는 제목의 시는 다소 길고

---

28) 역주: 'sic'는 단어의 오류가 있다는 것은 알지만 원문 그대로 기술했다는 것을 지적하는 표현이다. 즉 고골이 독일어 Hans를 러시아어 Ганс로 전사해야 되는데 Ганц로 잘못 전사했다는 것을 지적하고 있는 것이다. 『간쯔 뀨헬가르쩬』은 독일 낭만주의 작가 요

지루한 사건을 다루고 있고, 또 다른 한편의 시는 이탈리아를 다루고 있다.

"오, 이탈리아! 화려하고 멋진 나라여!
그곳에서 나의 영혼은 신음하며 우수에 잠긴다.
지상의 낙원이자, 기쁨이 충만한 곳,
사랑이 풍성하게 싹트는 공간."[29]

이 시는 작가의 발전성을 예견할 수 있는 작품이다. "눈 덮인 땅에서 온 열정적인 여행자", 또는 "태양 아래 파도가 꿈속에서 손짓한다."와 같은 놀라운 시행들이 눈에 띈다.

『간쯔 뀨헬가르쩬』은 바이런 풍의 독일학생에 관한 이야기를 다루고 있다. 고골이 지나칠 정도로 많은 분량의 독일의 달과 묘지에 관한 이야기를 읽은 후 영감을 받고 집필한 이 시에는 해괴한 이미지가 묘사되어 있다.

"하얀 수의를 입은 죽은 자가
그의 무덤에서 나와 기지개를 켠다.
그리고 경건하게 자신의 뼈에 달라붙은
먼지를 닦아낸다, 훌륭해!"[30]

한 포스(Johann H. Voß, 1751~1826)의 『루이제 Luise』를 모방한 작품이다. 사랑하는 루이제와 행복한 삶을 누리고 있던 주인공 한스가 방랑벽 때문에 독일을 떠나 해외여행을 한 후 다시 루이제에게 돌아온다는 이야기를 다루고 있다.

29) 역주: 고골은 김나지움시절(1821~28) 『이탈리아 Италия』(1827)라는 8행으로 구성된 '5연의 짧은 서정시'를 썼다. 나보꼬프가 인용한 부분은 다음과 같다. Италия — роскошная страна! / По ней душа и стонет и тоскует. / Она вся рай, вся радости полна, / И в ней любовь роскошная веснует. / (Н.В. Гоголь Собрание сочинений в девяти томах, том 7, Москва, Русская книга, 1994, с.9)

30) 역주: 『간쯔 뀨헬가르쩬』 11장에 묘사된 "밤의 환영"(Ночные видения)에 실린 내용이다. Подымается протяжно / В белом саване мёртвец. / Кости пыльные он важно /

우리는 독일 낭만주의를 극복하며 발전하고 있는 청년 고골의 우크라이나 정신을 느낄 수 있는 이 장면에 묘사된 귀에 거슬리는 그의 외침에 주목할 필요가 있다. 그러나 죽은 자에 대한 환상적이고 매혹적인 이 묘사를 제외한 다른 부분은 언급할 필요가 없을 정도로 형편없다. 1827년부터 집필하기 시작했고 1829년에 출판한 『간쯔 뀌헬가르쩬』은 완전한 실패작이었다. 많은 동시대 비평가들은 고골을 비밀스럽고 미스터리한 작가라고 비난하면서도, 'V. 알로프'(В. Алов)라는 어설픈 필명의 이면에 무엇인가가 있을지도 모른다는 막연한 기대감을 갖고 있었다. 처음에 비평가들은 이 작품에 대해 시종일관 침묵으로 일관하다가 얼마 후 «모스크바 통신»[31]에 짤막한 그러나 매우 통렬한 혹평을 실었다. 그러자 고골과 그의 충실한 하인은 서점으로 달려가서 『간쯔 뀌헬가르쩬』 사본을 전량 구입하여 불살라 버렸다. 이처럼 고골은 20여년 후 자신이 실행에 옮겼던 '스페인 종교재판에서 행해졌던 이교도 화형식'(auto-da-fé)[32]과 동일한 방식으로 등단했던 것이다. 즉 두 경우 모두 충실하지만 몹시 당황해 하는 하인 농노의 도움을 받았던 것이다.

쌍뜨 뻬쩨르부르그에서 고골을 매혹시킨 것은 무엇이었을까? 그것은 다름 아닌 수많은 상점의 간판이었다. 그 밖의 또 다른 것들도 있었을까? 물론 있었다. 그것은 행인들이 스스로에게 '저음으로 중얼거리며'(gesticulated in undertone) 걸어 다니는 모습이었다. 이런 식으로 보행하는 것을 좋아하는 사람들은 고골의 후기 작품에 자주 등장하는 상점의

Отирает, молодец. / (Ibid., c.33)

31) 역주: «모스크바 통신 Московский телеграф»은 1825년 작가이자 비평가인 니꼴라이 뽈레보이(Николай А. Полевой, 1796~1846)가 발행한 문학잡지로 주꼽스끼, 뿌쉬낀, 그리고 제까브리스뜨 시인들의 작품이 주로 게재되었다. 이 잡지는 짜르 체제를 비판했다는 이유로 니꼴라이 1세(Николай I, 1825~55)에 의해 1834년 폐간된다.

32) 역주: 1852년 2월 고골이 알렉산드르 똘스또이(Александр П. Толстой, 1801~73) 백작의 집에서 시중을 드는 소년 농노의 도움을 받고 『죽은 혼』 2부 원고를 소각한 행위를 빗대어 표현한 것이다.

간판들과 『외투 Шинель』(1842)의 주인공 아까끼 아까끼예비치(Акакий Акакиевич)의 옆을 지나치며 혼잣말로 중얼거리며 걷고 있는 보행인들의 묘사장면에서 흥미를 느끼게 될 것이다. 고골은 이런 장면들을 아무렇지도 않은 듯 천연덕스럽게 묘사하고 있는데, 어쩌면 조작한 것일 수도 있다. 훌륭한 작가들은 실제로 받은 인상만을 표현하지는 않는다. 훌륭한 작가들은 자신들이 젊은 시절에 받은 인상에 덧칠을 한 후 이를 마치 실제인 것처럼 묘사하는 경향이 있다. 어머니에게 쓴 편지에 묘사된 1820년대 말 뻬쩨르부르그의 상점 간판들은 고골에 의해 덧칠되었고 과장되었다. 그는 어머니가 알고 있는 '지방 소도시'(provincial town)와 대조를 이루고 있는 '수도'(capital)의 상징적 의미를 — 어쩌면 자신의 상상력을 — 전달하기 위해 이런 내용을 담은 편지를 썼을지도 모른다. 상점 간판들은 파란색 부츠, 십자무늬 옷감, 황금색 빵, 그리고 『죽은 혼』의 첫 장면에서 발견할 수 있는 세련된 패턴들처럼 상당히 매혹적으로 묘사되어 있다. 이처럼 시각적으로 고골이 사용한 상징은 생리적인 양상을 띠고 있다. 행인들의 중얼거림 역시 상징적인 묘사인데, 화려한 군중 속의 가난한 사람이 느끼는 바쁜 일상 속의 외로움을 묘사하는 청각적 효과를 자아낸다. 고골은 혼자 걸어가면서 자기 자신에게 소곤거린다. 그리고 그의 독백은 마음속의 그림자에 의해 메아리치며 증폭된다. 결론적으로 말하자면 고골의 괴팍한 성격 때문에 쌍뜨 뻬쩨르부르그는 약 1세기동안 실제와 다른 이상야릇한 평판을 얻게 된 것이다. 그리고 1917년 러시아의 수도가 모스크바로 이전되었을 때 뻬쩨르부르그에 대한 그런 평판은 사라지게 된다. 뻬쩨르부르그는 비범한 전제군주[33]에 의해 습지 위

33) 역주: '뾰뜨르 대제'(Пётр I, 1682~1725)를 지칭한다. 그는 1703년 러시아를 근대화시키기 위해 핀란드 만과 네바 강어귀의 늪지대에 뻬쩨르부르그를 건설하기 시작하여 1712년에 완공했다. 15만 명 이상의 인명을 희생시키고 탄생한 무덤 위의 도시이다. 그리고 문학적인 관점에서 볼 때 뻬쩨르부르그는 적그리스도와 악마의 신화를 잉태한 도시라고 말할 수 있다.

에, 그리고 습지에서 썩어 가는 농노들의 유골 위에 건설된 도시이다. 바로 이런 역사적 사실이 이 도시의 이상야릇함의 근거이자 최초의 결함인 것이다. 가끔 도시를 집어삼키는 네바 강은 일종의 어렴풋한 신화 속에 등장하는 신들이 자신의 소유물을 되찾으려고 애쓰는 복수의 강이다. (뿌쉬낀은 네바 강을 그런 식으로 표현했다.)[34] 그리고 청동 황제[35]에게 대항하여 벌이는 신들의 전투는, 러시아문학에 등장하는 최초의 '하급관리'(petty official)들 중 하나인 뿌쉬낀의 『청동 기마상』의 주인공을 미치광이로 만드는 환영인 것이다.[36] 뿌쉬낀은 쌍뜨 뻬쩨르부르그 도시가 잘못 돌아가고 있다는 것을 인식하고 있었다. 뿌쉬낀은 넓은 거리와 광활한 광장의 삭막함에서 불안정한 배경을 뒤로한 채 뒷다리로 우뚝 서있는 말 위에 올라탄 청동으로 만든 황제의 신비스런 활력과 기이한 연녹색 하늘을 인지하고 있었다. 그리고 고골과 같은 사람이 넵스끼 거리를 걷고 있을 때 이 도시의 이상야릇한 모습들이 속속들이 파헤쳐지며 드러나게 되는 것이다. 뻬쩨르부르그를 제목으로 하는 다른 작가들의 작품에서도 이 도시의 이상야릇한 특성이 생동감 넘치는 잊을 수 없는 방식으로 강조되고 있다. 그런데 뻬쩨르부르그와 관련된 알렉산드르 블록[37]의

34) 역주: 『청동 기마상 Медный всадник』에서 뿌쉬낀은 네바 강을 다음과 같이 묘사하고 있다. "네바 강은 밤새도록 폭풍과 싸우며 바다로 흘러갔다... 강물은 미친 듯이 날뛰며 되돌아와 섬들을 침몰시켰다... 네바 강은 격노한 짐승처럼 뻬쩨르부르그를 덮쳤다." А.С. Пушкин Собрание сочинений в десяти томах, том 3, Москва, Художественная литература, 1975, с.260.

35) 역주: 청동 황제(bronze Tsar)는 뾰뜨르 대제를 지칭한다.

36) 역주: 하급관리는 『청동 기마상』에 등장하는 예브게니(Евгений)를 지칭한다. 뻬쩨르부르그의 하급관리 예브게니의 허름한 집은 범람한 네바 강에 의해 폐허가 된다. 결국 미치광이가 된 가련한 예브게니는 강물에 떠내려 온 자신의 집 문턱에 누워있는 시체로 발견된다.

37) 역주: 알렉산드르 블록(Александр А. Блок, 1880~1921)은 20세기 초에 활동한 상징주의 시인이다. 그의 시집 『무시무시한 세계 Страшный мир』(1909~16)는 절망, 우주의 불협화음, 카오스 등을, 그리고 『죽음의 댄스 Пляски смерти』(1912~14)는 인간존재의 모순을 다루고 있다.

운문, 혹은 안드레이 벨르이의 『뻬쩨르부르그』(1916)[38]는 도시의 신비감에 대한 새로운 이미지를 창출했다기보다 과거 고골이 파헤친 특성을 좀 더 발전시킨 것에 불과하다. 이처럼 쌍뜨 뻬쩨르부르그는 사실적이지 않은 비현실적인 도시이다. 그리고 '고골'(Gogol), '무덤을 파헤치고 시체의 살을 뜯어먹는 귀신 고골'(Gogol the ghoul), 그리고 '복화술사(腹話術師) 고골'(Gogol the ventriloquist) 역시 사실적이지 않은 비현실적 작가였다. 학창시절 고골은 유별날 정도로 악착스럽게 사람들이 보행하는 반대방향으로 걸어 다녔고, 오른쪽 신발을 왼쪽 발에 신고 다녔으며, 이른 아침에 마당에서나 외치는 소리를 한밤중에 질러댔고, 자신의 방의 가구를 알리스[39]의 거울 속에서나 가능한 비현실적인 논리에 따라 배치했던 것이다. 따라서 러시아에서 가장 기묘한 러시아인[40]이 거리를 걷고 있을 때 쌍뜨 뻬쩨르부르그가 자신의 기이함을 드러내는 것은 어쩌면 당연한 것일지도 모른다. 왜냐하면 뻬쩨르부르그는 다음과 같은 것들이 난무하는 도시이기 때문이다. 흐릿한 거울 속에 투영된 모습들, 엉뚱한 용도로 쓰이는 섬뜩한 물건들, 앞으로 전진 하면 할수록 거꾸로 가는 사물들, 일상에서 흔히 볼 수 있는 검은색 밤하늘이 아니라 창백한 회색빛이 감도는 밤하늘, 피곤에 찌든 관리들의 '암울한 나날들'(black day). 그리고 어떤 집의 대문이 열리면서 돼지 한 마리가 뛰쳐나올지도 모르는[41] 이상

38) 역주: 상징주의 시인 안드레이 벨르이(Андрей Белый, 1880~1934)의 산문 『뻬쩨르부르그 Петербург』는 제임스 조이스의 『율리시스』, 카프카의 『변신』과 더불어 20세기 모더니즘 산문의 걸작으로 꼽히는 소설이다. 특히 은유와 환유, 반복과 전위, 라이트모티프 등 독특한 스타일을 사용하고 있는 이 소설은 실험성이 두드러진 작품이다. 난해한 상징으로 가득한 이 소설에는 니체와 베르그송 같은 철학자들의 사상에 투영된 러시아 상징주의 특유의 역사철학의 사색이 담겨 있다.

39) 역주: 알리스(Alice)는 루이스 캐롤(Lewis Carroll, 1832~98)의 환상소설 『이상한 나라의 알리스 Alice in Wonderland』에 등장하는 주인공이다. 나보꼬프는 이 작품을 러시아어로 번역한 최초의 작가이다.

40) 역주: 고골을 지칭한다.

41) 역주: 『외투』의 에필로그에 등장하는 경찰관은 돼지 한 마리가 어떤 집에서 뛰쳐나오는 장면을 목격했다고 주장한다.

야릇한 도시인 것이다. 한 남자가 마차에 오른다. 그런데 그는 뚱뚱하고 교활하며 몸집이 큰 남자가 아니라 바로 당신의 코이다.[42] 즉 인간의 의식이 '꿈속으로 전이되면서' 발생하는 독특한 현상이 표출된 것이다. 어떤 주택의 불 켜진 창문은 무너져가는 벽속의 구멍으로 변해버린다. 당신의 첫 번째이자 유일한 사랑은 저속하고 천박한 여인이며, 그녀의 순수함은 신화이다.[43] 그리고 이 신화는 당신의 삶 그 자체이다. "보도가 아래쪽으로 곤두박질치고 있는 것처럼, 그리고 날렵한 말들을 달리게 만드는 마차가 움직이지 않고 멈춰서있는 것처럼 보인다. 곧게 뻗은 다리의 한가운데 있는 아치가 아래쪽으로 구부러지며 무너지고 있는 것 같았다. 집들은 거꾸로 서있고, 초소는 '그'(삐스까료프)의 등 뒤편에서 달려들고 있고, 보초가 들고 있는 미늘창[44]은 상점 간판에 그려 넣은 금색글자와 페인트로 그린 가위와 함께 그의 눈썹 위에서 번쩍이고 있는 것 같았다."(『넵스끼 거리』에서) 바로 이런 것들이 고골이 묘사한 상점의 간판인 것이다.

스무 살의 작가 고골은 자신의 이상야릇한 재능을 발전시키기에 아주 적합한 도시에 거주하고 있었다. 우크라이나(구름 한 점 없는 코발트빛 하늘아래 다채로운 과일들이 풍요롭게 넘쳐나는 곳)에서의 삶과 비교할 때 지독하게 춥고 음침한 쌍뜨 뻬쩨르부르그에서, 마땅한 직업도 없이 추위에 떨며 생활하고 있는 청년 고골의 삶은 무척이나 고달팠을 것이다. 1829년 7월초[45] 그가 내린 갑작스런 결정에 대해 고골 전기 작가들

42) 역주: 『코』에 등장하는 꼬발레프 소령의 코가 관리로 위장하고 마차를 타고 가는 장면을 언급한 것이다.

43) 역주: 당신은 『넵스끼 거리 Невский проспект』에 등장하는 화가 '삐스까료프'(Пискарёв)를, 여인은 '검은 머리 창녀'를 지칭한다.

44) 역주: 미늘창(halberd)은 끝이 두세 가닥으로 갈라진 창, 또는 도끼와 창을 결합시킨 형태의 창을 말한다.

45) 역주: 1829년 8월초 북부독일 뤼베크 여행을 언급한 것이다. 나보꼬프는 8월초를 7월초로 오기했다.

은 적절한 해명을 내놓지 못하고 있다. 그리고 그들은 앞으로도 결코 해명할 수 없을 것이다. 고골은 모친이 생활비로 보낸 돈을 유용하여 갑자기 해외여행을 떠났던 것이다. 나 역시 그가 문단에 데뷔하는 과정에서 심각한 충격을 받은 후 쌍뜨 뻬쩨르부르그를 황급히 떠났다는 것만을 언급할 수 있다. (그리고 그의 형편없는 시의 실패는 몇 년 후 그의 불후의 희곡에 가해진 비평만큼이나 그에게 고통스러운 영향을 끼치게 된다.)[46] 몹시 흥분한 상태에서 시도한 고골의 해외여행은 이해하기 힘든 피해망상증 징후의 첫 단계였다. 고골 연구자들은 갑자기 여행을 떠난 고골의 기괴한 행동을 정신과의사들의 관점에서 바라보며 해석하려는 경향이 있다. 첫 번째 여행에 관한 실제자료들은 고골이 부적절하고 복합적인 방법으로 어머니를 속이기 위해 자신이 갖고 있는 상상력을 최대한 발휘했다는 것을 보여준다. 고골이 여행을 하게 된 이유를 어머니에게 설명하는 편지에서 이를 확인할 수 있다.

4.

여기서 나는 고골의 어머니에 관해 몇 마디 해야 될 것 같다. 솔직히 말해 나는 어떤 작가의 훌륭한 작품을 미묘하게 파헤치며 작가의 모친이 이런저런 방식으로 자식에게 '영향'을 끼쳤다는 내용을 담고 있는 전기를 읽는 것에 신물이 난다. 일부 전기 작가들은 고골의 어머니 마리야가 망상에 젖어있고 히스테릭하며 미신을 추종하고 극도로 의심이 많은 인물이지만, 어느 정도 호감이 가는 여인이었다고 주장한다. 그리고 그녀

46) 역주: '형편없는 시'는 『간쯔 뀨헬가르쩬』, 그리고 '불후의 희곡'은 『검찰관』을 뜻한다.

가 고골로 하여금 평생 동안 지옥에 대한 공포심을 품게 만들었다고 지적하고 있다. 그러나 모자가 천성적으로 매우 유사한 기질을 갖고 있었다고 말하는 편이 훨씬 더 진실에 가깝다고 볼 수 있다. 어쩌면 기차엔진, 증기선, 그리고 고골이 발명하지 않은 것들에 대해 자신의 친구들에게 자랑하면서 친구들을 당황스럽게 하거나 따분하게 만들었던 (아들이 쓰레기 같은 소설을 쓴 작가라고 겸손을 떨며 친구들에게 떠벌였던, 그리고 이로 인해 아들 고골을 무척이나 짜증나게 만들었던) 그녀가, 고골의 독자들에게 아들의 작품은 그의 상상력에 의해 탄생한 것이라고 말하는 것이 훨씬 더 진실에 가깝다. 고골은 모친의 한심하기 짝이 없는 문학취향을 잘 알고 있었다. 젊은 시절 모친에게 우크라이나의 관습과 명칭에 관한 글들을 제공해달라고 부탁했지만, 고골은 그녀가 이웃들에게 아들의 창작능력을 과장하는 것이 너무나도 싫었기 때문에 작가가 된 후에는 모친에게 보내는 편지에 자신의 창작물에 대한 언급을 전혀 하지 않았다. 그리고 자신의 문학재능을 발전시키는 시기에는 모친을 거의 만나지도 않았다. 뿐만 아니라 고골의 편지에는 모친의 형편없는 유머감각, 맹목적인 신앙, 그리고 지주로서의 무능함에 대한 경멸적인 내용도 분명히 포함되어 있다. 그러나 다른 한편으로는 고골이 어린 시절부터 독실한 반쪽짜리 신앙의 전통에 젖어있었기 때문에, 성인이 될 때까지 부모에 대한 완벽한 복종과 헌신은 마다하지 않았다. 고골의 편지에는 이 모든 것이 매우 감상적이며 도도한 스타일로 묘사되어 있다. 전반적으로 고골이 쓴 편지의 내용은 단조롭고 지루한데, 모친에게 보낸 다음 편지[47]는 예외이다.

(갑작스럽게 해외여행을 하게 된 동기를 설명하기 위해, 고골은 어머니의 낭만적인 성격에 어필할 수 있는 이유를 대고 있다. 나는 이 편지를 번

---

47) 역주: 유럽여행을 떠나기 전, 고골이 1829년 7월 24일 뻬쩨르부르그에서 어머니 마리야에게 쓴 편지.

역하는 과정에서 고골의 투박하고 과장된 말투를 전달하려고 노력했다.)

고골 모친 마리야의 초상화

"어머니! 저는 어머니가 이 편지를 읽을 때, 어떤 감정을 품고 있을지 전혀 알 길이 없습니다. 물론 이 편지가 어머니에게 평안함을 안겨주지 않을 것도 잘 알고 있습니다... 솔직히 말해, 저는 어머니를 진정으로 기쁘게 해드린 적이 단 한 번도 없었습니다. 고귀하고 자상하신 어머니, 아무런 가치도 없는 이 아들을 용서해 주시기 바랍니다.

지금 저는 혼신의 힘을 쏟아 부으며 이 편지를 쓰고 있습니다. 제 손에 쥐여있는 펜이 왜 이렇게 더듬거리면서 떨고 있는지 그 이유를 알 수가 없습니다. 제 생각들은 마치 구름처럼 하늘 높이 떠있습니다. 그리고 각각의 생각들은 마치 구름처럼 자신의 옆에 있는 빈 공간에 접근하는 것을 허락하지 않으려고 서로가 서로에게 압박을 가하고 있습니다. 그런데 이해할 수 없는 그 어떤 힘이 저의 황폐한 영혼의 심연을 어머니에게 드러내 보이는 것을 방해하면서, 동시에 제 생각들을 일시에 쏟아내도록 강요하고 있습니다. 형벌을 가하며 저를 짓누르고 있는 전능하신 하나님의 묵직한 손길을 느낍니다. 그런데 이 형벌은 너무나도 가혹하고 끔찍합니다! 제가 미친 사람인가요? 하나님은 세상에 대한 공허한 무관심으로는 해결할 수 없는 갈증을 저에게 허락하셨습니다. 그러나 저는 하나님이 제 영혼 속에 불어넣은 끝없는 욕망을 떨쳐버리려고 부단히 노력했습니다. 그런데 하나님은 저에게 외국으로 가는 길을 열어주셨습니다. 창작활동이 왁자지껄하게 벌어지는 그곳[48]에서 묵묵히 그리고 은밀하게 저의 열정을 키워나갈 것입니다. 그리고 높은 곳을 향해 한 걸음 한 걸음 나아갈 겁니다. 저는 높은 곳에 올라가 세상 사람들에게 유익함을 제공할 것이고, 선도 베풀 것입니다. 그런데 지금 저는 이 거대한 도시(뻬쩨르부르그)에서 아무런 유익함도 없이 방탕한 생활만 하고 있는 관리들 사이에서 굽실거리며 하나님의 뜻을 거역하며 살고 있습니다. 만일 삶의 매순간이 헛되게 낭비되지 않는 곳이라면, 그리고 매순간 풍부한 경험과 지식을 쌓을 수 있는 곳이라면, 저는 이런 식으로 살고 있지 않을 겁니다. 그러나 미래에 대한 희망이 전혀 보이지 않는 곳에서의 삶과 하찮은 일에 많은 시간을 허비해야하는 곳에서의 삶은 자신의 영혼을 고통스럽게 만들뿐 아니라 죽음으로까지 내모는 행위입니다! 만일 제가 쉰 살이 되었을 때, 품위를 유지하기에 턱없이 부족한 돈을 받으며 인류에게 선을 위해 1꼬뻬이까도 제공할 능력도 없는 '5등관'(статский советник)이 되었다 한들,[49] 저에게 과연 무슨 행복이 있겠습니까? 뻬쩨르부르그에 살고 있는 젊은이들은 매우 어리석은 사람들이라고 생각합니다. 그들은 고위직 관리로 출세하기 위해 열심히 일은 하지 않고 그저 끊임없이 불

48) 역주: 유럽을 지칭한다.

49) 역주: 뾰뜨르 대제는 1722년 문관과 무관 관리체계를 14등급으로 분류했다. 문관과 무관 5등관은 각각 '고위직 참사관'과 '준장'에 속하며 비교적 높은 계급이다. (이 관리체계는 1917년 10월 혁명이 발생하고 소련이 탄생할 때까지 지속된다.) 그리고 1꼬뻬이까(копейка)는 1/100루블이다. 고골이 과장법의 달인이라는 것을 엿볼 수 있는 대목이다.

만의 소리만 질러대고 있습니다. 도대체 왜 그런 식으로 일을 하는지 그들에게 물어보십시오. 그들은 아무 대답도 하지 못할 것입니다. 대답을 못하는 분명한 이유는, 일을 하지 않고 집에서 하루 종일 빈둥거리며 엄지손가락만 돌리고 있기 때문입니다. 그런데 훌륭한 지주가 되어 선을 베풀 수 있다고 생각하고 자신들의 영지가 있는 시골로 내려간 사람들은 도시의 젊은이들보다 훨씬 더 어리석습니다. 만일 귀족들이 국가를 위해 봉사하겠다고 마음먹었다면, 자신의 영지에서 손수 일을 해야 합니다. 그러나 그들이 한다는 짓거리는 고작 뻬쩨르부르그에 올라와 빈둥거리며 일자리도 찾지 않고 영지에서 가져온 엄청난 돈을 낭비할 뿐입니다.

그러나 저는 (어머니를 기쁘게 해드리기 위해) 뻬쩨르부르그에서 최선을 다해 직장을 구해 일을 하려고 노력했습니다. 그런데 하나님은 저의 노력을 기뻐하시지 않았습니다. 저의 시도는 완벽한 실패로 끝났습니다. 성공할 것이라고 예상했는데 이상하게도 실패한 것입니다. 아무런 능력도 없고 후원도 받지 못하는 사람들이, 후원자의 도움을 받고 있는 제가 감히 구할 수 없는 직업을 너무나도 쉽게 구하고 있습니다. 이것은 하나님의 분명한 계시일지도 모릅니다. 하나님께서 저를 올바른 방향으로 인도하기 위해, 실패를 통해 저를 벌하시는 것일지도 모릅니다. 그런데 저는 그동안 무엇을 했나요? 완고한 생각에 젖어 있은 저는 수개월 동안 지속적으로 저에게 적합한 직업을 찾으려고 노력했습니다. 마침내... 그런데 얼마나 끔찍한 형벌인 가요! 이 세상에서 이보다 더 지독하고 잔인한 형벌은 없을 것입니다![50] 저는 더 이상 글을 써내려갈 힘조차 없습니다... 어머니, 사랑하는 어머니! 어머니만이 저의 유일하고 진정한 친구입니다. 지금 저의 생각들이 이미 다른 곳으로 떠나가 있다는 것과, 형언할 수 없는 고독감이 저의 심장을 짓누르고 있다는 사실을 믿어주시겠습니까? 저는 이 사실을 오직 어머니께만 말씀드릴 수 있습니다.

---

50) 역주: 1829년 8월 1일에 발생한 『간쯔 뀨헬가르쩬』 소각 사건을 언급한 것이다.

어머니도 아시다시피, 저는 보통 젊은이들에게서 쉽게 찾아볼 수 없는 도덕적 결단성을 하늘로부터 물려받았습니다. 어느 누가 저에게서 나약함을 기대할 수 있겠습니까? 그런데 저는 그녀를 만나게 되었습니다. 아니, 그녀의 이름은 밝히지 않겠습니다. 그녀는 너무나도 고귀합니다. 저뿐만 아니라 그 어느 누구도 그녀를 소유할 수가 없습니다. 저는 처음에 그녀를 천사라고 부르려했습니다. 그런데 이 표현은 그녀에게 어울리지 않았습니다. 그녀는 여신입니다. 그녀는 인간의 열정을 품고 있는 여신인 것입니다. 그녀의 얼굴에서 뿜어져 나오는 놀랄만한 광채는 보는 즉시 누군가의 심장에 아로새겨집니다. 그리고 그녀의 두 눈에서 나오는 눈빛은 누군가의 영혼을 관통합니다. 어느 누구도 열정적으로 타오르며 뿜어져 나오는 그녀의 광채를 견디어내지 못합니다.

아, 그때 어머니께서 저의 모습을 보셨더라면! 사실 저는 세상 사람들로부터 저의 감정을 숨기고 살아왔습니다. 그러나 그녀를 보는 순간 샘솟는 저의 감정을 더 이상 숨길 수가 없게 되었습니다. 지옥에서나 느낄 수 있는 엄청난 고통이 제 가슴속에 회오리쳤습니다. 솔직히 말해 너무나도 잔인합니다! 죄인들이 지옥에서 받는 고통보다 훨씬 더 큰 고통을 받고 있다는 생각이 들었습니다. 아닙니다, 이건 사랑이 아닙니다... 아니 적어도 사랑이 이처럼 고통스럽다는 것을 예전에는 미처 알지 못했습니다. 끔찍한 정신적 고통을 느끼면서도 저는 미친 듯이 그녀를 바라보려고 갈망했습니다. 단 한번만이라도 그녀를 바라보려고 애원했습니다. 그녀를 한번만이라도 바라보는 것이 저의 유일한 소망이었습니다. 그런데 이 소망은 점점 더 커져갔고, 말로 다 형언할 수 없는 독약과도 같은 이 소망은 저에게 극심한 불안감을 불러일으켰습니다. 저는 두려움에 떨며 주위를 돌아보았습니다. 그리고 제가 끔찍한 환경에 처해있다는 것을 깨닫게 되었습니다. 세상에 존재하고 있는 모든 것이 너무나도 낯설게 느껴졌습니다. 저는 더 이상 살아갈 수도 죽을 수도 없는 지경에 이르렀습니다. 그리고 저의 영혼 역시 지금 제가 처한 상황을 저에게 설명해주지 않고 있습니다. 제가 살아남기 위해서는 그리고 고통 받고 있는 저의 영혼 속에 평화의 그림자가 깃들기 위해서는, 어디론가 탈출을 해야 한다는 것을 깨닫게 되었습니다. 그리고 저에게 도움의 손길을 보내는 '보이지 않는 손'(Invisible Hand)을 인식하게 되었고, 제 앞에 제시된 성스러운 길을 축복하며 겸허히 받아들이게 되었습니다. 그런데 저에게서 평화를 빼앗고 제가 창조한 불안정한 세상을 산산조각 내기 위해 하나님이 보낸 존재는 여자가 아닙니다. 만일 그녀가 여자였다면, 자신의 황홀한 매력으로 저에게 말로 표현할 수 없는 끔찍한 인상을 남기지 않았을 것입니다. 하나님은 자신의 일부분으로서 여신을 창조한 것입니다. 그러나 제발 그녀의 이름은 묻지 말아주십시오. 그녀는 너무나도 고귀한 존재입니다...

저는 해외여행을 가기로 결심했습니다. 그런데 어떻게 해야 할지 엄두도 나지 않았습니다. 외국으로 가는 과정은 상당히 까다롭습니다. 필요한 절차가 너무나도 많습니다... 그런데 이 일을 추진하자마자 모든 과정이 순조롭게 진행되는 것을 보고 깜짝 놀랐습니다. 심지어 여권을 받는데도 아무런 문제가 없었습니다. 마지막으로 한 가지 장애물만 남았습니다. 그것은 다름 아닌 여행자금입니다. 돈이 부족하기 때문에 저는 외국여행에 대한 희망을 접었습니다. 그런데 갑자기 어머니로부터 법원에 납부해야 될 돈[51]을 송금 받게 되었습니다. 저는 즉시 법원으로 달려가 원리금 납부를 얼마동안 유예해 줄 수 있는지 물어보았습니다. 4개월 동안 유예해 주며, 대신 1,000루블마다 5루블씩의 벌금이 매달 부과된다는 사실을 알게 되었습니다.

다시 말해 11월까지 유예해준다는 것입니다. 저의 행동은 너무나도 무

---

51) 역주: 고골의 부친 바실리 고골-야놉스끼(Василий А. Гоголь-Яновский, 1777~1825)가 영지 바실리예프까(Васильевка)를 매입할 때 받은 대출금의 일부와 이자를 갚으라고 모친 마리야가 고골에게 보낸 돈이다. (부친을 포함한 고골의 선조들의 성은 고골-야놉스끼였다. 나중에 고골은 자신의 성에서 야놉스끼를 제거하고 고골만 사용한다.)

모하지만 이 방법 외에는 다른 방도가 없었습니다. 저는 법원에 납부해야할 돈을 유용하기로 마음먹었습니다. 앞으로는 어머니에게 더 이상의 돈을 요구하지 않을 것을 분명히 말씀드립니다. 저는 앞으로 아주 열심히 그리고 성실하게 생활할 것입니다. 그리고 제가 유용한 돈의 대가로 제가 아버지로부터 물려받은 영지 전체를 혹은 일부를 팔거나, 저당 잡히거나, 또는 다른 사람에게 넘겨줄 수 있는 모든 권리를 어머니에게 양도하겠습니다.[52] (권리이양에 관한 변호사의 보증서를 동봉합니다.) 어머니께서 어떤 식으로든지 원하시는 대로 처분하십시오. 처음에 저는 매매서류나 증여서류를 작성하려고 했었습니다. 그런데 필요한 서류를 준비하는데 대략 300루블의 비용이 들기 때문에 포기했습니다. 어쨌든 변호사의 보증서만으로도 아무런 하자 없이 어머니가 합법적으로 그리고 완벽하게 영지의 소유자가 될 수 있습니다.

슬퍼하지 마세요, 더할 나위 없는 훌륭한 어머니! 반드시 필요한 결정이었습니다. 이런 훈련은 저를 확실히 단련시킬 것입니다. 저는 성질이 나쁘고 응석을 부리는 버릇없는 성격을 갖고 있습니다. (솔직히 시인합니다.) 게다가 뻬쩨르부르그에서의 나태하고 무기력한 생활이 저의 이런 결점을 더욱 고착화시켰습니다. 앞으로 저는 성격을 개조하여 새롭게 탄생할 것입니다. 그리고 열심히 일하며 활발한 활동을 통해 제 영혼을 튼튼하게 살찌울 것입니다. 그리고 만일 제가 행복할 수 없다면, (아니, 저는 결코 개인적으로는 행복할 수 없습니다. 조물주께서는 제 영혼에서 모든 평화를 빼앗아버린 후 떠나가 버렸습니다.) 최소한 저는 저의 동포들의 행복과 안녕을 위해 남은 저의 일생을 바칠 것입니다.

저와 헤어진다고 노여워하지 마십시오. 멀리가지 않을 것입니다. 저는 교역으로 유명한 북부독일의 비교적 큰 항구도시 뤼베크로 떠납니다. 뻬쩨르부르그에서 4일 정도 걸리는 곳에 위치한 도시입니다. 시간을 절약

52) 역주: 1825년 부친이 사망하자 당시 15세인 고골은 이 영지를 유산으로 물려받았다.

하기 위해 증기선을 타고 갈 예정입니다. 어머니께서 저에게 편지를 보내면 4일 이상 걸릴 것입니다. 이 편지가 어머니에게 배달되기 전에 저는 이미 뤼베크에 도착해 있을 겁니다. 그곳에서 또 다른 편지를 써서 저의 새 주소를 알려드리겠습니다. 이곳의 주소를 알기 전까지는 뻬쩨르부르그 시, 볼쇼이 메샨스꼬이(Большой Мещанской) 거리, 이오힘(Иохим) 주택, 존경하는 니꼴라이 야꼬블레비치 쁘로꼬뽀비치 (Николай Яковлевич Прокопович) 2등 대위 앞으로 편지를 보내십시오. 바실리예프까 영지에 계신 어머니를 다시 만날 때까지 2~3년이 걸릴까봐 심히 염려됩니다. 잊지 말고 저의 하인에게 여권을 보내주십시오. (그는 제가 없는 동안 여권 없이 수도에 머물 수가 없습니다.) 그리고 저에게 전달할 그 밖의 것들이 있다면, 쁘로꼬뽀비치 2등 대위 앞으로 보내주십시오.

어머니의 남은 생애를 저와 함께 소중하고 성스럽게 지낼 수 있기를 간절히 바랍니다. 그리고 저로 인해 상처받은 모든 슬픔과 분노를 떨쳐버릴 수 있도록 기도하며, 어머니의 축복을 받고 강인한 아들이 될 수 있도록 '전능하신 하나님의 두 발'(Feet of the Almighty)을 끌어안고 생활할 것입니다.

추신: 어머니께서 우크라이나에 대한 귀중한 정보를 보내주신 것에 대해 진심어린 감사의 말을 전합니다. 그리고 계속해서 우크라이나에 대한 정보를 저에게 보내주실 것을 요청합니다. 지금 저는 홀로 조용히 자료를 수집하고 있습니다. 디테일한 모든 자료가 정리되기 전까지는 책을 출판하지 않을 것입니다. 왜냐하면 서둘러 집필하여 겉만 번지르한 책을 출판하는 것을 몹시 싫어하기 때문입니다. 사랑하는 어머니, 우크라이나의 호칭이나 명칭을 쓰실 때는, 가능하면 알기 쉽고 명료하게 해주실 것을 당부 드립니다. 출판될 저의 책에는 우크라이나어가 포함될 것입니다. 따라서 정확성을 유지하는 것이 특히 중요합니다. 그렇지 않으면 일부 우크라이나어의 중요한 의미가 심하게 왜곡될 수 있습니다. 이런 번거로운 요구를 하며 어머니를 성가시게 해드려 죄송합니다. 그러나 정확

성에 주의를 기울인다면 어머니에게도 큰 기쁨이 될 것입니다. 얼마 있다 선량한 독일인들의 관습과 일상, 색다른 분위기, 처음 경험하는 낯설음과 매혹적인 풍광, 그리고 제가 느낀 강렬한 인상 등을 편지로 알려드리겠습니다. 싸바(Савва) 사제님께 안부 전해주십시오. 그리고 사제님께 어머니의 편지에 동봉할 짧은 소식의 글을 써달라고 부탁드려주십시오.

법원에 납부해야 될 돈은 어머니께서 직접 내주시기 바랍니다. 11월까지 기다려도 되지만, 10월초나 중순에 납부하는 것이 더 좋을 듯합니다. 1,000루블 마다 5루블씩의 벌금이 매달 부과된다는 것을 잊지 마십시오.

만일 여분의 돈이 있다면 다닐엡스끼에게 100루블을 보내 주십시오. 제가 독일에서 물건을 사지 않으려고 그의 가죽코트와 리넨으로 만든 담요, 시트, 식탁보 등을 가지고 왔습니다.

사랑하는 여동생 안나와 엘리자베따에게[53] 수천 번의 키스를 보냅니다. 아무쪼록 안나에게 훌륭한 교육을 받을 수 있는 기회를 제공해 주십시오. 선생님으로 하여금 안나에게 언어와 그 밖의 유용한 학문을 가르치도록 부탁하십시오. 안나는 아주 훌륭한 천재가 될 것입니다."

나는 이 편지를 한 자도 빼놓지 않고 전부 번역했다. 왜냐하면 편지의 내용이 마치 어떤 실마리를 제공하는 털실뭉치처럼 보였기 때문이다. 독자들은 각각의 털실이 나중에 고골이 언급한 말 속에 교묘하게 엮여있다는 것을 발견하게 될 것이다. 고골이 어떤 방식으로 성생활을 했던 간에, (성인이 되었을 때도 고골은 여자에 대해 전혀 무관심했다.) '고귀한 존재'(exalted creature)와 하나님에 의해 기이하게 창조된 '이교도 여신' (pagan

53) 역주: 고골의 모친 마리야(Мария И. Гоголь-Яновская, 1791~1868)는 많은 자녀를 출산했다. 큰아들과 둘째아들은 태어날 때 사망했다. 고골(1809~52)은 셋째아들로 태어났고, 넷째아들 이반(Иван, 1810~19)은 9살 때 사망했다. 그리고 장녀 마리야(Мария, 1811~44)가 다섯 번째로 태어났고, 그다음에 태어난 몇몇 아이들은 어린 시절 사망했다. 그리고 안나(Анна, 1821~93), 엘리자베따(Елизавета, 1823~64), 올가(Ольга, 1825~1907)가 차례로 태어났다.

goddess)에 대한 암시는 '파렴치한 소설'(shameless fiction)[54]에서나 볼 수 있는 미사여구를 사용한 화려한 묘사임에 틀림이 없다. 젊은 고골의 사생활에서 재앙을 야기할 정도의 낭만적인 로맨스가 존재하지 않았다고 주장하는 고골의 가장 친한 친구들의 확실한 증언은 차치하더라도, 이 편지에서 사용한 고골의 일부 표현은 진실과는 너무나도 거리가 멀다. [고골은 눈에 띄는 '홑화살괄호'(parenthesis)를 편지의 일부 구절에 노골적으로 삽입하여 강조하고 있다.] 따라서 우리는 고골이 자신의 개인적 목적을 달성하기 위해 당시 자신이 모방했던 낭만주의 경향의 소설로부터 이런 표현을 차용했을 것이라고 추정할 수 있다. 하나님이 귀족계급에게 허락한 '실질적인'(real) 영지에서 농사짓는 일 대신, '추상적인'(abstract) 도시에서 펜을 끄적거리는 관리가 되려고 애쓰는 다소 무익하고 사악한 고골의 행동은, 훗날 『친구들과의 서신교환선(選) Выбранные места из переписки с друзьями』(1847)에서 주장하고 있는 그의 신념과 사상을 예견할 수 있게 만든다. 그리고 고골이 어떤 식으로든지 영지의 소유권을 이전하려고 애썼다는 것은 고골의 생각과 행동이 모순되고 있다는 점을 보여준다. 자신과 어머니를 제외하고 그 어느 누구도 신성하지 않다는 괴팍한 논리나, 우연히 발생한 사건을 '하나님의 섭리'(Providence)에 의한 것이라고 억지 주장하는 기묘한 논리는 시사하는 바가 매우 크다. (그의 어머니 역시 이런 논리에 푹 빠져있는 인물이다.) 이런 현상은 고골이 상상력을 동원해서 즉 인간의 상상력을 동원해서 형이상학적으로 기독교를 해석하고 있다는 것을 보여준다. 그리고 고골이 그렇게 두려워하는 악마가 고골의 팔꿈치를 힘으로 떠밀고 있다는 것을 인식하지 못했다는 것도 보여준다. 왜냐하면 하나님의 섭리라는 단어를 사용해서 러시아 관료사회의 사악한 현실을 지적한 후, 자신이 만들어낸 환상을 뒷받침하기 위해 하나님의 섭리라는 단어를 다시 사용하고 있기 때문이다.

54) 역주: 당시에 유행하고 있는 저급한 낭만주의 경향의 소설을 일컫는다.

관청업무에 대해 고골이 느꼈던 혐오감만으로는 자신이 사직하는 이유로 충분하지 않다는 것을 인식하고 있었기 때문에, 고골은 어머니에게 좀 더 낭만적인 변명거리를 지어낸 것이다. 어머니는 당시 지방에 살고 있는 러시아 여인들처럼 자식이 '6등관'(коллежский советник)보다 두 단계 낮지만 '8등관'(коллежский асессор)이라는 것을 무척이나 자랑스러워했다. (당시 러시아는 중국식으로 편성된 14등급 체계를 사용하고 있었다.) 고골은 편지에서 자신이 열정적으로 사랑하고 있는 대상이 고위층 집안의 여인 — 어쩌면 진짜 '4등관'(действительный статский советник)의 딸일지도 모른다 — 이라는 것을 넌지시 암시하고 있다. (우리는 그의 어머니가 이 편지에서 놓친 이 암시를 추후에 다시 살펴볼 것이다.) 자신의 소설과 직접적으로 연관이 없는 편지에서 이런 식으로 암시하는 것은, 고골이 즐겨 사용하는 문학기법 중 하나이다. 고골은 사적으로 사용해서는 안 되는 돈을 제멋대로 사용했다는 것을 어머니에게 뻔뻔스럽게 말하고, 그녀가 절대 받아들이지 않을 것을 뻔히 알고 있으면서도 자신의 소유인 영지의 권리를 그녀에게 양도하겠다고 약속한다. 그리고 그녀에게 단돈 1꼬뻬이까도 요구하지 않을 것이라고 진지하게 맹세한 후, 능청스럽게 그녀에게 추가로 100루불을 더 요구하고 있는 것이다. 그리고 자신의 영적인 문제에 대해 언급한 후, 점강법[55]을 사용하여 교역으로 유명한 북부독일의 비교적 큰 항구도시 뤼베크에 대한 이야기로 화제를 전환하고 있다. 이런 전환은 고골이 자신의 후기작품에서 즐겨 사용하는 문학기법이다. 아마도 이 편지에서 가장 흥미로운 점은 고골이 작품을 발표하고 위기에 처했을 때 '고독의 침묵 속에서'(in the silence of solitude) '동포들'(brethren)에게 유익함을 제공할 수 있는 그 무엇인가를

55) 역주: 점강법(bathos)은 진지하고 중요한 주제나 어조에서 의도적으로 우스꽝스럽고 평이한 주제나 어조로 바꾸는 문학기법이다. 고골은 이 기법을 자신의 작품에서 자주 사용했다.

성취하기 위해 필사적으로 외국여행에 집착했다는 것이다.

고골은 1829년 7월 13일[56] 황동으로 만든 단추가 달린 아주 멋진 파란색 코트를 입고 뤼베크에 도착했다. 그리고 곧바로 어머니에게 또 다른 편지를 썼다. 그는 이 편지에서 뻬쩨르부르그를 떠난 이유에 대한 또 다른 거짓변명을 늘어놓는다.

"제가 이곳에 온 중요한 이유를 말씀드리는 것을 깜박 잊었습니다. 뻬쩨르부르그에서 지낸 1829년 봄과 여름기간 동안 저는 줄곧 아팠습니다. 결국 회복되긴 했지만, 얼굴과 손에 온통 발진이 돋았습니다. 의사들은 연주창[57] 때문에 발진이 생겼다고 말합니다. 그리고 저의 피가 심하게 오염되었다고 합니다. 그래서 그들은 저에게 피를 정화시키는 약을 달여 먹고, 뤼베크에서 18베르스따[58] 떨어진 작은 도시 트라베뮌데(Travemünde)로 가서 온천치료를 받으라고 권유 했습니다."

분명히 고골은 어머니에게 보낸 첫 번째 편지에서 낭만적으로 꾸며낸 여행목적을 완전히 망각하고 있었던 것이다. 그런데 불행하게도 그의 어머니는 첫 번째 편지의 내용을 낱낱이 기억하고 있었다. 그녀는 고골이 언급한 이런저런 이야기들을 — 첫 번째 편지에서 언급한 미스터리한 열정 그리고 이번 편지에서 언급한 불가사의한 발진 — 종합한 후, 아들이 어떤 고급 매춘부와 성관계를 맺었고 그 결과 성병에 걸렸다는 비약적인 결론에 도달하게 된다. 어머니로부터 두 통의 답장을 받은 고골은 어머니의 반응에 아연실색했다. 훗날 고골은 가까운 지인들에게 자신의 계획이나 욕망에 관한 거짓된 인상을 심어주기 위해 상당히 공을 들이며 상상력을 발휘하여 그들을 설득하는데, 그들의 예기치 못한 반응에 큰 충격을 받게 된다.[59] 어쨌든 그가 의도했던 계획은 잘못된 방향으로 흘

---

56) 역주: 실제 고골이 뤼베크에 도착한 날은 1829년 8월 13일이다. 나보꼬프가 8월을 7월로 오기했다.

57) 역주: 연주창(scrofula)은 림프샘의 결핵성 부종인 갑상선종이 헐어서 터지는 병이다.

58) 역주: 1베르스따(верста)는 약 1.067km이다. 따라서 18베르스따는 대략 19.2km이다.

러갔고, 어머니로부터 동정적이며 건설적인 조언도 받지 못하고 대신 귀에 거슬리는 거친 항의만 받았던 것이다. 상대방에게 연민을 자아내기 위해 애절하게 설명하면 할수록, 그의 어조는 더욱 진지하고 엄숙해 진다. 그리고 자신의 감정 — 가장 경건하고 가장 성가시게 만드는 문체를 사용해서 표현하는 감정 — 을 진지하게 표현하면 할수록, 상대방으로부터의 거부반응은 예상하지 못할 정도로 강렬해 진다. 고골은 강력한 바람의 도움을 받으며 범선을 이용해 항해를 시작했는데, 갑자기 끔찍한 오해를 불러일으키는 커다란 바위에 부딪치면서 배의 용골[60]에 깊은 상처가 난 것이다. 고골은 자신이 심혈을 기울여 고안한 환상에 대한 어머니의 예기치 못한 반응에 당황해하며 이내 반박하는 답장을 썼다. 이 답장에서 우리는 훗날 그가 놀라움을 표현할 때 사용하는 특이한 방법을 발견하게 된다. (두 개의 전혀 다른 상황이 드러나지 않도록 교묘하게 조합시키는 방법이다. 악마의 입장에서 볼 때 어떤 상황을 과장하여 그럴듯하게 보이게 만드는 것보다 더 좋은 방법은 존재하지 않는다.) 몇 년 후 고골은 러시아 지주들의 책무에 대한 자신의 생각과, 작품을 팔아서 얻은 수익으로 그동안 빚진 친구들에게 갚지 않고 대신 익명으로 가난한 학생들에게 나눠주려는 생각을 친구들에게 피력했을 때, 그들의 예기치 않은 반응에 당황해 하며 과거 어머니에게 표현했던 동일한 방법으로 놀라움을 표한다. 고골은 어머니의 편지를 읽고 그녀가 추론한 해석에 대해 강하게 반박하면서 자신이 뻬쩨르부르그를 떠난 이유에 대해 마지막 변명을 늘어놓는다. 고골 전기 작가들은 이 마지막 변명 속에 『간쯔

---

59) 역주: 뽀고진(Михаил П. Погодин, 1800~75)은 자신의 아내가 사망했을 때 고골이 그에게 보낸 편지를 읽고 경악했다. 그리고 악사꼬프(1791~1859)는 고골이 자신에게 일정한 시간을 정해 놓고 토마스 아 켐피스(Thomas à Kempis, 1380~1471)가 쓴 『준주성범』(遵主聖範, De Imitatione Christi)을 하루에 한 챕터씩 읽으라고 지시했을 때 분노했다. (자세한 내용은 이 책의 4장 "교사와 안내자" 179~180쪽을 참조하라.) 고골보다 연상인 이 두 사람은 고골과 절근한 사이였다.

60) 역주: 용골(keel)은 선박 바닥의 중앙을 받치는 긴 목재로 선체를 고정시키는 역할을 한다.

뀨헬가르쩬』의 실패 이후 발생한 고골의 심리상태가 잘 반영되어 있다고 생각한다.

“어머니, 고백하겠습니다. 뻬쩨르부르그를 떠난 진정한 이유는 젊음의 자랑스러운 긍지 때문입니다. 그 외의 어떤 이유도 없습니다. 정말 순수한 의도 — 인류에게 유익한 인물이 되겠다는 강렬한 욕구 — 를 갖고, 다시 말해 이성으로 통제할 수 없는 순수한 의도를 갖고 아주 멀리 떠난 것입니다.”

독일에 도착한 후 고골이 두 달(1829년 8월과 9월) 동안 뤼베크, 트라베뮌데, 그리고 함부르크에서 어떻게 지냈는지는 명확하게 알 수 없다. 심지어 어떤 전기 작가는 고골이 1829년 여름 독일로 떠나지 않고 그냥 뻬쩨르부르그에 머물렀다고 주장한다. (마치 몇 년 후 모스크바로 돌아온 고골이 아직도 이탈리아의 트리에스테에 머물고 있다며 어머니를 감쪽같이 속였던 것처럼 그녀를 속였다고 생각하는 것이다.) 고골은 편지에서 꿈같은 기이한 방식으로 뤼베크의 풍경을 묘사하고 있다. 고골이 6년 후 어머니가 꾼 악몽을 묘사할 때와 유사한 방식으로 뤼베크 성당의 시계를 설명하는 부분은 상당히 신비스럽다. (“12시가 되면, 시계 위에 있는 커다란 대리석 형상이 12번 종을 친다. 시계 위에 있는 문이 삐꺽거리는 소리를 내며 열린다. 그리고 그 안에서 12사도의 위풍당당한 행렬이 전개되는데, 각각의 형상은 보통 사람의 체격을 하고 있다. 그들은 노래를 부르면서 주님의 형상을 지나칠 때마다 고개를 숙인다...”) 어머니가 상상했던 고골에게 닥친 불행은 시계의 형상들과 함께 뒤범벅이 되어 버린다. 나는 젊은 시절 기독교 신앙에 푹 빠져있던 고골이 경험했던 고통을 연상시키는 이 꿈에 대한 묘사가 전혀 어색하지 않다. 나는 먼 곳에 있는 사람들의 이상야릇한 그림자 윤곽을 따라가며 그들을 상상하는 것을 매우 좋아한다. 나는 고골이 뤼베크 여관에서 스위스인 부부, 영국인, 그리고 인도인과 (고골은 어머니를 위해 이 인도인을 인도의 대부호로 변신시켰다.) 함께 저녁식사를 했던 익명의 미국인(고골은 편지에서 그를 단지 '미국시민권자'라고 썼다.)의 이름과 직업을 상상하는 것을 좋아한다. '코가 긴 젊은 모스크바 남자'(a long-nosed Muscovite)[61]는 그들과 함께 식탁에 앉아 시무룩한 채 아무 말도하지 않고 게걸스럽게 음식을 먹고 있었다. 우리는 가끔 그다지 중요하지 않은 사람들에 (우연히 만난 여행 동반자들이나, 몇 년 전에 만났지만 오랫동안 보지 못해 기억에 나지 않는 사람들에) 관한 꿈을 꾼다. 따라서 어느 날 그들 중 한 사람이 뤼베크 여행과 관련된 꿈을 꾼 후, 그 미국인이 1875년 보스톤에서 은퇴한 직장인이라고 상상하며 이튿날 아침 자신의 부인에게 아무런 의미도 없이 꿈 이야기를 했을지도 모른다. 그리고 뤼베크에서 만난 젊은 러시아인이 (혹은 폴란드인이)[62] 골동품 가게에서 '시계'(clock)와 '외투'(cloak)를[63] 구입했다고 부인에게 말했을지도 모른다.

5.

고골은 자신이 갑자기 뻬쩨르부르그를 떠났던 것처럼 갑자기 뻬쩨르부르그로 귀환했다. 그는 항상 박쥐처럼 또는 그림자처럼 이곳에서 저곳으로 야반도주했던 것이다. 고골의 실제 삶과 작품속의 삶 속에 살고 있었던 것은 고골 자신이 아니라 고골의 그림자였다. 이 두 삶 속에서 고골은 천재적인 배우로 생활했던 것이다. 자신의 삶뿐만 아니라 문학적

61) 역주: 고골을 지칭한다.
62) 역주: 고골을 지칭한다. 그의 성은 원래 고골-야놉스끼(Гоголь-Яновский)였다. 일부 학자는 야놉스끼를 근거로 그의 선조가 폴란드인이거나 우크라이나 까자끄인이라는 주장을 제기한다. 나보꼬프가 폴란드인라고 언급한 것을 감안할 때, 그 역시 고골의 선조가 폴란드인일지도 모른다는 주장에 동조하고 있는 것이다.
63) 역주: 나보꼬프가 발음이 유사한 clock과 cloak을 사용하여 '언어유희'(игра слов)를 하고 있는 것이다.

측면에서도 그는 훌륭한 배우였을까? 사무직에 대한 혐오감으로 인해 한때 고골은 무대에 서려는 시도를 감행했다. 그런데 관청근무를 회피하기 위해 계획한 이 시도는 실패로 끝나게 된다. 왜냐하면 1829년 말 어떤 관청에서 '관리'(чиновник)로 근무하게 되었기 때문이다. 그리고 그는 이 관청에서 저 관청으로 전근하는 능력도 갖고 있었다.[64] 고골은 1830년 초 첫 번째 단편을 발표했다. 훗날 그는 다른 단편들과 합본하여 우크라이나 이야기를 다루고 있는 단편집 『지깐까 근교 농가의 야회』 1부를 출판했다. 그리고 그즈음 고전주의 경향의 6보격 시를 선호하는 젤빅[65]이 주관하는 문학잡지 «북방의 꽃»[66]에 역사소설의 1장[67]을 게재했다. (이 역사소설이 중단되지 않고 계속해서 게재되었다는 점은 감사한 일이다.) 고골은 이 역사소설의 첫 장에 'OOOO'라는 제목을 붙였다. 이 제목은 자신의 이름과 성 '니꼴라이 고골-야놉스끼'(Николай Гоголь-Яновский)에 모음 '오'(О)가 4개 있다는 것을 근거로 하여 만든 것이다. 자신의 정체를 숨기기 위해 о를 4개 나열한 것은 고골의 입장에서 볼 때 상당히 중요한 의미를 내포하고 있다.

어머니에게 보낸 많은 편지 중 하나에서 고골은 자신의 일상을 다음과 같이 묘사하고 있다.

"저는 아침 9시에 관청 사무실로 출근하여 오후 3시까지 근무합니다.

---

64) 역주: 고골은 1829년 11월 내무성 산하에 있는 '국가경제와 공공건물을 담당하는 부처'에서 근무를 시작했고, 이듬해 4월 10일에는 '황제령을 관리하는 국토부'로 전근하여 8등관 서기로 일했다.

65) 역주: 안똔 젤빅(Антон А. Дельвиг, 1798~1831)은 귀족출신 시인이자, 문학잡지 «북방의 꽃 Северные цветы»의 발행인이다.

66) 역주: «북방의 꽃»은 1825년 발행된 진보성향의 잡지로 낭만주의 시인 주꼽스끼, 뿌쉬낀, 그리고 제까브리스뜨 시인들의 작품이 주로 실렸다.

67) 역주: 1830년부터 집필하기 시작한 미완성 역사소설 『게뜨만 Гетьман』을 지칭하는데, 1장의 제목은 '피의 반두리스뜨'(Кровавый бандурист)이다. 고골은 이 소설을 4장까지 집필했고, 1835년에 이 소설을 토대로 하여 집필한 『따라스 불바 Тарас Бульба』를 발표한다. 자세한 내용은 김문황, "따라스 불바 연구: 의도적 변형" 『어문논총』, 동서문학회, 2007을 참조.

그리고 3시 30분에 저녁을 먹고 5시 경에 제가 미술을 배우고 있는 '미술아카데미'(Art Academy) 클래스에 참석합니다. 미술은 절대 포기할 수 없는 저의 취미생활입니다." (그는 계속해서 다소 유명한 화가들과 어울리는 것이 자신에게 기쁨과 유익함을 제공한다고 말한다.) "저는 그분들의 분위기와 태도에 감탄할 수밖에 없습니다. 참 대단한 사람들입니다. 누구든지 그들과 일단 친분을 맺게 되면, 영원토록 그들과 교제를 하려고 할 것입니다. 상당히 겸손하고 재능 있는 분들입니다. 일주일에 3번 모이는 이 클래스는 저녁 7시에 끝납니다. 그리고 귀가하여 많은 친구들과 함께 저녁시간을 보냅니다. 어머니께서 믿거나 말거나, 제 주변에는 우크라이나에서 함께 공부했던 25명의 동창생이 있습니다... 저녁 9시가 되면 산책하러 나갑니다. 그리고 11시에 집으로 돌아온 후, 만일 저녁에 차를 마시지 않았다면 제가 직접 차를 끓여 마십니다... 가끔은 자정이나 새벽 1시 경에 산책을 마치고 집으로 돌아오는데, 그 시각에 다차[68]가 있는 도시외곽처럼 넵스끼 거리[69]에도 많은 사람들이 산책하고 있는 모습을 볼 수 있습니다. 어머니도 아시다시피, 이곳 뻬쩨르부르그에는 밤이 없습니다.[70] 밤에도 태양이 밝게 빛을 발하고 있고, 대기도 아주 맑고 쾌청합니다."

젤빅은 젊은 고골을 낭만주의 시인 주꼽스끼[71]에게 소개했고, 주꼽스끼는 고골을 문학비평가이자 대학교수인 쁠레뜨뇨프[72]에게 소개했다. 쁠레뜨뇨프는 뿌쉬낀이 자신의 서사시 『예브게니 오네긴 Евгений Онегин』

68) 역주: 다차(дача)는 도시와 농촌 외곽에 위치한 텃밭을 끼고 있는 '간이 별장'이며, 주말이나 휴가철에 가족 혹은 친구들과 함께 휴식을 즐기는 공간이다.

69) 역주: 뻬쩨르부르그 도심의 중앙에 위치한 대로.

70) 역주: 위도 60도에 위치한 뻬쩨르부르그에는 밤 11시에 해가 지고 이튿날 새벽 2시에 다시 뜨는 백야(белая ночь)현상이 여름(5월~7월)에 발생한다.

71) 역주: 바실리 주꼽스끼(Василий А. Жуковский, 1783~1852)는 러시아 낭만주의 시인이자 번역가이다. 그는 독일과 영국의 서정시, 발라드, 애가 등 다양한 장르를 번역했다.

72) 역주: 뾰뜨르 쁠레뜨뇨프(Пётр А. Плетнёв, 1791~1866)는 뻬쩨르부르그 황실대학의 교수를 역임한 인물로 시인이자 비평가이다.

(1830)을 헌정했던 인물이다. 그후 주꼽스끼와 쁠레뜨뇨프는 고골의 절근한 친구가 되었다. 고골은 형이상학에 몰입하며 중세풍의 격렬한 열정을 갖고 있는 자신과 달리, 주꼽스끼가 자신의 열정을 드러내지 않고 가볍게 풍자하는 온화한 성품의 신앙심이 돈독한 인물이라는 것을 깨닫게 된다. 당시 주꼽스끼는 19세기 초에 활동했던 뛰어난 시인들 중 한사람이었고, 번역가로도 명성을 떨치고 있었다. 그가 번역한 자이들리츠[73]와 실러[74]의 작품은 독일어 원작보다 뛰어나다는 호평을 받았다. 주꼽스끼의 신앙심과 부드러운 성품, 공손한 향기, 감미로운 시, 그리고 상대방을 배려하는 따뜻한 온정은 고골이 추구했던 순수한 러시아인의 이상과도 잘 어울렸다. 주꼽스끼가 이상적인 세계에 대해 고골에게 상세하게 설명했을 때, 고골은 그 어떤 거리감도 느끼지 않았고 오히려 함께하는 즐거운 성찬식의 유대감을 느꼈다. 예를 들어 주꼽스끼는 현재 시행되고 있는 교수형 대신, 교회와 같은 밀폐된 공간에서 찬송가가 울려 퍼지는 가운데 죄수를 처형하고, 교회 밖에 무릎 꿇고 있는 구경꾼들이 처형장면을 볼 수는 없으나 그들의 가슴을 벅차게 만드는 경건하고 아름다운 찬송가를 들을 수 있도록 배려하는 종교적으로 신비스러운 처형방식을 고골에게 설명했다. 주꼽스끼가 주장하는 방식은 교회 안에 차단된 벽과 커튼을 설치하고, 비명소리가 밖으로 새어나가지 않도록 목회자와 합창단이 거룩한 찬송을 불러 "사형수가 죽음을 맞이하는 순간, 허세를 부리며 발광하는 사악한 모습을 교회 밖에 있는 구경꾼들이 보고 듣지 못하도록 하겠다."는 것이다.

쁠레뜨뇨프를 통해 고골은 단순하고 고통스러운 관청근무를, 단순하

---

73) 역주: 자이들리츠(Karl Johann von Seidlitz / Карл К. Зейдлиц, 1798~1885)는 러시아태생 독일계 의사이다. 주꼽스끼와 친밀한 사이였던 그는 의사활동을 하면서 독일어로 시도 발표했다.

74) 역주: 프리드리히 실러(Friedrich von Schiller, 1759~1805)는 독일 고전주의 시인이자 극작가이다.

고 고통스러운 교육자의 업무(여학교에서의 역사 강의)로 바꿀 기회를 갖게 된다. 그리고 얼마 후 재앙을 초래하는 고골의 교육경력이 시작된다. 고골은 쁠레뜨뇨프가 1831년 5월말 경 주최한 파티석상에서 뿌쉬낀을 처음 만나게 된다.

이때 막 결혼한 뿌쉬낀은 젊은 부인 나딸리야를 모스크바 외곽 외딴 시골집[75]의 어두침침한 장롱 속에 가두어두지 않고 뻬쩨르부르그로 데리고 나왔다. 그는 부정한 짓거리를 일삼으며 황제에게 아첨하는 신하들이 (뿌쉬낀의 발뒤꿈치도 따를 수 없을 뿐 아니라, 심심풀이로 바람이나 피우는 황제의 감독 하에 있는 신하들) 흥청거리며 노닥거리는 궁중무도회에 그녀를 데리고 가지 말았어야 했다. 당시 뿌쉬낀의 문학재능은 최고조에 다다른 상황이었다. 그러나 러시아 운문의 르네상스가 차츰 시들해지면서 돌팔이 시인들이 문단에 범람하기 시작했다. '상상력이 부재한 사상'(pedestrian thought), '독일의 관념론'(German idealism), 그리고 '시민정신으로 무장한 문학비평'(civic minded literary criticism)을 주장하는 비평가들은 (훗날 이들은 섣부른 마르크스주의자와 '인민주의자'[76]로 탈바꿈하게 된다.) 당대의 가장 위대한 시인 뿌쉬낀을 (아마도 셰익스피어를 제외하고 세계 최고의 시인이라고 말할 수 있다.) '구세대의 유물'(dusty relic of a past generation) 혹은 '귀족문학의 대표'(representative of the aristocracy)로 폄하했다. 당시 진심 어린 독자들은 러시아의 불쌍한 영혼들과 마찬가지로, '진실'(facts), '진실한 로맨스'(true romance), 그리고 '인

---

75) 역주: 뿌쉬낀의 부친이 그에게 결혼지참금으로 물려준 볼지노(Болдино) 영지에 있는 집을 지칭한다. 뿌쉬낀은 이 영지에서 『예브게니 오네긴』(1830), 『꼴롬나의 집 Домик в Коломна』(1830), 『벨낀 이야기 Повести покойного Ивана Петровича Белкина』(1830) 그리고 『작은 비극 Маленькие трагедии』(1830) 등을 완성했다. 1831년 2월 결혼한 나딸리야는 뿌쉬낀보다 13살 연하였다.

76) 역주: 인민주의(народничество)는 무정부주의와 허무주의의 영향으로 1870년대 러시아에서 발생한 일종의 사회주의 사상이다. 인민주의자들은 '인민 속으로'(в народ) 들어가 농민들에게 의식화운동을 하고 그들과 함께 짜르 정부를 전복하고 공화정을 수립하려 했다.

간의 관심사'(human interest)에 목말라하고 있었다.

뿌쉬낀은 "나는 고골의 『지깐까 근교 농가의 야회』를 다 읽었네."라고 자신의 친구에게 편지를 썼다. "깜짝 놀랄만한 흥미로운 작품이야! 아마 자네도 재미있어할 걸세. 감상적이지도 않고 고지식하지도 않으며, 독자들의 흥미를 유발하는 아주 솔직담백한 작품이네! 게다가 어떤 구절에 표현된 섬세한 시적 감정은 상당히 돋보인다네! 그런데 이제까지의 러시아문학에서 찾아볼 수 없는 독특한 작품이기 때문에, 아직도 이해가 잘 되지 않는 부분이 있네. 그리고 작가(고골)가 『지깐까 근교 농가의 야회』를 인쇄하고 있는 출판사를 방문했을 때, 식자공들이 깔깔대며 웃음을 터뜨렸다는 일화도 들었네. (고골이 직접 이 이야기를 뿌쉬낀에게 말했는데, 이 이야기는 고골이 그럴듯하게 꾸며낸 것이다.) 게다가 이 작품을 읽은 검열관은 자신에게 즐거움을 선사하는 아주 흥미로운 작품이라고 작가에게 말했다네. 어쩌면 몰리에르[77]와 필딩[78]도 인쇄소의 식자공들에게 웃음을 선사했을지도 모르겠네. 어쨌든 독자들에게 진정으로 웃음을 선사하는 이 작품이 출판된 것을 나는 진심으로 축하한다네!"

고골에 대한 뿌쉬낀의 칭찬은 어느 정도 과장된 것으로 보인다. 그러나 당시는 (뿌쉬낀의 산문을 제외하고) 아무런 가치도 없는 소설들이 출판되고 있는 상황이었다는 것을 염두에 둘 필요가 있다. 이처럼 '진정한 영적 음식'(real spiritual food)[79]이 부재한 상황에서 러시아의 관대한 독자들이 선뜻 받아들였던 18세기 영국과 프랑스의 소설을 모방한 러시아 작품들과 비교해볼 때, 고골의 『지깐까 근교 농가의 야회』는 신선한 충격을 주는 획기적인 작품이었다. 그런데 특이하게도 이 작품에 대한 사

---

77) 역주: 역주 13번을 참조하라.

78) 역주: 필딩(Henry Fielding, 1707~54)은 18세기 영국의 소설가이자 작가이다. 그의 대표작으로 코믹 소설 『톰 존스 Tom Jones』를 꼽을 수 있다. 그는 영국소설 확립기의 대표적인 작가로 간주된다.

79) 역주: 문학적으로 뛰어난 작품을 의미한다.

람들의 관심과 흥미는 이내 시들해지고 만다. 고골은 이 작품(1부와 2부 모두)을 통해 유머작가라는 명성을 얻었다고 볼 수 있다. 그런데 만일 어떤 사람이 고골을 유머작가라고 말한다면, 나는 그를 문학을 제대로 이해하지 못하는 사람으로 간주할 것이다. 만일 뿌쉬낀이 1837년에 사망하지 않고 더 오래 살아서 고골의 『외투』와 『죽은 혼』을 읽었다면, 뿌쉬낀은 고골이 웃음을 제공하는 작가 그 이상이라는 것을 분명히 깨달았을 것이다. 실제로 고골은 뿌쉬낀이 죽기 얼마 전에 그에게 『죽은 혼』 1부의 초고를 읽어주었다. 초고를 듣고 뿌쉬낀이 "하나님 맙소사, 러시아는 참 불행한 나라이네!"라고 소리쳤다는 일화가 전해지고 있는데, 이 이야기 역시 고골이 조작한 것이다.

성급하게 감탄하며 칭찬하는 대부분의 행위는 미래에 대한 장밋빛 환상 때문에 발생한다. 작가가 다루는 지방색채는 결코 작가의 고유한 색채가 '아니다'(not). 나는 단순히 어느 지역의 방언으로 쓰여 졌기 때문에, 혹은 멀리 떨어진 곳의 이국적인 분위기에 감동했기 때문에, 그 작품을 좋아한다는 사람들의 견해에 전혀 동의하지 않는다. 나는 마치 장의사처럼 줄무늬 바지를 입고 와이셔츠의 앞가림 판을 대고 등장하는 사람을 봤을 때와 마찬가지로, 반짝거리는 옷을 입고 등장하는 광대를 봤을 때 이들이 결코 웃긴다고 생각하지 않는다. 나무꾼들, 영국의 요크셔지방 사람들, 프랑스 시골사람들, 그리고 우크라이나 사람들에 대한 낭만적인 민담 혹은 시시껄렁한 이야기보다 더 따분하고 역겨운 것은 없다. 『지깐까 근교 농가의 야회』 1부와 2부, 그리고 1835년에 출판된 『미르고로드 Миргород』 1부와 2부에 (이 작품집에는 『비이 Вий』, 『따라스 불바 Тарас Бульба』, 그리고 『옛 기질의 지주 Старосветские помещики』 등이 실려 있다.) 대해 내가 냉담한 반응을 보이는 것은, 바로 이런 이유 때문인 것이다. 그러나 러시아의 교사들은 왜곡된 유머작가 고골의 젊은 시절 작품을 학생들에게 강요하고 있다. 고골의 진정한 문학세계는 작품집 『아라베스끼』[80]에서 (『넵스끼 거리』, 『광인일기』, 그리고 『초상화

Портрет』가 포함되어 있다.) 새싹이 돋아나기 시작해서, 『검찰관』, 『외투』, 그리고 『죽은 혼』에서 만개한다.

『지깐까 근교 농가의 야회』와 『따라스 불바』를 발표했을 때, (이후 고골이 젊은 시절에 쓴 '인위적으로 꾸며낸 이야기'[81]와 유사한 부류의 작품을 더 이상 집필하지 않았다는 점은 상당히 고무적이다.) 고골은 끔찍한 위기에 처해있었다. 당시 그는 대중에게 '우크라이나 민속이야기'(Ukrainian folklore tales)와 '낭만적인 이야기'(colorful romantic)를 다루는 작가로 인식되어 있었던 것이다. 훗날 그가 보편적인 명성에 목말라하면서 우크라이나 방언을 더 이상 사용하지 않았다는 점에 대해 우리는 감사해야 한다. 만일 고골이 지속적으로 우크라이나 방언에 집착했다면, 오늘날의 고골은 존재하지 않았을 것이다. 끔찍한 악몽을 꾸고 싶을 때 나는 『지깐까 근교 농가의 야회』와 『미르고로드』에서 우크라이나 방언을 사용하여 묘사한 드네쁘르 강가에 출몰하는 유령들, 익살스러운 유대인들, 그리고 위풍당당한 까자끄인들에 대해 글을 쓰고 있는 고골을 상상하곤 한다.

『지깐까 근교 농가의 야회』를 처음 읽고 25년이 경과한 후 나는 어쩔 수 없이 한 번 더 읽게 되었는데 여전히 감동을 받지 못했다. 학창시절 선생님이 나에게 이 작품집에 실린 『무서운 복수 Страшная месть』를 읽고 왜 신선한 감동을 받지 않는지, 그리고 『이반 표도로비치 슈뽄까와 그의 이모 Иван Фёдорович Шпонька и его тётушка』를 읽고 왜 웃음이 터져 나오지 않는지 도저히 이해할 수 없다고 말씀하셨던 것이 기억에 떠올랐다. 그러나 지금 나는 '오페라풍의 로맨스와 케케묵은 익살극'[82]에서 1830년대 독자들, 1860년대 비평가들, 그리고 젊은 시절 나의 선생님

---

80) 역주: 1835년 발표한 『아라베스끼 Арабески』에는 나보꼬프가 언급한 3편의 단편 외에 '13편의 에세이'가 수록되어 있다.
81) 역주: 『지깐까 근교 농가의 야회』와 『따라스 불바』를 지칭한다.
82) 역주: 『이반 표도로비치 슈뽄까와 그의 이모』를 지칭한다.

들이 이해하지 못했던 것을 희미하지만 비교적 뚜렷하게 밝혀낼 수 있게 되었다.

예를 들어 이반 슈뽄까의 꿈을 살펴보자. 상당히 고압적인 성격의 이모가 발기불능 환자인 순박한 우크라이나인 지주 이반 슈뽄까를 덩치가 큰 이웃집 금발머리 처녀와 결혼시키려고 강요하고 있다. “이반 슈뽄까는 꿈속에서 이미 결혼한 인물이 되어 있었다. 그의 눈에는 작은 집안에 있는 물건들이 모두 특이하며 이상할 정도로 섬뜩해 보였다. 그의 방안에는 1인용 침대 대신 2인용 침대가 놓여있고, 의자에는 그의 부인이 앉아있었다. 그는 이 모든 상황을 기이하다고 생각했다. 그리고 (의자에 앉아있는) 그녀에게 어떻게 다가가야할지 무슨 말을 해야 할지 전전긍긍하고 있을 때, 그녀가 거위의 얼굴을 하고 있다는 것을 알아차렸다. 그가 몸을 옆으로 돌리자 자신의 두 번째 아내가 보였는데, [침대의 ‘이중’(double) 주제가 꿈의 독특한 논리에 의해 전개되기 시작한다.] 그녀 역시 거위의 얼굴을 하고 있었다. 그가 또 다른 방향으로 몸을 돌리자, 그곳에는 세 번째 아내가 서있었다. 그리고 뒤를 돌아보니 네 번째 아내가 서있었다. 그는 전신이 옥죄어 오는 공포심을 느꼈다. 그는 정원으로 뛰쳐나갔다. 그런데 밖이 너무 더웠기 때문에 그는 모자를 벗었다. 그리고 모자 속을 들여다보니 그 속에 아내가 앉아있었다. (꿈속에 등장하는 마술사의 속임수이다.) 그는 얼굴에 흘러내리는 땀을 닦으려고 손수건이 들어있는 바지주머니 속을 뒤졌다. 그런데 주머니 속에는 다른 아내가 들어있었다. 자신의 귓구멍을 틀어막고 있는 솜을 빼내자, 그 속에 또 다른 아내가 앉아있었다. 그리고 꿈속에서 한쪽발로 깡충깡충 뛰고 있는 그를 이모가 쳐다보며 근엄하게 말했다. ‘그래 너는 깡충깡충 뛰어야해, 왜냐하면 너는 결혼한 사람이니까’ 그는 ‘하지만, 이모...’라고 말하려고 했다. 그러나 이미 늦었다. 이모가 종탑이 되어버린 것이다. 그리고 나서 그는 자신이 밧줄에 묶인 채 종탑 위로 끌려올라가고 있다고 느꼈다. (이 장면에서 프로이트 비평가들은 자신들의 귀를 쫑긋 세울 것이다.)

'도대체 누가 나를 끌어올리고 있나!' 그는 애처로운 목소리로 신음했다. '저예요, 당신의 아내, 제가 당신을 끌어올리고 있어요, 왜냐하면 당신은 교회의 종이니까요.' '아니오, 나는 종이 아니오. 나는 이반 슈뽄까요!' 그가 소리쳤다. '아닙니다. 당신은 종입니다.' 길을 걷고 있던 모모 보병 연대 소속 P대령이 말했다. 이반 슈뽄까는 꿈속에서 아내가 살아있는 인간이 아니라, 일종의 모직물이라고 생각했다. 그는 모길료프에 있는 어떤 상인의 가게에 들어갔다. '어떤 종류의 천을 좋아하십니까?' 상인이 물었다. '당신의 아내를 구입하는 것이 좋을 듯합니다. 이 천은 최근에 가장 유행하는 것인데, 상당히 튼튼합니다. 요즘 많은 신사 분들이 이 천으로 코트를 만들어 입습니다.' 그리고 상인은 사이즈를 재고 아내를 자르기 시작했다. 이반 슈뽄까는 자른 천을 겨드랑이에 끼고 유대인 재봉사를 찾아갔다. '아니, 이건 좋은 천이 아닙니다. 요즘 어느 누구도 이 천으로 옷을 만들어 입지 않습니다.' 유대인이 말했다. 다음날 아침, 일어나자마자 그는 점괘를 풀이하는 책을 (그가 읽은 유일한 책이다.) 펼쳐보았다. 이 책의 뒷부분에는 아주 친절하고 사심이 없는 훌륭한 서적상이 '꿈의 해석'(Interpretation of Dreams)을 요약한 내용이 첨부되어 있었다. 그러나 거기에도 이반 슈뽄까가 꾼 혼란스러운 꿈과 조금이라도 비슷한 내용은 없었다."[83)]

고골은 그리 뛰어나지 않은 작품 『이반 표도로비치 슈뽄까와 그의 이모』의 끝부분에서 훗날 『외투』에서 사용하는 기괴한 리듬의 패턴을 선보이고 있다. 상기에 내가 인용한 텍스트 가운데서 가장 기괴한 것은 종탑, 교회의 종, 많은 아내, 그리고 심지어 P대령에 대한 묘사가 아니라, 친절하고 이타적인 '서적상'(bookseller)에 대한 묘사이다. 나는 독자들이 이 점에 주목할 것을 기대한다.

---

83) 역주: Н.В. Гоголь Собрание сочинений в девяти томах, том 1, Москва, Русская книга, 1994, c.186~87.

2.

『검찰관』

(The Government Spector)

1.

고골의 희곡 『검찰관』이 러시아에서 상연되는 과정에서 발생한 비정상적이며 복잡한 이야기는 물론 이 글의 주제인 고골과는 특별한 관계가 없지만, 이에 관해 몇 마디 하는 것이 그리 쓸데없는 짓은 아니라고 생각한다. 단순한 관객들은 이 작품을 러시아 관료사회의 부패상을 신랄하게 고발하는 사회풍자극으로 간주했다. 그리고 다른 관객들은 작가가 이 연극을 보고 부패한 러시아에 대해 어떤 희망을 갖고 있는지 궁금해 했다. 당시 러시아의 검열위원회는 노골적으로 아첨하며 굽실거리는 바보들의 집단이거나, 젠체하며 거드름을 피우는 집단이었다고 말할 수 있다. 풍자작가가 러시아의 관리를 이상적인 인물 혹은 덕망을 갖춘 초인간적인 상징으로 묘사하지 않고, 감히 있는 그대로 묘사하는 것은 통통하게 살찐 검열위원들의 등골을 오싹하게 만드는 엄청난 범죄행위였다. (그런데 검열위원회의 의도와 상관없이 『검찰관』은 러시아어로 쓰여진 가장 위대한 연극이 되었고, 이후에도 『검찰관』을 능가하는 연극은 러시아에서 발표되지 않았다.)

그런데 검열하는 과정에서 기적이 발생했다. 이 기적은 특이하게도 고골의 뒤죽박죽인 문학세계와 너무나도 잘 어울리는 것이었다. 모든 자들 위에 군림하고 있는, 그리고 하나님과 동격인 최고의 검열관인 황제는 너무나도 고결하기 때문에 우둔한 인간의 혀로는 감히 언급조차 할 수 없는 존재였다. 그런데 바로 그 찬란하게 빛을 발하고 있는 전제군주인 황제가 예상과 달리 흔쾌히 이 연극의 상연을 승인했던 것이다.

『검찰관』 대본 가운데 과연 어떤 내용이 황제 니꼴라이 1세를 기쁘게 했는지 우리는 짐작할 길이 없다. 그는 불과 몇 년 전에 뿌쉬낀의 사극 『보리스 고두노프 Борис Годунов』(1825) 대본을 읽은 후, 뿌쉬낀에게 이 비극을 월터 스콧[84]의 역사소설과 비슷하게 개작하라는 몰상식한 제안을 했던 인물이었다. 그리고 니꼴라이 1세는 유럽의 모든 통치자들처럼

(프리드리히 2세[85])나 나폴레옹도 예외는 아니다.) 훌륭한 문학작품에 전혀 영향을 받지 않은 인물이었다. 익살스러운 오락물보다 고골의 연극이 황제에게 더 큰 흥미를 유발했다는 증거는 그 어디에서도 찾아볼 수가 없다. 그리고 풍자적인 희극이 (만일 우리가 『검찰관』을 풍자적인 희극으로 간주하는 다소 엉뚱한 망상에 사로잡혀 있다고 가정할 경우) 유머 감각도 없고 까칠한 성격을 갖고 있는 황제의 마음을 사로잡았을 것 같지도 않다. 만일 황제가 적어도 정치인의 두뇌를 갖고 있다고 가정할 경우, 연극을 관람하는 황제가 웃음을 터뜨릴 때 일반관객들이 함께 폭소를 터뜨리는 위험천만한 상황을 접한 신하들이 당황해하는 모습을 황제가 혼자 상상하며 이를 즐겼을지도 모른다. 실제 그가 첫 공연을 관람한 후 다음과 같이 말했다는 기록이 있다. "모든 신하들이 한방 얻어맞았네, 그리고 그중에 내가 가장 심하게 얻어맞았군." 그런데 만일 이 기록이 사실이라면, (아마도 사실은 아닐 것이다.) 관리들의 부정부패에 대한 고발과 짜르 정부에 대한 비난 사이에 모종의 연관관계가 있다는 것을 황제가 분명하게 인식하고 있었다고 추정할 수 있다. 고골과 같은 작가의 출현이 부분적으로 19세기 초 러시아문학 발전에 도움을 줄 수 있는 예기치 못한 충격이었던 것처럼, 『검찰관』 상연을 허락한 것 역시 황제의 예기치 못한 충격적인 변덕 때문이었다고 추측할 수밖에 없다. 이 작품의 상연을 허락하면서 다소 의아하지만 전제군주 니꼴라이 1세가 군주제 유지에 치명적일뿐 아니라 부정부패한 관료사회에 치명적이며, 무엇보다도 문단에 가장 치명적인 위험천만한 세균을 러시아 작가들의 혈관

---

84) 역주: 월터 스콧(Walter Scott, 1771~1832)은 19세기 초 영국의 역사 소설가이자 시인이다. 그의 대표적인 역사소설로 『웨이벌리 Waverley』(1814), 『아이반호 Ivanhoe』(1820), 『퀜틴 더워드 Quentin Durward』(1823), 그리고 『우드스톡 Woodstock』(1826) 등을 꼽을 수 있다.

85) 역주: 프리드리히 2세(Fridrich II, 1712~86)는 독일 프로이센 왕국의 국왕으로 종교에 대한 관용정책을 펼친 인물이며, 재판과정에 고문을 근절한 계몽군주이다.

속에 주입시켰던 것이다. 당시 고골의 연극은 시민정신으로 무장한 러시아비평가들에 의해 사회저항 작품으로 잘못 해석되었다. 그리고 농민을 억압하는 쓰레기 같은 대지주들과 부패한 경찰들을 비난하는 작품을 집필하지 않는 작가들을 작가로도 인정하지 않았던 급진적 사실주의 비평가들에 의해, 『검찰관』은 50년대와 60년대 러시아사회에 만연한 부정부패를 비난하며 대중적 인기에 영합하는 문학작품과 동일한 부류로 간주되었던 것이다. 그런데 10년 후 황제는 고골의 『검찰관』을 완전히 잊어버렸을 뿐 아니라, 고골이 누구인지, 그리고 그가 어떤 작품을 썼는지 조차 기억하지 못했다.

연기와 무대장치 측면에서 볼 때, 『검찰관』의 첫 공연은 아주 형편없었다. 고골은 배우들의 혐오스러운 가발, 우스꽝스러운 의상, 그리고 조잡한 연기를 보고 쓴 소리를 해댔다. 이때부터 이 작품은 '통속적인 풍자극'(burlesque)으로 인식되면서 무대에 올려졌다. 그리고 얼마 후 '세태를 풍자하는 희극'(comédie de mœurs)을 연상시키는 무대배경이 사용되었다. 그 결과 이 작품은 20세기에 접어들면서 고골의 화려한 말투와 암울한 현실이 뒤범벅된 기이한 형태의 희극으로 변질되었고, 재능이 뛰어난 배우들만이 소화할 수 있는 연극이 되어버렸다. 그런데 러시아의 유명한 연출가 프세볼로드 메이에르홀드[86]가 1920년대에 『검찰관』 원본에 새로운 내용을 추가하여 각색했는데도 불구하고, 그가 상연한 『검찰관』은 신기하게도 고골의 의도를 잘 전달하고 있다.

나는 영어로 공연한 『검찰관』을 예전에 관람한 적이 있는데, 기억하고 싶지 않을 정도로 형편없었다. 만약 『검찰관』 영역판을 매입할 경우, 토

---

86) 역주: 프세볼로드 메이에르홀드(Всеволод Э. Мейерхольд, 1874~1940)는 러시아와 소련의 유명한 연극 감독이자, 배우이며, 연출가이다. 주로 상징주의를 기반으로 한 파격적인 실험작을 무대에 올렸으며, 대표작으로는 1926년에 연출한 고골의 『검찰관』을 꼽을 수 있다. 그는 스탈린의 대숙청 기간에 체포 구금되었고 1940년 시베리아 유형지에서 사망했다.

마스 셀처[87]나 콘스턴스 가넷[88]이 번역한 것 중 어느 것을 선택하든 별 상관이 없다고 생각한다. 비록 셀처보다 언어적 재능은 떨어지지만, 가넷은 어느 정도 신경을 써가며 『검찰관』을 번역했다. 따라서 그녀가 터무니없이 번역한 『외투』와 『죽은 혼』보다는 괜찮은 번역이다. 그녀가 번역한 『검찰관』은 프랑수아 기조[89]가 평이하게 번역한 『햄릿』과 유사한 부류의 역서로 간주할 수 있다. 물론 그녀의 번역판에서 고골의 스타일은 전혀 찾아볼 수 없다. 그녀의 영문체는 무미건조하고 생기가 없을 뿐 아니라, 지나칠 정도로 평이하다. 아일랜드인[90]을 제외하고 그 어느 누구도 고골의 작품을 심도 있게 번역하는 것은 불가능하다고 말할 수 있다. 그녀가 부적절하게 번역한 몇 가지 대표적인 예를 제시하겠다. (실상은 내가 제시한 것보다 훨씬 더 많을 것이다.) 고골이 두 명의 지주 — 보브친스끼와 도브친스끼 — 에 대해 언급할 때, 그들은 모두 '토실토실하게 살찐 작을 배'(plump little bellies)를 가지고 있다고 묘사하고 있다. (또는 다른 장면에서 고골은 "그들이 임신한 여인들의 배와 유사한 배를 가지고 있다고 지적하면서, 그들의 배는 약간 튀어나왔다."라고 언급하고 있다.) 여기서 묘사된 그들의 배는 그들이 '왜소하고 나약하며 보잘것 없는 인물'(small and thin and puny)이라는 것을 암시하고 있는 것이다. 그리고 고골은 보브친스끼와 도브친스끼에 대한 정확한 인상을 제공하

87) 역주: 토마스 셀처(Thomas Seltzer, 1875~1943)는 러시아계 미국인으로 전문 번역가이자 출판사 편집인 및 발행인이다.

88) 역주: 콘스턴스 가넷(Constance Clara Garnett, 1861~1946)은 고골, 똘스또이, 도스또옙스끼 그리고 체홉의 작품을 주로 번역한 영국의 전문번역가이다.

89) 역주: 프랑수아 기조(François Pierre Guillaume Guizot, 1787~1874)는 프랑스의 정치가이자 역사가이다.

90) 역주: 나보꼬프는 아일랜드 출신 로렌스 스턴을 자유분방하고 상상력이 풍부한 작가로 간주했다. 그리고 20세기 러시아 작가 자먀찐(Евгений И. Замятин, 1884~1937)도 『우리들 Мы』의 선구자적인 작품 『섬사람들 Островитяне』(1918)에서 아일랜드인 오켈리(O'Kelly)를 관습에 얽매이지 않는 자유분방한 인물로 설정했다. 즉 자유분방한 아일랜드인만이 고골작품을 제대로 번역할 수 있다는 것을 지적하고 있는 것이다.

는 것이 작품 해석에서 상당히 중요한 역할을 한다는 것을 강조하고 있다. 그런데 이 부분을 단순히 '둘 다 다소 비만하다'(both rather corpulent)라고 번역한 가넷은 고골의 의도를 짓뭉개고 있는 것이다. 나는 가끔 그녀가 고대영어를 사용하여 번역한 『검찰관』이 과거 중국에서 실행했던 '능지처참'(Thousand Pieces Execution)이라는 처형방식으로 작가의 의도를 제거하고 있다고 생각한다. 능지처참은 죄수의 육체를 날카로운 칼을 사용하여, 매 5분마다 (또는 5분보다 더 길게) 아주 작은 조각 또는 작은 알약 사이즈로 살점을 한 점씩 잘라내어 처형하는 방식을 말한다. 999조각이 제거될 때까지 죄수의 목숨은 붙어있다.

그밖에도 잘못 번역된 부분이 여러 군데 있다. 예를 들어 가넷은 '오트밀 스프'(oatmeal soup: 자선병원장이 환자에게 제공해야 하는 스프)를 '맑은 스프'(clear soup)로 오역하고 있다. 그리고 주요 등장인물인 판사가 평생 동안 읽었던 대 여섯 권의 책 가운데 하나인 『요한 마손 행전 Деяния Иоанна Масона』을 마치 신약성서에 포함되어 있는 복음서처럼 번역한 것은 어처구니없는 오역이다. 실상은 유럽대륙의 정보를 수집하기 위해 튜더[91] 왕가에게 고용된 영국 외교관이자 옥스퍼드 대학교의 얼 소울스 단과대학에서 선임연구원을 역임했던 존 메이슨[92]이 겪은 모험담을 서술한 책을 고골이 언급한 것이다.

---

91) 역주: 튜더(Tudor)는 1485년부터 1603년 사이에 영국을 통치한 왕가이다.

92) 역주: 영국의 외교관인 존 메이슨(John Mason, 1503~66)은 유럽대륙의 정보를 수집했던 '스파이'였다. 옥스퍼드 대학교의 얼 소울스 단과대학(All Souls College)에서 석사학위를 받았으며, 두 차례에 걸쳐 옥스퍼드대학 총장을 역임했다.

2.

『검찰관』의 플롯[93]은 고골의 다른 작품들과 마찬가지로 그리 중요하지 않다. 연극이라는 측면에서 볼 때 주제를 설정하고 줄거리를 전개하는 방식은 모든 희곡작가들이 즐겨 사용하는 방식이다. 그리고 웃음을 유발하는 상황을 고안하기 위해 혼신의 노력을 다할 때 작가는 보상을 받는다. 언젠가 뿌쉬낀이 니쥐니 노브고로드의 여관에 묵었을 때 사람들이 자신을 수도에서 파견한 고위직 관리로 오인했다는 경험담을 고골에게 들려주었다고 한다. 김나지움 시절 아마추어 연극인으로 활동했던 고골의 머릿속에는 졸업 후에도 지속적으로 연극에 대한 생각으로 가득했을 것이다. (그는 학창시절 러시아어로 번역한 몇몇 외국 작품들을 공연했다.) 따라서 뿌쉬낀의 이야기를 듣고 이를 토대로 작품을 집필했을 지도 모른다. 예술작품이 '사실'(true story)을 토대로 해야 한다는 주장에 우리가 병적으로 집착하는 것은 참으로 안타까운 일이다. (이런 주장은 부적절할 뿐 아니라 허황된 것이다.) 작가가 일반인들처럼 스스로 이야기를 상상하며 창작할 수 없을 정도로 무능하기 때문에 사실을 토대로 한 작품을 써야한다는 것인가? 아니면 작가의 상상력이 너무나 빈약하기 때문에, 우리가 불가사의하게 경멸하는 '소설'(fiction)의 토대에 그 무엇인가를 (사실적이고 실제적인 요소를) 첨가해야 한다는 말인가? 아니면 어린 아이들에게 소설을 들려줄 때, 그들이 "이런 일이 진짜로 있었어요?"(Did it really happen?)라고 질문하기 때문에 작가가 사실에 집착해야 한다는 것인가? 아니면 말년에 지나칠 정도로 윤리와 도덕에 집착했던 똘스또이가 상상력이 풍부한 작가들에게 (정의로운 세상을 창조한 하나님의 절대권한은 건드리지 않으면서) 오로지 사실과 진실만을 숭배하도

93) 고골 작품의 플롯에 대한 간략한 개요는 이 책의 뒷부분에 실려 있는 제7장 "연보"를 참조하라.

록 독려했기 때문인가? 『검찰관』이 초연되고 40년쯤 지난 후, 어떤 러시아의 정치망명자[94]가 (당시 그는 런던에서 마르크스의 『자본론』을 러시아어로 번역하고 있었다.) 마르크스에게 1860년대 시베리아로 추방된 러시아의 유명한 급진주의자이자 음모론자인 체르느이쉡스끼[95]를 소개하려고 했다. 당시 체르느이쉡스끼는 러시아문학에 '고골의 시대'(Gogolian era)가 도래한다는 것을 열정적으로 선언했던 사실주의 비평가들 가운데 한 사람이다. 소설가는 반드시 사회적·정치적 상황을 개선할 목적으로 소설을 쓸 의무가 있다는 주장을 내포하고 있는 고골의 시대가 도래 했다는 표현을 만일 고골이 들었다면 상당히 경악했을 것이다. 상기에 언급한 러시아의 정치적 망명자는 비밀리에 러시아로 잠입한 후, 러시아 지리학회 회원으로 위장하고 유형생활을 하고 있는 체르느이쉡스끼를 빼내기 위해 시베리아의 야꾸쯔끄 지방을 여행했다. 그런데 종잡을 수 없는 일정표로 인해 많은 사람들이 그를 비밀업무를 수행하고 있는 검찰관으로 오인 (고골의 『검찰관』에서 일어난 해프닝과 동일한 오인) 하게 되었다. 그 결과 그의 계획은 실패로 끝났고, 결국 체포되어 야꾸쯔끄 지방의 감옥에 투옥되었다. 어쨌든 그가 고골의 예술작품을 저속하게 모방하여 자신의 삶에 적용한 것은, 반대의 경우와 (자신의 삶을 모방하여 고골의 작품에 적용하는 것과) 비교해 볼 때 아주 훌륭한 시도였다고 말할 수 있다.

고골은 『검찰관』의 첫 페이지에 "제 낯짝이 찌그러진 건데, 거울이 찌그러졌다고 탓하면 무슨 소용이 있나."(На зеркало неча пенять, коли рожа

94) 역주: 인민주의자이며 급진적인 혁명론자인 게르만 로빠찐(Герман А. Лопатин, 1845~1918)을 일컫는다. 그는 런던에서 마르크스(Karl Marx, 1818~83)가 1867년에 발표한 『자본론 Das Kapital』 1부를 러시아어로 번역한 인물이다.

95) 역주: 체르느이쉡스끼(Николай Г. Чернышевский, 1828~89)는 포이어바흐(Ludwig Andreas Feuerbach, 1804~72)의 유물론 사상에 매료된 급진적 사상가이자 비평가이다. 1862년 체포되어 시베리아 유형지에서 옥고를 치르다가 1883년 방면되었다. 그는 훗날 레닌(Владимир И. Ленин, 1870~1924)에게 큰 영향을 끼친다.

крива.)라는 러시아 민중속담을 제명(題銘)으로 표기했다.[96] 물론 고골은 찌그러진 '낯짝'(рожа)의 초상화를 작품 속에 그려 넣지는 않았다. 그는 작가로서 자신이 창조한 거울이라는 세계 속에 살고 있었던 것이다. 고골에게는 독자의 얼굴이 흉악하게 찌그러졌든, 아름답든 아무런 의미가 없었다. 왜냐하면 그 거울은 고골이 사물을 굴절시키기 위해 특별히 고안한 장치이기 때문이다. 그리고 민중속담에서 언급하고 있는 낯짝은 고골이 창조한 세계 속에 살고 있는 '거위를 닮은'(goose-like), 또는 '돼지를 닮은'(pig-like), 또는 '파이를 닮은'(pie-like), 또는 '지구상에 존재하지 않는'(nothing-on-earth-like) 독자들의 낯짝이기 때문이다. 심지어 고골은 자신의 '최악의 졸작'[97]에서도 이런 독자들을 창조하는데 능숙했다. 이런 시도는 위대한 작가들의 특권인 것이다. 이처럼 작가들은 어떤 집단을, 또는 폐쇄적인 가족집단을 자신의 작품에서 묘사하고 있는 것이다. 그리고 이 집단은 세상에 알려지지 않은 특수한 집단인 것이다. 이 희곡을 단순히 대중적인 사회풍자극 또는 도덕적인 풍자극으로 간주하는 비평가들은 작품의 핵심을 놓치는 큰 실수를 범하게 된다. 『검찰관』의 등장인물들은 인간의 육체를 모방한 형상이건 아니건 상관없이 오직 '고골이 창조한 상상의 세계에 존재하는 사실적인 창조물'(the true creatures of Gogol's fancy)이라는 관점에서 바라볼 때만 사실적인 인물인 것이다. 열성적인 독자들의 나라인 러시아는 고골이 창조한 상상의 세계에서 가장 양심적인 삶을 살아가려고 노력하고 있었다. 그런데 이런 시도는 러시아라는 나라의 몫이지, 작가 고골의 몫이 아닌 것이다. 고골이 활동하던 시절의 러시아에는 (당시 유럽의 국가들과 마찬가지로) 뇌물수수가 만연하고 있었다. 그리고 그 시절 러시아의 많은 군소 도시에는 『검찰관』에 등

96) 역주: 1836년 발표한 『검찰관』에는 이 제명이 없다. 고골은 1842년 개정판의 첫 페이지에 이 제명을 추가했다.
97) 역주: 『지깐까 근교 농가의 야회』를 지칭한다.

장하는 비교적 선한 성품의 악당들보다 훨씬 더 비열한 악당들이 실제로 존재하고 있었다. 나는 사실주의 비평가들이 주장하는 교육적인 내용, 희망적인 내용, 민족적인 내용, 또는 메이플 시럽이나 올리브기름처럼 건강에 좋은 내용물을 담고 있는 소설작품을 선호하는 사람들에 대해 영원한 악감정을 품고 있다. 그래서 나는 『검찰관』을 분석하는 과정에서 사실주의 입장에서 볼 때 그리 유익하지도 않고 다소 부질없는 의문점을 계속해서 제기하고 있는 것이다.

3.

『검찰관』은 눈을 멀게 할 정도로 섬뜩한 번갯불의 섬광으로 시작해서 우렁찬 천둥소리와 함께 막이 내린다. 사실상 이 연극은 섬뜩한 섬광과 우렁찬 천둥소리 사이에 존재하는 시공간에서 진행되고 있으며, '상세한 설명'(exposition)은 제공되지 않는다. 벼락은 기상상태를 설명할 겨를도 없이 갑자기 내리친다. 온 세상이 오존층의 푸른빛으로 전율한다. 그리고 우리는 그 한가운데 서있다. 고골이 활동하던 시기에 연극무대에서 전통적으로 사용하는 유일한 기법은 '독백'(soliloquy) 이었다. 이 작품의 등장인물들은 폭풍우 앞에 서서, 자신들에게 들이닥칠 충격을 기다리며 두려움으로 가득한 채 침묵 속에서 스스로에게 말한다. 등장인물들은 자신들이 악몽을 꾼 후 잠에서 깨어났다고 생각하고 있지만, 실상은 가장 무시무시한 또 다른 악몽의 세계로 (가상현실 속의 무시무시한 악몽의 세계로) 들어가고 있는 것이다. 고골은 자신의 연극(또는 소설)에서 등장인물들이 (마치 이반 슈뽄까의 꿈속에서 길을 걷고 있던 P대령처럼, 또는 『죽은 혼』에 등장하는 다양한 등장인물들처럼) 자신들의 실체와 똑같은 제2의 존재를 드러내기 위해 매순간 '두 번째 악몽'(secondary dream)

을 꾸게 만드는 독특한 기법을 사용하고 있다. 『검찰관』 도입부에서 읍장이 이상한 내용을 담고 있는 개인편지를 자신의 부하들 — 장학관 흘로뽀프, (업무를 적당히 처리하는) 판사 랴쁘낀-쨔쁘낀, (개구리가 입술로 빨아서 상처가 난 푹 익은 갈색딸기같이 생긴) 자선병원장 제믈랴니까 등등 — 에게 큰소리로 읽어주는 장면에서 고골은 이 기법을 사용하고 있다. 그리고 고골이 사용한 악몽 속에 등장하는 인물들의 이름이, 똘스또이가 즐겨 썼던 주인공들의 '할리우드식의 세련된 러시아어 이름들' — 브론스끼, 오블론스끼, 그리고 볼꼰스끼[98] — 과 상당히 다르다는 점에 주목할 필요가 있다. (고골이 지어낸 등장인물들의 이름은 독자를 깜짝 놀라게 하는 특이한 이름이다. 그리고 이런 식의 이름은 독자들에게 궁금증을 유발하는 효과도 갖고 있다.) 뻬쩨르부르그에서 검찰관이 곧 도착할 것이라는 중요한 대목을 읽은 후, 읍장은 계속해서 큰소리로 편지를 읽어 내려간다. 그리고 중얼중얼 거리다가 두 명의 인물을 독자들에게 소개한다.

"내 누이, 안나 끼릴로브나가 남편과 함께 우리 집을 방문했다네. 안나의 남편 이반 끼릴로비치는 (부친명으로 판단할 때, 이반과 안나는 남매지간인 것이 분명하다.)[99] 꽤나 뚱뚱해졌다네. 그럼에도 불구하고 그는 바이올린을 연주하고 있다네.[100]..."

---

98) 역주: 브론스끼(Вронский)와 오블론스끼(Облонский)는 『안나 까레니나』에, 그리고 볼꼰스끼(Болконский)는 『전쟁과 평화』에 등장하는 인물이다.

99) 역주: 역자도 근친상간이라는 나보꼬프의 주장에 공감한다. 고골은 『옛 기질의 지주』에 등장하는 주인공 부부의 이름('쁠헤리야 이바노브나'와 '아파나시 이바노비치')에서도 부친명을 동일하게 사용하고 있다. 따라서 역자는 이 두 사람을 남매지간이라고 추정한다. 자세한 내용은 김문황, "고골 문학세계에 반영된 여성관과 미학세계", 『노어노문학』, 제10권 제2호, 1998을 참조.

100) 역주: 뚱뚱하다는 것과 바이올린 연주는 논리적으로 아무런 연관이 없다. 고골은 『외투』에서 재단사 뻬뜨로비치를 묘사하는 장면에서도 ("그는 애꾸눈에다 '곰보'인데도 불구하고... 옷을 솜씨 있게 수리해주고 있다.") 이와 유사한 황당무계한 논리를 전개하고 있다.

그런데 중요한 것은 읍장이 편지에서 언급한 이 두 인물이 연극이 끝날 때까지 무대에 등장하지 않는다는 점이다. 우리는 일반적으로 연극의 1막 도입부에서 아무개 아줌마가 또는 역에서 만난 어떤 이방인이 즉흥적으로 암시되어 있는 것을 인지할 때가 있다. 모모 이방인이 호주영어 악센트를 구사한다거나, 모모 아저씨가 우스꽝스러운 취미를 갖고 있다는 것을 독자에게 소개할 때 작가가 사용하는 '그런데'(by the way)라는 표현은, 잠시 후에 그들에 대한 언급이 없다면 그들이 작품에 등장하지 않는다는 것을 직감할 수 있다. 그러나 전통적인 문학작품의 비밀스러운 징표라는 견지에서 볼 때, '그런데'라는 단어로 시작하는 문장에 등장하는 인물은 극중의 주인공이 될 것이라는 것을 분명하게 드러내는 암시로 간주할 수 있다. 우리는 브로드웨이[101] 연극뿐 아니라 '스크리비아'(Scribia)[102]의 희극 1막에서 내숭을 떠는 유령이 출연하는 것은 틀에 박힌 진부한 트릭이라는 것을 잘 알고 있다. 어떤 유명한 극작가가 만약 연극의 1막에서 엽총을 벽에 걸어놓았다면, 그 총은 반드시 마지막 막에서 발사된다는 것을 의미한다. (어쩌면 극작가가 무대장치 기법의 비밀을 알고 싶어 하는 관객에게 건넨 퉁명스러운 답변일지도 모른다.) 그런데 공중에 걸려 있는 고골의 총은 결코 발사되지 않는다. 고골이 제시하는 암시의 매력은 연극이 끝날 때까지 아무것도 발생하지 않는다는 것이다.

검찰관이 도착하기 전에 만반의 준비를 할 속셈으로 부하들에게 지시를 내리면서, 읍장은 판사에게 재판소에 근무하고 있는 배석판사에 대해

---

101) 역주: 브로드웨이(Broadway)는 미국 뉴욕의 맨해튼을 남북으로 가로지르는 도로명이다. 연극과 뮤지컬을 공연하는 30여개의 대규모 극장들이 밀집해 있기 때문에 뉴욕의 연극가를 통칭하는 단어로 사용되고 있다.

102) 역주: 나보꼬프가 스크리브(Scribe)를 스크리비아(Scribia)로 오기했다. 오귀스탱 외젠 스크리브(Augustin Eugène Scribe, 1791~1861)는 프랑스의 유명한 희극작가이자 가극작가이다.

다음과 같이 말한다.

"...그 친구가 아는 것이 많다는 것은 잘 알고 있지만, 마치 보드카 양조장에서 막 나온 사람처럼 항상 술 냄새를 풍기는 것은 보기에 좋지 않소. 오래전부터 당신(판사)에게 이점에 대해 말하려 했는데 다른 것에 신경을 쓰다 보니 그만 잊어버리고 말하지 못했소. 만일 술 냄새를 풍기는 상태로 태어났다고 주장하는 그 친구의 말이 사실이라면, 양파나 마늘을 먹이든지 다른 것을 먹으라고 그에게 권하시오. 아니면 이번 기회에 흐리스찌안 이바노비치(독일인 출신의 약사)에게 다양한 약품을 써서 그를 치료하도록 하시오."

『검찰관』 삽화

읍장의 지시에 대해 판사는 다음과 같이 응수한다.

"그건 불가능합니다. 그 친구의 술 냄새를 없앨 방법은 전혀 없습니다. 그의 말에 의하면 어린 시절 유모가 그를 땅바닥에 떨어뜨려 타박상을 입혔는데, 그때부터 그에게서 보드카 냄새가 조금씩 나기 시작했답니다."

"됐소. 나는 그저 당신에게 내 의견을 말한 것뿐이요." 그리고 읍장은 다른 관리에게 말을 건넨다.

이후 독자들은 불행한 배석판사에 대한 이야기를 전혀 들을 수 없지만, 그는 극중에서 여전히 활동하고 있으며 고골이 군침을 삼키며 창조한, 몸에 '상처를 입고'(injured) 술 냄새를 풍기는 이상야릇한 인물인 것이다.

예의를 갖추고 등장할 시간이 없는 또 다른 등장인물들이 읍장의 대화에 끼어들려고 안달을 한다. 그리고 읍장은 장학관이 관리하는 교사들에 대해 다음과 같이 말한다.

"예를 들자면, 교사들 가운데 얼굴이 통통한 친구가 하나 있는데, 그 자의 이름이 기억나지 않는군... 어쨌든 그 친구는 수업을 하려고 교단에 올라서기만 하면 얼굴을 찡그린단 말일세. 이런 식으로. (얼굴을 찡그리는 시늉을 한다.) 그리고 한손으로 턱수염을 넥타이 밑에서부터 위로 쓰다듬기 시작하더군. 물론 학생들한테 그런 표정을 짓는 게 별 문제가 되지는 않지. 어쩌면 학생들에게 그렇게 할 필요가 있을지도 모르지. 그리고 그의 행동에 대해 내가 왈가왈부할 수도 없지. 그러나 만일 방문객 앞에서 그 친구가 그런 행동을 한다면 어떻게 되겠는지, 한번 생각해 보시오. 정말 끔찍한 일이 벌어질 것이오. 검찰관 나리나 그 밖의 인사들이 그 친구의 행동을 자신들이 생각하는 방식으로 해석할 수도 있지 않겠소. 그런 행동으로 인해 무슨 일이 벌어질지 누가 알겠소."

"도대체 제가 그에게 어떻게 해야 한단 말입니까? (장학관이 대답한다.) 벌써 그에게 여러 차례 경고했습니다. 그런데 바로 며칠 전 교육감님이 교실에 들어섰을 때 그 친구가 찡그린 표정을 지었습니다. 제가 예전에 한 번도 본 적이 없는 표정이었습니다. 그 친구는 선한 마음에서 우러나는 표정을 지은 것인데, 그 덕에 저는 질책을 받았습니다. 젊은 교사들에게 혁명적 계몽주의 사상을 불어넣었다는 이유로 교육감님으로부터 질책을 받은 것입니다."

곧이어 (마치 유명한 단편소설에 등장하는 어떤 아프리카 탐험가의 몸에서 주술사의 작고 단단한 머리가 갑자기 튀어나오는 것처럼) 또 다른 호문쿨루스[103]가 등장한다. 읍장은 역사를 담당하는 교사에 대해 다음과 같이 이야기를 한다.

"그 친구가 학식을 갖춘 사람이라는 것은 분명한 사실이오. 그는 굉장히 많은 정보를 알고 있소. 그런데 그는 제 정신을 잃을 정도로 너무나 열을 내며 강의를 한단 말이오. 나도 한 번 그의 강의를 들어본 적이 있소. 아시리아와 바빌론에 대해 잠시 이야기할 때는 별 일이 없었는데, 마케도니아의 알렉산드르 대왕에 대한 이야기를 시작하면서 무슨 일이 벌어진 줄 아시오. 하나님 맙소사! 난 불이 난 줄 알았소. 갑자기 교단에서 뛰어 내려오더니, 무슨 힘이 있는지, 책상이 놓여있는 곳으로 가서 의자를 번쩍 들어 올린 후 마룻바닥을 향해 내동댕이치질 않겠소. 마케도니아의 알렉산드르 대왕이 영웅이라는 것은 틀림없는 사실인데, 아니 왜 의자를 부수냐 말이오? 그 덕분에 국고만 축이 나지 않았겠소."

"예, 그 친구는 성격이 아주 불같습니다. (장학관이 한숨을 쉬며 말한다.) 제가 그 점에 대해 여러 차례 주의를 주었는데, 그럴 때마다 그는 '마음대로 하십시오, 저는 학문을 위해 목숨을 바칠 것입니다!'라고 대답합니다."

그리고 읍장은 우체국장에게 우체국에 배달되는 모든 편지들을 뜯어서 읽어보라고 지시한다. (그런데 순박한 우체국장은 오래전부터 재미삼아 모든 편지를 뜯어서 읽고 있었다.) 이 장면에서 우체국장은 또 다른 호문쿨루스를 등장시키는 도구로 사용되고 있다.

우체국장은 읍장에게 다음과 같이 말한다. "읍장님이 그 편지들을 읽지 못한 것이 참으로 유감입니다. 일부 편지에는 존경할만한 문구가 담

---

103) 역주: 호문쿨루스(homunculus)는 중세연금술사들이 인공적으로 만들 수 있다고 주장하는 인조인간을 지칭한다. 나보꼬프는 이 책에서 희곡이나 소설에 등장하는 '부수적 인물'을 지칭할 때 호문쿨루스라는 단어를 사용하고 있다.

겨져 있습니다. 가령 며칠 전에 어떤 중위가 자신이 참석한 무도회에 대한 아주 익살스러운 편지를 친구에게 썼는데, 상당히 흥미로운 내용이었습니다. '사랑하는 친구여! 나는 천상의 삶을 누리고 있네. 젊은 여인들이 득실거리고, 음악이 울려 퍼지고, 깃발이 펄럭이며...' 그야말로 오감을 자극하는 내용입니다."

그리고 판사는 읍장에게 서로 다투고 있는 두 명의 시골지주에 대해 이야기를 한다. 이웃인 체쁘또비치와 마르호빈스끼는 서로를 맞고소했는데 이 소송은 아마도 평생 지속될 것이며, 판사는 두 지주의 영지를 번갈아가 토끼사냥을 즐기고 있다는 것이다. 그리고 나서 도브친스끼와 보브친스끼가 암행중인 검찰관이 여관에 묵고 있다는 소식을 갖고 드라마틱하게 등장한다. 이 장면에서 고골은 (이야기 진행과 아무런 연관이 없는 시시콜콜한 것들을 마구 쏟아내면서) 두서없이 개입하는 환상적인 기법을 패러디하고 있다. 보브친스끼와 도브친스끼가 함께 발견한 놀라운 사실을 전자가 읍장에게 보고할 때, 자신이 개인적으로 알고 있는 모든 친구들에 대한 이야기를 불쑥 끄집어낸다. "그리고 저는 꼬로브낀(Mr. 상자)[104]의 집으로 달려갔습니다. 그런데 꼬로브낀이 집에 없어서, (잭-인-더-박스가 그 안에 꼬로브낀을 깜박 잊고 넣지 않았던 것이다.)[105] 라스따꼽스끼(Mr. 엿 같은 놈)[106]의 집으로 달려갔습니다. 그런데 라스따꼽스끼가 집에 없어서..." (그런데 모든 호문쿨루스들 가운데 이 두 인물만 연극의 마지막 장면에서 방문객으로 다시 등장한다.) 보브친스끼와 도브친스끼는 우연히 여관에 들렀다가 어떤 남자를 보고 그를 검찰관으로 오

104) 역주: 꼬로브낀(Коробкин)이 상자라는 뜻을 의미하는 러시아어 꼬로브(короб)에서 유추한 이름이라는 것을 나보꼬프가 지적하고 있다.

105) 역주: 잭-인-더-박스(jack-in-the-box)는 상자의 뚜껑을 열면 용수철이 달린 인형이 튀어 나오게 되어있는 상자를 말한다. 나보꼬프는 꼬로브낀이 현실세계의 인간이 아니라, 잭-인-더-박스에 있는 인형이라는 것을 지적하고 있다.

106) 역주: 나보꼬프는 라스따꼽스끼(Растаковский)가 쌍욕을 의미하는 러시아 속어 라스딱(растак)에서 유추한 이름이라는 것을 지적하고 있다.

인한다. 그리고 이 두 사람은 여관주인 블라스와 이야기를 나눈다. (자신의 분신과도 같은 도브친스끼가 자신을 방해하며 대화에 끼어들기 전에 블라스에게 모든 것을 물어보려고 애쓰는) 보브친스끼가 흥분한 채 블라스와 쉰 목소리로 지껄이는 대화를 통해 독자는 블라스에 관한 아주 상세한 정보를 얻게 된다. (고골의 작품세계에 등장하는 인물들이 서두르면 서두를수록, 시간을 더 지체하게 된다.)

"... 도브친스끼가 손가락으로 신호를 하며 여관주인을 불렀습니다. 여관주인 블라스를 읍장님도 잘 아시잖아요. 그의 아내는 3주 전에 아주 영리한 놈을 낳았습니다. 그런데 장차 그 아이는 자기 아버지처럼 여관을 경영할 것입니다..."

갓 태어난 익명의 블라소비치[107]가 성장해서 제 2의 장소에서 어떤 삶을 살지 미리 알려주고 있는 이 대화에 주목할 필요가 있다. 보브친스끼의 헐떡거리는 쉰 목소리는 무대 뒤편에서 활동하고 있는 호문쿨루스들을 강렬하게 흥분시키는 것처럼 보인다.

그리고 몇몇 인물들이 더 등장한다. 독자는 가짜 검찰관 흘레스따꼬프가 묵고 있는 방에서 작년에 우연히 이 읍을 방문했던 몇몇 장교들이 카드놀이를 하다 싸움을 벌였다는 사실을 알게 된다. 그리고 다음 대화에서 시장의 부하들 가운데 한 사람인 경찰관 쁘로호로프가 등장한다.

읍장이 파출소장 스비스뚜노프에게 서둘러 질문한다. "그런데 다른 경찰관들은 어디 있나?... 쁘로호로프에게 이리 오라고 명령을 했는데, 쁘로호로프는 대체 어디에 있는 건가?"

파출소장 스비스뚜노프는 "쁘로호로프는 지금 경찰서에 있습니다. 그런데 그에게 아무 일도 시킬 수가 없습니다."라고 대답한다.

읍장은 "아니, 그게 무슨 말인가?'라고 반문한다.

---

107) 역주: 익명의 블라소비치(Anonymous Vlassovich)는 블라스의 아내가 낳은 어린아이를 지칭한다.

스비스뚜노프는 "그게 무슨 말이냐 하면, 술에 잔뜩 취해 죽은 사람처럼 축 늘어져 있는 쁘로호로프를 사람들이 마차로 싣고 왔습니다. 벌써 물을 두 양동이나 퍼부었는데, 아직까지 깨어나지 못하고 있습니다."라고 대답한다.

얼마 있다 읍장은 경찰서장 우호베르또프에게 "도대체 자네는 어떻게 쁘로호로프를 그런 지경으로까지 만들었나?"라고 묻자, 경찰서장은 다음과 같이 대답한다. (우호베르또프라는 이름은 심술궂게 사람들의 귀를 때린다는 의미를 갖고 있다.) "오직 하나님만이 아십니다. 어제 교외에서 싸움이 벌어졌는데, 그걸 해결하러 갔다가 술에 잔뜩 취한 상태로 돌아왔습니다."

이처럼 1막의 끝부분에 다양한 인물들이 등장하여 야단법석을 떤 후, 흘레스따꼬프를 소개하는 장면이 묘사된 2막의 첫 부분에는 별 의미 없는 이야기가 전개된다. 뻰자에서 벌어진 카드게임에서 속임수로 흘레스따꼬프의 돈을 따먹은 노름꾼 보병대위가 흘레스따꼬프의 기억 속에서 울려 퍼지는 메아리처럼 등장한다. 그러나 적극적이고 열정적인 흘레스따꼬프를 (그리고 그를 만나기 위해 여관을 방문한 읍장을) 다루고 있는 2막의 주제는 너무나 강렬하기 때문에, 다른 등장인물들은 크게 부각되지 않는다. 그들은 3막에서 다시 슬금슬금 기어 나온다. 처음에[108] 읍장의 딸은 하늘색 드레스를 입고 등장하는데, 나중에[109] 독자는 모친과의 대화를 통해 그녀가 파란색 드레스 대신 핑크색 꽃무늬 드레스로 갈아입고 재등장한 것을 알게 된다.

읍장의 집에 도착한 흘레스따꼬프는 읍장의 부인과 딸에게 호감을 사기 위해 거드름을 피우기 시작한다. 이 장면은 이 작품의 백미라고 말할 수 있다. 흘레스따꼬프가 이야기하는 도중에 (흘레스따꼬프의 타고난 언

108) 역주: 1막 6장을 지칭한다.
109) 역주: 3막 3장을 지칭한다.

변과 읍장이 준비한 포도주로 인해 다소 들뜬 상태가 되어) 막무가내로 끼어드는 부인과 딸은 1막에 등장한 다양한 인물들과는 전혀 다른 부류이다. 그들은 깊이가 없는 아주 가벼운 속물들인데, 보는 각도에 따라 색깔이 바뀌는 특성을 갖고 있는 (흘레스따꼬프에게 아부하는) 투명한 옷감과도 같은 부류이다. 다시 말해 그들은 흘레스따꼬프를 이용해 복화술을 구사하는 다재다능한 악마들을 (관리로 가장한 유령들을) 도우려고 안달을 하는 '새끼악마들'(imps)인 것이다. 도브친스끼의 자식 바냐와 리산까, 그리고 여관주인 블라스의 어린 아이는 등장인물의 대화에서 언급된 후 알 수 없는 어떤 공간에 존재하고 있지만, 이런 악마들과 유령들은 매개체 없이 스스로는 절대 존재할 수가 없는 것이다. 이러한 암시들은 이내 환상으로 바뀌게 된다. 그러나 차츰차츰 강도가 높아지는 흘레스따꼬프의 거짓말로 인해, 형이상학적으로 창조된 이들의 (악마들과 유령들의) 강력한 포스가 1막에 등장한 소박한 인물들이 중구난방으로 날뛰는 것보다 더 강력해지고 있다는 것을 독자들은 연극이 진행되면서 표출되는 상대방의 반응을 통해 인식하게 된다.

"아, 뻬쩨르부르그!" 흘레스따꼬프가 탄성을 지른다. "생활하기 정말 좋은 곳입니다. 혹시 부인께서 나를 서류 따위나 정서하고 있는 관리라고 생각하실지 모르겠지만, (사실 그는 정서를 하는 관리이다.) 전혀 그렇지 않습니다. 나는 상사하고도 친밀한 사이입니다. 그의 어깨를 두드리면서 '이봐, 자네 오늘 나와 함께 저녁식사하지 않겠나!'라고 말하는 사이입니다. 그리고 '이건 이렇게 하고, 저건 저렇게 하게!'라는 말을 하기 위해 2분 정도 관청에 들르는 사람입니다. 그곳에는 서류를 담당하는 말단 관리가 있는데, 늙은 쥐새끼 같은 그자는 펜을 긁적거리며 마구 휘갈겨 글을 쓰는 작자입니다. (단어에 악센트를 길게 늘이면서) 한번은 나를 8등관으로 임명하려고 한 적이 있었는데, (다시 거드름을 피우며) 다들 왜 그러는지 모르겠습니다. 심지어 관청의 수위가 (그들은 보통 수염을 기르고 있다.) 구둣솔을 갖고 계단을 따라 나를 뒤쫓아 와서, '나리,

장화를 닦아 드리겠습니다.'라고 말을 한답니다." 나중에 독자들은 그 수위의 이름이 미헤이라는 것과 술고래라는 것을 알게 된다.

『검찰관』의 삽화

그리고 흘레스따꼬프의 말에 의하면, 그가 지나갈 때 위병소에서 군인들이 달려 나와 '받들어총'까지 했다는 것이다. 그리고 "나중에 나와 아주 친한 장교가 '여보게, 우린 자네를 총사령관인줄 알았네!"라고 말했다는 것이다.

흘레스따꼬프가 자유분방한 문학계와의 연줄에 대해 이야기할 때 뿌쉬낀을 가장한 마귀새끼도 등장한다. "나는 뿌쉬낀과 너나하는 사이입니다. 가끔 내가, '여보게 푸쉬,[110] 자네 요새 어떻게 지내나?'라고 물으면,

---

110) 역주: 나보꼬프는 '여보게 뿌쉬낀'(брат Пушкин)을 '여보게 푸쉬'(old Push)로 번역했다. 마치 Push가 뿌쉬낀의 애칭으로 표현된 것 같지만, '고양이', '여성처럼 나약한 청년', 또는 '여성의 성기'를 뜻하는 pussy와 유사한 발음을 내는 단어를 사용하여 언어

'그냥 별일 없이 잘 지내고 있어.'라고 대답합니다. 그 친구 아주 괴짜입니다."

무아지경에 빠진 흘레스따꼬프가 계속해서 거짓말을 늘어놓고 있는 와중에, 다른 주요 인사들이 부산스럽게 서로를 밀치며 허둥지둥 등장한다. 각료들, 대사들, 백작들, 공작들, 장군들, 황제의 국무위원들, 황제의 환영, 그리고 (흘레스따꼬프에게 장관자리를 맡아달라고 간청하러 찾아온) '전령들, 전령들, 전령들, 3만 5천명의 전령들'(Messengers, messengers, messengers, thirty-five thousand messengers).[111] 이들은 흘레스따꼬프의 뇌 속에 가득 차있는 정자(精子)의 무리이다. 그런데 이들은 술에 취한 상태에서 나오는 흘레스따꼬프의 딸꾹질 속으로 사라진다. 그리고 '실제'(real) 암시를 — 1막에 등장하는 호문클루스들을 실제 인물로 간주할 때와 동일한 의미의 실제 — 제시하기도 전에, 가난한 관리인 흘레스따꼬프가 데리고 있는 품행이 바르지 못한 하녀 마브루샤의 유령이 흘레스따꼬프가 지껄이고 있는 이야기의 틈새를 통해 갑자기 등장한다. 흘레스따꼬프의 낡아빠진 '외투'(carrick)를 벗기는 것을 도와주기 위해 그녀가 (그가 가끔 외국대사들과 카드놀이를 한다고 허풍을 떠는 이야기 속에) 등장한 것이다. [보다 정확하게 말하자면, 나중에 고골은 이 외투를 초자연적인 능력을 갖고 있는 '관리'(чиновник)[112]의 속성으로 간주하며 외투에게 불멸성을 부여한다.]

그리고 4막에서 잔뜩 긴장한 관리들이 한 사람 한 사람씩 등장한다. 그들이 돈을 빌려달라는 흘레스따꼬프의 요구를 받아들이는 장면에서, (그들은 자신들이 그에게 뇌물을 준다고 생각한다.) 독자들은 읍장 아이들의 이름을 — 니꼴라이, 이반, 엘리자베따, 마리야, 그리고 뻬레뻬뚜야

유희를 하고 있는 것이다.

111) 역주: 고골처럼 과장법을 즐겨 사용하는 나보꼬프의 면모를 엿볼 수 있다.

112) 역주: 『외투』의 주인공 아까끼 아까끼예비치를 지칭한다.

— 알게 된다. 아마도 옅은 푸른색 옷을 입고 있는 아이가 예의바른 뻬레뻬뚜야일 것이다. 이전 장면에서 읍장의 부인은 자신이 도브친스끼의 세 자녀 가운데 두 명의 대모라고 흘레스따꼬프에게 언급한 바 있다. 그런데 도브친스끼의 세 자녀는 도브친스끼가 집을 나서 어디론가 갈 때마다 그의 집을 방문하여 그의 부인을 만나는 판사를 이상하리만큼 많이 닮았다는 것이다. 그리고 도브친스끼의 큰 아들은 그가 방탕한 부인과 결혼하기 전에 그녀에게서 태어났다는 것이다. 도브친스끼는 흘레스따꼬프에게 다음과 같이 말한다. "대단히 송구스럽지만, 상당히 미묘한 상황에 대해 여쭈어 볼 말이 있습니다... 저의 큰 아들놈은 제가 결혼하기 전에 태어났습니다... 그런데 그놈은 제가 결혼하고 낳은 것이나 다름없는 확실한 제 아이라는 겁니다. 아내와 결혼한 후 혼인신고를 해서 '법적으로'(законными-с) '부부관계를'(супружества-с) 확실하게 해 두었습니다. 그런데 이번에는 그놈을 법적으로 제 '아들이'(сыном-с) 될 수 있도록, 다시 말해 저처럼 '도브친스끼라는 성'(Добчинский-с)을 쓸 수 있도록 해야겠는데, 가능하겠습니까, 나리?" ['소프 보트르 레스페'[113]라는 프랑스어 문구가 다소 길고 장황할지 모르지만, 이 문구가 도브친스끼가 말하고 있는 문장의 마지막 단어의 끝부분에서 자신을 낮추고 겸손함을 드러내는 '스'(**-c**)라는 자음의 의미를 잘 표현할 것 같다.]

도브친스끼는 계속해서 다음과 같이 말한다. "실은 이 문제를 가지고 폐를 끼쳐 드리고 싶진 않습니다만, 아무래도 그놈의 재능이 아깝습니다. 아직 어리지만 전도가 유망합니다. 다양한 시를 암기해서 마구 지껄이기도 하고, 방바닥에 칼이 떨어져 있으면 그걸 갖고 마치 '요술쟁이'(фокусник-с)처럼 능숙하게 아주 작은 장난감 마차를 만들기도 합니다."

4막의 배경에는 또 다른 인물이 등장한다. 흘레스따꼬프는 친구 '뜨랴

113) 역주: '소프 보트르 레스페'(sauf votre respect)라는 프랑스어 문구는 '당돌한 말씀일지 모르겠습니다만'이라는 뜻이다.

삐치낀'(Mr. 넝마주이)[114]에게 보낼 이 지방의 이상한 관리들에 관한 편지를 쓴다. 그자는 돈을 목적으로 광고 따위나 싣는 추악한 기자이며, 징벌을 가하기 위해 선택한 인물들을 소재로 하여 쓴 허접하고 사악한 기사를 통해 독자들에게 폭소를 유발하는 재주를 갖고 있는 악당이다. 어쩌면 어느 순간 그가 흘레스따꼬프의 어깨너머로 윙크를 하며 음흉한 미소를 보낼 지도 모른다. 그는 이 작품에서 마지막으로 등장하는 인물이다. 그런데 꼭 그렇다고 말할 수는 없다. 왜냐하면 마지막 장면에 등장하는 궁극적인 환영은 '진짜 검찰관의 거대한 그림자'(gigantic shadow of the real Government Inspector)이기 때문이다.

이처럼 『검찰관』의 배경을 통해 분출되는 '제2의 세상'(secondary world)이 바로 고골이 묘사하고 있는 '진정한 의미의 세상'(true kingdom)인 것이다. 제2의 세상에 등장하는 자매들, 남편들, 아이들, 유별난 교사들, 보드카에 흠뻑 취한 직원과 경찰관들, 울타리 위치를 놓고 50년 동안 다투는 시골 지주들,[115] 카드게임에서 사기를 치는 낭만적인 장교들, 지방 무도회에 사령관을 위해 유령을 데리고 참석한 감상적인 인물들[116], 정서만을 하는 관리들,[117] 그리고 환상적인 전령들 — 바로 이런 인물들의 행위가 이 연극의 소재로 사용되며 줄거리의 진행을 구성하고 있는 것이다. 그리고 이 인물들은 연극 감독들이 원하는 것을 방해하지 않을 뿐 아니라, 다른 등장인물들이 탁월한 연기를 할 수 있도록 도움을 제공하고 있다.

---

114) 역주: 뜨랴삐치낀(Тряпичкин)은 쓰레기를 줍고 다니는 넝마주이라는 뜻의 뜨랴삐친(тряпичин)에서 유추한 이름이다.

115) 역주: 지주 체브또비치와 마르호빈스끼를 지칭한다.

116) 역주: 『마차 Коляска』의 주인공 체르또꾸쯔끼(Чертокуцкий)를 언급한 것으로도 간주할 수 있다.

117) 역주: 『외투』의 아까끼 아까끼예비치와 『광인일기』의 뽀쁘리쉰을 언급한 것으로도 간주할 수 있다.

4.

연극의 배경에 물밀 듯 쏟아지며 등장하는 비논리적이며 환상적인 인물들뿐 아니라, 작품에 묘사된 다양한 사물들 역시 등장인물들 만큼이나 중요한 역할을 수행하고 있다. 예를 들어 자신을 '위협하는 환상'(threatening phantom)[118]을 만나기 위해 정신없이 서두르며 화려하게 치장하고 길을 나서는 읍장이 자신의 머리에 모자대신 썼던 종이로 만든 '모자상자'(hatbox)는 고골이 창조한 허구세계를 상징하고 있다. 즉 고골의 허구세계에 등장하는 모자상자는 모자를, '모자'(hat)는 머리를, 그리고 예복의 칼라에 화려하게 장식된 '장식용 수술'(braided collars)은 예복을 입은 인물의 위풍당당한 기개를 상징하는 것이다. 여관에서 읍장은 아내에게 자신의 집을 방문할 고귀한 손님을 위해 준비해야할 음식을 미리 알리기 위해, 서둘러 메모를 하려고 종이를 찾는다. 그런데 종이가 없자 그는 흘레스따꼬프가 내미는 여관에서의 숙식비용이 기재된 계산서에다 서둘러 메모를 한다. "여보, 서둘러 몇 자 적어 보내네. 처음엔 상당히 끔찍한 상황이었소. 그런데 하나님의 계시 덕분에, 소금에 절인 오이 두 개 추가분, 이끄라[119] 반 접시 1루블 25꼬뻬이까." 읍장의 메모에 기재된 내용의 혼란스러움은 고골이 창조한 세계에서 마치 논리적인 것처럼 들린다. 그 세계에서 언급하는 생선이름은 미식가들의 귀에 신성한 음악처럼 울려 퍼진다. 그리고 오이는 마치 이 읍에서 신적인 권력을 갖고 있는 읍장처럼 아주 강력한 형이상학적인 존재가 된다. 오이는 흘레스따꼬프가 귀족생활에 대한 자신의 이상을 표현하는 유창한 언변 속에서 또다시 번식을 한다. "예를 들어, 식탁 위에는 수박이 놓여 있습니다. [이 수박은 '승화된 오이'(sublimated cucumber)이다.] 그런데 보통 수박이 아니라, 700루

118) 역주: 흘레스따꼬프를 지칭한다.
119) 역주: 이끄라(икра)는 철갑상어 또는 연어 알을 숙성시켜 만든 캐비아를 말한다.

블[120]이나 하는 수박이 놓여있습니다." "수프가 담긴 냄비의 뚜껑을 열면, 그 안에서 (둥둥 떠다니는 노란색의 작은 원형 기름띠 대신) 깃털 같은 김이 모락모락 올라옵니다." 흘레스따꼬프가 여관에서 생활하면서 만족했어야 했던 멀건 수프는 자신의 뻬쩨르부르그 삶에 대해 이야기하는 과정에서 '파리에서 기선으로 직수입한'(straight from Paris by steamer) '고기와 채소를 넣고 끓인 진한 수프'(potage)로 변형된다. 상상 속의 기선에서 뿜어내는 연기는, 마치 상상 속의 수프에서 올라오는 경이로운 김과 함께 뒤섞인다. 흘레스따꼬프가 삼두마차를 타고 떠날 차비를 하고 있을 때, 읍장은 하인에게 창고에서 하늘색 페르시아 산 카펫을 꺼내오라고 지시한다. (읍장의 창고는 수염이 난 존재들로부터, 다시 말해 이 읍의 상인들로부터 강제로 상납 받은 물건들을 가득 쟁여 놓은 저장고이다.) 흘레스따꼬프의 하인이 마차의 좌석에 카펫을 깔고 그 위에 다시 건초를 깔자, 페르시아 산 카펫은 마술 카펫으로 변형된다. 그리고 마차에 올라탄 흘레스따꼬프는 삼두마차의 말방울이 울리는 은빛소리 속으로, 그리고 마부가 매혹적인 말들에게 고함치는 서정적 훈계조의 외침 속으로 사라지며 무대에서 퇴장한다. "자 이놈들아, 날개를 달고 있는 놈들아!" (원문 "Эй вы, залётные!"를 직역하면 "자 이놈들아, 멀리 날아가는 놈들아!"라는 뜻이다.) 러시아의 마부들은 자신의 말들을 위해 사랑스런 이름을 짓는 경향이 있다. 어쩌면 고골이 노년시절에 끝없는 여정을 하면서 알게 된 러시아 민간전승을 통해 이런 시적표현을 사용했을 수도 있다. (또는 작가의 개인적인 경험을 알고 싶어 하는 독자들을 위해 고골이 이런 표현을 사용했을 수도 있다.) 흘레스따꼬프가 (꿈을 꾸고 있는 천진난만한 사기꾼이) 무대에서 사라지는 장면에서 묘사된 '돌풍'(gust)과도 같은 강렬한 시적표현은, 마치 고골이 먼 이국땅을 꿈꾸며 자신이 허구로

---

120) 역주: 당시 외투의 값이 300~400루블이라는 것을 감안할 때, 고골의 과장법을 감지할 수 있는 허황된 액수이다.

만들어낸 러시아를 떠나기 위해 문을 활짝 열어놓는 의미를 내포하고 있는 듯하다. 그리고 마치 읍장의 산만한 메모 속에 하나님의 계시와 오이 두 개가 뒤죽박죽 섞여 있는 것처럼 수많은 독일의 온천지들, 이탈리아의 유적지들, 파리의 레스토랑들, 그리고 팔레스타인 성지들 역시 고골이 꿈꾸고 있는 이국땅에서 뒤죽박죽 섞여있는 것이다.

5.

몽환극[121] 『검찰관』이 한때 러시아에서 사회상을 풍자하고 조롱하는 작품으로 간주되었다는 것을 생각하면 웃음이 절로 나온다. 그리고 『검찰관』에 위험천만한 혁명적 암시가 들어있는 것을 감추기 위해 고골이 이 연극에 적어도 하나 이상의 긍정적 인물 ― '웃음'(laughter) ― 을 등장시켰다는 주장은, 나로 하여금 실소를 금치 못하게 만든다. 마치 셰익스피어의 몽환극 『햄릿』이나 『리어왕』을 '비극'(tragedy)으로 간주할 수 없는 것처럼, 『검찰관』 역시 '희극'(comedy)으로 간주할 수 없는 것이다. 셰익스피어나 고골과 같은 작가들이 집필한 믿을 수 없을 정도로 복잡한 연극 대신 아주 형편없는 연극이 훌륭한 희극이나 비극으로 평가되는 경향이 있다. 이런 관점에서 볼 때 (정확한 표현인지는 모르겠지만) 몰리에르의 연극은 그저 평범한 희극이라고 말할 수 있다. 다시 말해 몰리에르의 작품은 축구경기장에서 팔고 있는 패스트푸드 핫도그와 유사하거나, 엄청나게 소용돌이치는 경이로운 시적 배경대신 1차원의 배경만을 제공

121) 역주: 몽환극(夢幻劇, dream play)은 꿈의 세계를 통해 현실세계의 진리를 탐구하는 연극을 말한다. 대표적인 몽환극으로 스웨덴 작가 스트린드베리(Johan August Strindberg, 1849~1912)의 『다마스쿠스까지 Till Damaskus』와 벨기에 작가 마테를링크(Comte Maurice Maeterlinck, 1862~1949)의 『파랑새 L'Oiseau bleu』를 꼽을 수 있다.

하는 단순한 희극인 것이다. 그리고 이와 동일한 관점에서 볼 때 유진 오닐[122]의 『상복이 어울리는 엘렉트라』 역시 평범한 비극인 것이다.

고골의 『검찰관』은 생동감이 넘치는 '시'(poetry)이며, 독자는 이 시의 이성적인 언어를 통해 비이성적인 미스터리를 이해하게 된다고 나는 생각한다. 그리고 이런 의미에서 진정한 시는 독자들에게 웃음과 눈물이 아니라, 만족감에 넘치는 밝은 미소와 행복감을 유발한다. 만일 작가가 독자들에게 미소와 행복감을 유발한다면, 그는 스스로를 상당히 자랑스럽게 여기게 될 것이다.

나는 고골이 주인공의 이름을 흘레스따꼬프[123]라고 지은 것을 보며 그의 천재성에 감탄을 금치 못한다. 왜냐하면 이 이름은 독자들에게 다음과 같은 의미들을 집약적으로 전달하기 때문이다. 가볍고 경솔한 행동, 사부랑거리는 혀, 가느다란 지팡이를 흔들어대며 경망스럽게 휙 하는 소리를 내는 행동, 놀음을 할 때 테이블에서 찰싹거리는 소리를 내며 카드를 내던지는 행위, 바보 멍청이들이 지껄이는 허풍, 그리고 여자를 호리는 남자의 접근 방식. (그런데 여자를 호린 후 자신의 의도를 완벽하게 행동으로 옮기는 능력은 없다.) 흘레스따꼬프는 극중에서 자신이 등장인물들에게 유발한 동요와 충격을 이해하려는 노력은 전혀 하지 않고 무관심한 채 내버려둔다. 그리고 걷잡을 수 없이 이리저리 날뛰며 자신에게 이익이 되는 것에만 몰두한다. 그는 부드러운 영혼을 가진 인물

---

122) 역주: 유진 오닐(Eugene O'neill, 1888~1953)은 1936년에 노벨문학상을 수상한 미국 극작가이다. 1931년에 발표한 『상복이 어울리는 엘렉트라 Mourning Becomes Electra』는 운명에 짓눌린 인간의 애증을 정신분석학적 입장에서 묘사하고 있는 작품이다.

123) 역주: 고골은 흘레스따꼬프(Хлестаков)라는 이름을 '거짓말하다, 과장하다.'라는 의미를 갖고 있는 동사 흘레스따꼽스뜨보바찌(хлестаковствовать), '철썩 때리다, 손바닥으로 치다, 함부로 찌껄이다, 병나발을 불다' 등의 의미를 갖고 있는 동사 흘레스따찌(хлестать), 그리고 '강하게 때리는, 민첩한, 신랄한' 등의 의미를 갖고 있는 형용사 흘료뜨끼(хлёткий) 등에서 유추한 이름이다. 그리고 『검찰관』이 발표된 이후 '과장된 거짓말'이라는 의미의 흘레스따꼬브쉬나(хлестаковщина)라는 단어가 러시아어 사전에 등재되었다.

이며, 자기 자신의 입장에서 볼 때 일종의 몽상가라고 말할 수 있다. 그는 엉터리로 위장한 매력을 풍기며, 이 읍에 거주하고 있는 유지들의 촌티 나는 옷차림과는 대조적으로 세련되게 옷을 차려입고 행동한다. 이로 인해 그는 숙녀들로부터 호감을 산다. 그런데 흘레스따꼬프뿐 아니라, 이 읍의 숙녀들과 유지들 역시 '천박한'(vulgar) 인물들인 것이다. 사실상 이 연극은 (마치 『보바리 부인 Madame Bovary』[124)]처럼) 등장인물들의 다양한 모습의 천박함을 독특하게 혼합하여 표출하고 있다. 그 결과 이 연극의 마지막 장면에서 드러날 엄청난 예술적 가치는 (다른 명작들과 마찬가지로) 그들이 '무슨 말을 했느냐'(what is said)가 아니라, '어떻게 말했느냐'(how it is said)에 의해 결정된다. 다시 말해 생기 없고 단조로운 부분들이 눈부실 정도로 휘황찬란하게 결합하면서 결정된다는 것이다. 곤충 날개의 화려한 색채효과는 인분(鱗粉)[125)]의 색소에 의해 나타나는 것이 아니라, 날개의 위치와 반사각도에 의해 나타난다. 따라서 고골을 천재작가라고 부르는 이유는 계산이 가능한 화학물질의 고유한 성질 — 문학 비평가들이 말하는 '실제 삶'(real life) — 을 다루고 있기 때문이 아니라, 작가에 의해 재창조된 삶 속에 존재하고 있는 딱히 뭐라고 규정할 수 없는 미립자에 의해 양산된 물리적 현상의 모사(摹寫)능력이 탁월하기 때문인 것이다. 나는 러시아어 '뽀쉴로스찌'(пошлость)의 정확한 의미를 전달할 수 있는 단어를 찾지 못해 '상스러움, 저속성, 속물근성'이라는

---

124) 역주: 1857년에 발표된 프랑스 작가 귀스타브 플로베르(Gustave Flaubert, 1821~80)의 장편소설이다. 평범한 시골의사 보바리의 아내 엠마는 몽상적인 성격의 소유자인데, 자신을 사랑하는 남편에게서 권태감과 성적 불만족을 느낀다. 그녀는 돈 많은 지주 루돌프, 그리고 법률을 전공하는 청년 레옹과의 정사를 즐긴다. 이로 인해 빚이 늘어난 그녀는 그들에게 도움을 요청하지만 거절당한다. 자신이 단지 그들이 추구하는 욕망의 대상이라는 것을 뒤늦게 깨달은 그녀는 비소를 먹고 자살한다.

125) 역주: 나비의 날개에 있는 비늘 모양의 가루 분비물을 말한다. 나보꼬프는 세계적으로 유명한 나비연구자이자 나비수집광이다. 1940년대에 그는 하버드대학 자연사 박물관에서 일하면서 나비의 날개와 생식기를 연구했다. 그가 채집한 약 4,300종의 나비는 스위스 동물원의 라우잔 박물관에 보존되어 있다.

뜻을 갖고 있는 'vulgarity'라는 단어를 이 책에서 사용했다. 이와 마찬가지로 내가 번역한 뿌쉬낀의 『예브게니 오네긴』[126]에서도 뽀쉴로스찌를 'vulgarity'라는 단어로 번역한 것에 대해 독자들에게 사과를 드린다.

6.

『검찰관』 공연을 관람한 일부 관객들은 이 작품이 러시아 관료사회를 교묘하게 공격하고 있다고 생각하고 고골을 강력하게 비난했다. 그리고 이 비난은 고골에게 치명적인 영향을 끼치게 된다. 다양한 방법으로 고골을 죽을 때까지 괴롭히며 비난했던 사람들의 관점에서 볼 때, 그들이 고골에게 비난을 퍼부은 것은 어쩌면 지극히 당연한 행동일지도 모른다. 그런데 실제 대다수의 관객들의 반응은 다소 의아한 방향으로 흘러갔다. 이 연극은 관객들로부터 선풍적인 인기를 누렸고, 이로 인해 고골은 명성까지 얻게 된다. 작품을 직접 관람한 황제 역시 통쾌해하며 갈채를 보냈다. 반면 고위층 관리들은 객석에서 불편해하며 몸을 뒤척였고, 그때마다 자신들의 셔츠 속에 있는 내용물들이 밖으로 쏟아져 나왔다. 평판이 안 좋은 비평가들은 진부한 독설을 퍼부었고, 평판이 좋은 비평가들은 이 연극을 위대한 풍자작품으로 간주하면서 고골을 극찬했다. 인기 극작가 꾸꼴리닉[127]은 어깨를 으쓱거리면서 다음과 같이 말했다. "이 연극은 '우스꽝스러운 익살극'(silly farce)이다." 그리고 연극을 보고 신이 난 젊은 사람들은 웃음을 선사하는 장면들을 흉내 냈다. (특히 흘레스따

126) 역주: Aleksandr Pushkin, *Eugene Onegin: A Novel in Verse*, Translated by Vladimir Nabokov, Princeton University Press, 1964을 지칭한다.

127) 역주: 네스또르 꾸꼴리닉(Нестор В. Кукольник, 1809~68)은 19세기 인기 드라마 작가이자 산문작가이다.

꼬프와 읍장 스끄보즈니끄-두무하놉스끼[128]의 대사를 흉내 냈다.) 그런데 또 다른 사람이 극찬과 혹평이 난무하는 이런 분위기를 즐기고 있었을지도 모른다. 그 사람은 바로 뿌쉬낀인데, 반짝이는 흑인의 치아를 드러내고 기분 좋게 웃은 후 자신의 미완성 작품[129]을 마무리하기 위해 다시 펜을 들었을 지도 모른다. 그리고 고골은 『간쯔 뀨헬가르쩬』의 대참사 직후 자신이 했던 행동을 되풀이했다. 다시 말해 외국으로 도주했던 것이다.[130] 아니 미끄러지듯 러시아를 빠져나갔다고 표현하는 것이 더 나을지도 모르겠다.

외국으로 도주한 고골은 이런 상황에 처한 작가가 취할 수 있는 최악의 일을 저질렀다. 그는 비평가들이 자신의 작품에서 놓친 것과 그들이 자신에게 혹평을 가하며 지적했던 것에 대해 인쇄물을 통해 해명하기 시작했다. 고골은, 인간 고골은, 그리고 '거울 속의 세계'(a looking glass world)에 살고 있는 고골은, 작품을 출판한 '이후에'(after) 작품의 문제점을 검토하고 다시 수정작업을 하는 버릇이 있었다. 그는 이 방식을 『검찰관』에도 적용했다. 그는 이 작품에 『검찰관의 대단원』[131]이라는 일종

128) 역주: 스끄보즈니끄-드무하놉스끼(Сквозник-Дмухановский)라는 이름은 문틈이나 창틈을 통과하여 지나가는 아무 가치 없는 파리새끼 같은 놈이라는 뜻이다. 자세한 내용은 『검찰관』, 김문황 번역, 다해, 2014, p.9를 참조.

129) 역주: 뿌쉬낀의 외증조부는 에티오피아 출신 흑인이며, 뿌쉬낀은 자신의 몸에 흑인의 피가 흐르는 것을 자랑스럽게 여겼다. 그는 1827년부터 외증조부 이브라김 간니발(Ибрагим Ганнибал)을 다루는 역사소설 『뾰뜨르 대제의 흑인 Арап Петра Великого』의 집필을 시도했으나, 미완성으로 끝나고 만다. 이 작품은 뿌쉬낀이 사망하고 몇 달이 지난 후 미완성인 상태로 출간되었다.

130) 역주: 『검찰관』은 1836년 4월 19일 뻬쩨르부르그의 알렉산드린스끼 극장(Александринский театр)에서 초연되었고, 5월 25일 모스크바의 볼쇼이 극장 (Большой театр)에서 공연되었다. 그리고 고골은 6월 6일 유럽으로 떠났다.

131) 역주: 1842년에 발표한 『검찰관의 대단원 Развязка ревизора』에서 고골은 다음과 같이 말한다. "...과연 이 검찰관이 누구인지 당신들은 알고 계십니까? 곰곰이 생각해보세요. 이 검찰관은 바로 잠에서 깨어난 '우리의 양심'입니다..."(Будто не знаете, кто этот ревизор? Что прикидываться? Ревизор этот — наша проснувшаяся совесть..) 자세한 내용은 김문황, "『검찰관』에 나타난 상징적 테마: 종교적 상징의 함의", 『외국문학연구』, 제29호, 2008을 참조.

의 에필로그를 추가했는데, 거기서 마지막 장면에 등장할 진짜 검찰관은 다름 아닌 '인간의 양심'(Conscience of Man)이라고 기술하고 있다. 그리고 그 밖의 등장인물들은 '우리의 영혼 속에 있는 열정'(Passion in our Souls)이라고 지적하고 있다. 바꾸어 말하면 '이런 열정'(these Passion)은 그로테스크하고 부패한 지방 관리들을 상징하고, '고귀한 양심'(higher Conscience)은 러시아 정부를 상징한다는 것이다. 그런데 고골이 비평가들과 독자들을 배려하며 다시 설명한 것은 (만일 그가 독자를 우롱하지 않았다고 가정할 경우) 암울한 효과만을 유발했다. 고골의 설명을 그의 단순한 진술로 간주할 경우, 우리는 작가가 자기 작품에 대한 이해를 잘못하고 있을 뿐 아니라, 자신의 작품을 스스로 왜곡한 것이라고 판단할 수밖에 없다. 우리가 나중에 다루겠지만 고골은 『죽은 혼』에서도 이와 동일한 방식을 취하고 있다.

고골은 이해할 수 없는 이상야릇한 괴물이었다. 나는 『검찰관』에 대한 그의 추후 설명이 미친 사람이나 할 수 있는 일종의 기만행위라고 생각한다. 고골은 이 작품을 통해 자신이 독자들에게 '예언자'(prophet), '교사'(teacher), 그리고 '인류를 사랑하는 현인'(lover of mankind, 인류에게 필요한 온정만을 제공하는 현인)으로 인식될 것이라고 예견했는데, 자신의 의도가 실패로 끝나게 된 것을 인정하는 것이 무척이나 고통스러웠을 것이다. 이 연극에는 권선징악의 교훈적인 내용이 전혀 존재하지 않는다. 나는 작가가 이 사실을 모르고 있었다는 것을 도저히 상상할 수가 없다. 그러나 내가 앞서 언급한 것처럼 고골은 자신의 작품이 발표되고 오랜 시간이 흐른 뒤에, 꿈속에서나 가능한 내용을 작품에 첨가했던 것이다. 반면에 이 연극에 대한 비평가들의 평가는 (아주 잘못된 평가이지만) 문학비평이 아니라 거의 혁명적인 사회비평이었다. 그리고 바로 이 비평이 고골을 아주 불쾌하게 만들었던 것이다. 『검찰관』에 대한 급진적 경향의 비평가들의 열렬한 극찬과 보수성향의 비평가들의 격렬한 비난 때문에, 고골은 근엄하지만 변덕스러운 황제가 자신에 대한 태도를 (예를 들어

연금 삭감) 갑자기 바뀔지도 모른다고 염려했을 지도 모른다. 그리고 황실로부터 철저한 검열을 받게 되면 향후 수년간 작품 활동을 제한받을 수 있다고 고민했을지도 모른다. 고골은 일부 비평가들이 『검찰관』을 '조잡하고 진부한 익살극'(coarse and trivial farce)이라고 평가한 것에 대해, 자신을 존경했던 선량한 기독교인 관리들이 ('선한 기독교인'에 대한 주제는 후기 작품[132]에서 다룰 것이다.) 비통해하며 반발하는 것을 보고 큰 충격을 받았을 것이다. 그러나 수천 명의 사람들이 자신의 작품에 대해 이러쿵저러쿵 뒷담화를 하고 있다는 사실은 알고 있는데, 그 내용이 무엇인지 알 수 없다는 것이 고골의 고민거리였다. 그가 전해들은 소문은 (그저 소문이기 때문에) 너무나도 흉측하고 말도 안 되는 것이었다. 고골은 자신의 등을 두드리며 격려하는 말이 과거 자신이 존경했던 사람들에 대한 역설적인 조롱을 암시할 뿐 아니라, 자신을 직접 겨냥한 조롱이라고 생각했다. 이방인들이 보여주었던 관심은 (음흉한 계략과 감당할 수 없는 위협과 더불어) 고골에게 마치 살아 움직이는 실체처럼 보였다. (아름다운 말과 계략은 동굴 속에 감춰있는 보물이다.) 나는 이 책의 뒤편에서[133] 자신이 지속적으로 감지하고 있는 모든 풍경과 사물의 움직임이 복합적인 상징을 담고 있으며, 우주의 만물이 이런 상징을 사용해서 자신에 대해 이야기하고 있다고 생각하는 '어떤 광인의 이야기'[134]를

132) 역주: 1847년에 발표한 『친구들과의 서신교환선』은 26편의 서한과 6편의 에세이로 구성되어 있다. 서한은 주로 1843년부터 1846년 사이에 발신한 것이며, 수신자 이름이 표기된 것도 있고 약자로 표기된 것도 있다. 그리고 일부 편지에는 수신자에 대한 언급이 전혀 없다. 고골은 12번째 편지글 "그리스도인은 전진한다."(Христианин идёт вперёд)와 마지막 32번째 에세이 "부활절"(Светлое Воскресенье)에서 선한 기독교인을 주제로 다루고 있다.

133) 역주: 『Nikolai Gogol』의 뒤편 7장 "연보"에는 주인공 광인에 대한 설명은 전혀 없고 『광인일기』라는 제목만 표기되어 있다. 그리고 이 제목 옆에 괄호를 사용하여 "이 작품의 마지막 단락이 이 책의 맨 앞에 있다."라는 문구가 들어있다. 즉 어떤 광인의 이야기는 이 책의 뒤편에 있는 것이 아니라 맨 앞에 실려 있다는 것을 나보꼬프가 퍼즐처럼 교묘하게 표현하고 있는 것이다.

134) 역주: 1835년에 발표한 『아라베스끄』에 포함되어 있는 『광인일기』를 지칭한다.

소개할 것이다. 뜻밖의 명성을 획득한 고골의 병적인 문학관을 통해, 우리는 인간의 사악함을 드러내고 있는 위대한 '무언극'(dumb show)의 의미를 추론할 수 있다. 고골은 자신에게 적대적인 러시아가 자신의 주변에서 수군거리면서, 자신의 연극을 찬양하거나 비난하며 자신을 파멸시키려고 애쓰고 있다고 상상했다. 1836년 6월 그는 유럽으로 떠났다.

뻬쩨르부르그 소재 고골 동상

유럽으로 출발하기 전날 밤 고골은 뿌쉬낀의 집을 방문해서 (이후 그는 뿌쉬낀을 두 번 다시 만나지 못한다.) 그와 함께 밤새도록 자신이 집필하고 있던 『죽은 혼』 초고의 앞부분을 읽었다고 알려져 있다. 아름다운 광경이다. 그러나 너무나 아름답기 때문에 정말로 그랬는지 의문이 든다. 무슨 이유인지는 모르겠으나, (스스로 책임지는 것을 소름끼칠 정도로 싫어했기 때문에) 고골은 뿌쉬낀이 사망한 1837년 이전에 자신이 썼던 모든 원고에 대해 뿌쉬낀이 관여하여 영향을 끼쳤다는 것을 독자들에게 알리고 싶어 했다. 그런데 고골의 예술관은 뿌쉬낀의 것과 전혀 다른 방향으로 흘러가고 있었고, 뿌쉬낀은 스스로 해결해야할 산적한 문제[135])를 안고 있었기 때문에, 『죽은 혼』 초고를 고골과 함께 읽으며 조언을 해줄만한 상황이 아니었다. 다시 말해 고골이 급작스럽게 제시한 원고를 진지하게 검토할 상황이 전혀 아니었던 것이다. 한밤중의 칠흑 같은 장면을 밝히는 '외로운 촛불'(lone candle)[136])은 아무 일도 없었다는 듯 자연스럽게 꺼졌다. 고골이 그 어떤 친구들에게도 작별인사를 하지 않고 홀로 미끄러지듯 러시아를 빠져나갔다. 고골이 뿌쉬낀보다 더 친밀한 사이였던 주꼽스끼에게조차 작별인사를 하지 않았다는 점에 주목할 필요가 있다.

---

135) 역주: 1834년 니꼴라이 1세의 시종으로 임명된 뿌쉬낀은 가족과 함께 황궁에 거주하게 되었고, 부인 나딸리야의 사치로 인해 많은 빚을 지게 된다. 뿌쉬낀은 아내와 황제와의 염문설을 접하면서 고통을 받고 있던 와중에 아내의 불륜을 암시하는 익명의 편지를 1836년 11월 받는다. 이듬해 2월 8일 황제와 연루된 단테스와의 결투에서 복부에 중상을 입고 이틀 후 사망한다.

136) 역주: 고골을 지칭한다.

3.

우리의 Mr. 치치꼬프

(Our Mr. Chichikov)

1.

오래전에 출판된 『죽은 혼』[137] 영역판들은 아무런 가치가 없기 때문에, 모든 공공도서관과 대학도서관에서 퇴출되어야 마땅하다. 내가 이 책을 집필하는 과정에서 『죽은 혼』의 일부 문장을 힘들게 번역작업을 하고 있을 때, 뉴욕에 소재한 리더스 클럽 출판사에서 버나드 거니[138]가 번역한 새로운 영역판이 출간되었다. 아주 훌륭한 번역판이다. 그런데 이 번역판에는 두 가지 문제점이 있다. 첫째 리더스 클럽의 편집진 중 한사람이 기고한 우스꽝스런 서문, 둘째 죽은 혼이라는 원제목을 '치치꼬프의 여행, 또는 고대러시아의 가정생활'(Chichikov's Journeys, or Homelife in Old Russia)로 변경한 점. 과거 러시아에서 『죽은 혼』 초판이 출간될 때 황제의 검열관들이 러시아정교의 입장에서 볼 때 인간의 영혼은 영혼불멸하기 때문에 영혼 앞에 '죽은'(dead)이라는 형용사를 붙일 수 없다고 주장하며, 고골에게 제목을 '치치꼬프의 여행'으로 변경하라고 요구했었다. 참으로 슬픈 기억이다. 오늘날 리더스 클럽에서 영역판 제목을 '치치꼬프의 여행'으로 변경한 이유는, 아마도 만화를 좋아하는 홍안의 청소년들이 책제목을 보고 암울한 생각에 젖는 것을 염려했기 때문일 것이다. 그리고 부제 '고대러시아의 가정생활'은 과거에 출간된 엉터리 영역판의 제목을 그대로 수용한 결과이다. 엉터리 영역판은 다음 책을 말한다. 『어떤 러시아 귀족이 쓴 고대러시아의 가정생활』(*Homelife in Old Russia by a Russian Noble*, revised by the editor of Revelations of Siberia, London: Hurst and Blackett Publishers, 13 Great Marlborough Street, 1854). 그리고 이 영역판에는 "『죽은 혼』의 저작권과 번역권은 이 영역판의 출판업자가 소유하고 있다."라는 얼토당토하지 않은 문장과 더불어 다음과 같은 이

---

137) 이 책의 뒷부분에 있는 "연보"에 『죽은 혼』의 플롯이 요약되어 있다.
138) 역주: 버나드 거니(Bernard Guilbert Guerney, 1894~1979)는 미국 소설가이자 러시아문학작품 번역가이다.

상한 서문이 실려 있다.

"어떤 러시아 귀족이 『죽은 혼』의 번역원고를 본 출판사의 발행인에게 제출했다. 그리고 출판사의 편집자는 역자의 모국어가 영어가 아니라는 점을 염두에 두고 원고의 언어적 오류만을 수정했다... 수정하는 과정에서 편집자는 러시아사회의 내부 상황에 대한 이해와 통찰력을 갖게 되었다... 이 작품에서 다루고 있는 이야기는 허구가 아니라 실제로 있었던 일이며, 당시 러시아 사람들에게 널리 알려진 사실이라고 역자는 주장한다."

"... 결론적으로 말해, 우리가 역자의 이름을 자유롭게 언급할 권리를 갖고 있지 않은 것은 상당히 유감이다. 그리고 이 역서는 더 이상의 그 어떤 검증도 필요로 하지 않는다. 왜냐하면 이 역서의 진위는 번역된 모든 문장에 의해 이미 증명되었기 때문이다. 역자는 자신의 조국으로 돌아가고 싶다고 말했다. 만일 그가 자신의 역서를 공증하고 자신의 풍자능력을 과시한다면, 자신이 시베리아의 외지로 들어가는데 큰 도움이 될 것이라고 말했다. 그러나 그 외에 특별히 좋은 점이 없기 때문에 그는 공증을 하지 않았다."

아마도 독자들은 『죽은 혼』을 번역한 후 (편집자에 의해 19세기 빅토리아 여왕시절에 사용하던 온갖 미사여구로 장식된) 원고를 허스트 블랙키트 출판사에 팔았던 러시아 귀족의 이름을 알고 싶어 할 것이다. 당시 이 출판사는 '과거 영국의 동맹이었고 현재는 영국의 적국인 러시아의 가정생활을 폭로하는 체험기'를 출간하는 것이라고 믿고 있었다. 『검찰관』의 주인공 흘레스따꼬프가 바로 그 귀족인가? 아니면 『죽은 혼』의 주인공 치치꼬프가 바로 그 귀족인가? 어떤 면에서 볼 때 고골의 작품은 가장 '고골적인 운명'(Gogolian fate)에 처해 있었던 것이다.

2.

러시아어는 내가 익히 알고 있는 3개의 유럽어[139]에서는 찾아볼 수 없는 냉혹하고 무자비한 어휘를 사용하여 사회에 만연된 구조적 결함을 지적하며 이를 표현할 수 있는 언어이다. 비록 한 나라의 언어에 특별하게 표현할 수 있는 어휘가 부재하다는 것이 이에 상응하는 개념 자체가 부재하다는 것을 의미하는 것은 아니지만, 그 개념을 보다 풍부하고 정확하게 전달하는데 문제가 있는 것은 분명하다. 예를 들어 러시아인들이 사용하는 '뽀쉴로스찌'(пошлость)[140]라는 단어가 갖고 있는 다양한 의미는 하나의 영어단어로는 번역할 수가 없다. [이 단어의 강세는 첫 번째 음절의 '동그라미 형태'(puff-ball) 위에 있고, 마지막 자음 '티'(t)는 마치 프랑스어 '레스찌'(restiez) 또는 '에무스찌요'(émoustillant)의 '티'(t) 발음과 달리 아주 부드럽고 촉촉하게 발음해야 한다.] 왜냐하면 뽀쉴로스찌와 동일한 의미를 내포하고 있는 정확한 어휘가 없기 때문이다. 여러 개의 단어들을 나열하여 사용할 수는 있지만, 이 경우에도 명확한 개념을 전달하기에는 다소 무리가 따른다. 풍부한 의미와 야만성을 내포하고 있는 이 단어를 다음과 같이 발음하는 것이 도움이 될 것이라고 사료된다. '뽀쉴로스찌'(пошлость, poshlust)[141] 단어의 두 번째 모음 '오'(o)는 다소 희미하고 흐릿하게 마치 강세가 없는 영어의 '유'(u)처럼 발음해야 한다.

---

139) 역주: 영어, 프랑스어, 그리고 독일어를 지칭하는 것이다.

140) 역주: 『Nikolai Gogol』의 "2장 검찰관" 90쪽에서 나보꼬프는 러시아어 뽀쉴로스찌의 정확한 의미를 전달할 수 있는 영어단어를 찾지 못해 상스러움, 저속성, 그리고 속물근성이라는 뜻을 갖고 있는 vulgarity라는 단어를 사용했다고 언급하며 독자들에게 사과를 구하고 있다. 따라서 역자는 러시아어 пошлость를 국내 연구자들이 흔히 사용하고 있는 속물근성으로 번역하지 않고, 나보꼬프의 견해를 존중하여 '뽀쉴로스찌'로 전사했다.

141) 역주: 러시아어 뽀쉴로스찌(пошлость)의 두 번째 모음 o는 강세가 없기 때문에 [ə]로 발음된다. (마치 영어단어에서 '강세 없는 유(u)'처럼 발음된다.) 나보꼬프는 이런 점을 고려해 пошлость를 영어로 전사할 때 poshlost 대신 poshlust를 사용하고 있다.

이와 반대로 첫 번째 모음 '오'(o)는 독일 그림엽서에 인쇄되어 있는 목욕하고 있는 미인의 유방처럼 입모양을 둥글게 하고, 코끼리가 진흙 연못으로 풍덩 떨어지면서 내는 소리처럼 아주 크게 발음해야 한다.

이처럼 뽀쉴로스찌에 내포되어 있는 모든 의미를 표현할 수 있는 영어단어는 없지만, 사람들은 뽀쉴로스찌의 다양한 의미를 표현할 때 다음과 같은 단어들을 사용하여 번역한다. '하찮은'(cheap), '가식적이고 엉터리 같은'(sham), '천박한'(common), '지저분하고 외설적인'(smutty), '우쭐대며 허세를 부리는'(high falutin), '저속한'(pink-and-blue), '상스러운'(in bad taste). 그리고 내가 자주 참고하고 있는 『로제 동의어사전 Roget's Thesaurus』의 '싸고 저렴함'(cheapness)이라는 뜻을 갖고 있는 단어들을 나열한 항목에는 다음과 같은 동의어들이 제시되어 있다. [참고로 『로제 동의어사전』 개정판 21쪽의 곤충(Insects) 항목에는 쥐(rat)와 생쥐(mouse)가 동의어로 제시되어 있다.] '열등한'(inferior), '비참한'(sorry), '쓰레기 같은'(trashy), '야비한'(scurvy), '싸구려 티가 나는'(tawdry), '겉만 번드르르한'(gimcrack). 그러나 이런 단어들은 러시아어 뽀쉴로스찌의 의미를 전달할 때 빈틈이 없게 하려고 나열한 것에 불과하기 때문에, 잘못된 가치를 전달하는 오류를 범할 수 있다. 사실상 사람들은 인간사의 어느 일정한 시기에 사용되고 있는 언어의 가치만을 제시하는 경향이 있다. 상기에 언급한 단어들이 바로 그런 경향에서 탄생한 것이다. 그러나 러시아어 뽀쉴로스찌는 시간의 흐름과 상관없이 영원히 지속될 뿐 아니라, 보호색으로 교묘하게 감추어져 있기 때문에 (어떤 작품 속에, 어떤 영혼 속에, 어떤 제도 속에, 그리고 수만 개의 공간 속에 내재되어 있는) 그 존재가 쉽게 드러나지 않는 특징이 있다.

러시아인들이 지성에 눈이 뜨기 시작한 이후부터 25년 동안 견디기 힘든 괴팍한 정권의 통치하에 자신들의 영혼이 말살될 때까지,[142] 자유

---

142) 역주: 25년은 제까브리스뜨 난이 진압된 1825년부터 1850년까지의 25년을 지칭한다.

로운 사상에 젖어있는 러시아 지식인들은 밖으로 드러나지 않은 채 은밀하게 풍기는 뽀쉴로스찌의 끈적끈적한 느낌을 예리하게 깨닫고 있었다. 러시아인들은 독일인들의 민족정신, 관습, 전통, 그리고 일상에서 흔히 볼 수 있는 '조롱'(mock)보다 뽀쉴로스찌가 더 중요하다고 생각했다. 이와 동시에 낭만주의 성향을 띠고 있는 러시아 지식인들은 선한 의도를 갖고 독일의 위대한 철학과 문학을 지나칠 정도로 빠른 속도로 수용했다. 왜냐하면 괴테의 『파우스트』에 뽀쉴로스찌가 폭넓게 사용되고 있다는 것을 인식하고 이를 적극적으로 수용하는 자들이 '아주 출중한 러시아인'(super-Russian)으로 간주되었기 때문이다.

어떤 나라[143]와 난처한 상황에 처해 전쟁을 치르게 되었을 때, 그 나라의 모든 것이 (심지어 마지막 맥주잔과 마지막 물망초까지) 파괴되는 것을 갈망하는 사람이 그 나라의 무가치성을 과장하여 표현하는 것은 혁명이나 전쟁이 발발했을 때 아가리를 떡하니 벌리고 있는 뽀쉴로스찌의 심연 바로 곁에서 아슬아슬하게 산책하고 있는 것을 의미한다. 그런데 또 다른 사람이 전쟁전야에 상대방 나라에 대해 옛날방식으로 점잖게 중얼거리며 비난을 한다면, 위태로운 심연은 피할 수 있을 것이다. 100년 전에[144] 뻬쩨르부르그에 거주하고 있던 사실주의 비평가들이 (약간의 포이어바흐[145]의 철학사상을 포함하고 있는) 독일 철학자 헤겔[146]과 슐레겔[147]의 이론과 주장을 혼합하여 자극적인 칵테일을 만들고 있을 때, 고

그리고 괴팍한 정권은 니꼴라이 1세 정권을 말한다. 나보꼬프는 그를 19세기 러시아의 가장 잔혹한 군주로 평가했다.

143) 역주: 맥주잔과 물망초를 고려할 때 독일을 지칭하는 것으로 추정된다.

144) 역주: 이 책이 1944년에 출판되었다는 것을 고려할 때, 100년 전은 1840년대를 지칭하는 것이다. 『죽은 혼』 1부를 발표했던 1840년대는 사실주의 비평이 만연하던 시기이다.

145) 역주: 포이어바흐(Ludwig Andreas Feuerbach, 1804~72)는 독일의 유물론자이자 사회주의 철학자로 마르크스와 엥겔스에게 큰 영향을 끼친 인물이다.

146) 역주: 헤겔(G.W. Friedrich Hegel, 1770~1831)은 절대적 관념론을 주장한 독일의 철학자이다. 그의 철학관은 훗날 마르크스에 의해 변증법 유물론으로 발전된다.

골은 자신의 천재성을 동원하여 독일사회에 만연하고 있던 뽀쉴로스찌의 영혼을 자신의 작품세계에서 드러내고 있었다.

사람들이 독일을 주제로 대화를 나누고 있을 때, 고골은 잠시 그들의 대화를 경청한 후 다음과 같이 말했다. "맞습니다. 일반적으로 말해 평범한 독일인들은 그다지 유쾌한 부류의 사람들이 아닙니다. 여자들에게 추근거리는 '독일인 바람둥이'(German Lothario)보다 더 불쾌한 존재를 상상하는 것은 불가능합니다... 언젠가 독일에서 저는 그런 부류의 젊은이와 우연히 마주쳤습니다. 그가 오랫동안 추근거리며 구애했지만 성공하지 못했던 처녀의 집은 어느 호숫가에 자리 잡고 있었습니다. 그녀는 저녁마다 발코니에 앉아 두 가지 일을 한꺼번에 하고 있었습니다. 즉 양말을 짜면서 호수의 광경을 즐기고 있었던 거죠. 그녀에게 아무리 치근덕거려봤자 아무런 효과가 없다는 것을 깨달은 청년은, 마침내 냉혹한 그레첸[148]의 마음을 정복할 확실한 방법을 생각해냈습니다. 매일 저녁 그는 옷을 벗고 호수 안으로 들어가 자신이 사랑하는 그레첸이 앉아있는 발코니 바로 밑에서 수영을 했습니다. 그는 자신이 특별히 준비해 온 백조 한 쌍과 포옹을 하면서 수영을 하고 있었던 겁니다. 당시 저는 그 백조들이 무엇을 상징하는지 전혀 몰랐습니다. 그런데 그녀는 그가 며칠 동안 저녁 내내 계속해서 물 위에 떠있으면서 백조들과 함께 아름다운 자태를 취하고 있는 것을 알게 되었습니다. 아마도 그녀는 그의 장난기 있는 행동에 시적으로 고풍스럽고 신화적인 표현이 담겨 있다고 믿었던 것 같습니다. 그가 어떤 생각을 갖고 행동했든 상관없이 결과는 그의 의도대로 되었습니다. 마침내 그는 그녀의 마음을 정복하게 되었고, 얼마 후 그들은 행복한 결혼식을 올렸습니다."

---

147) 역주: 슐레겔(Friedrich von Schlegel, 1771~1829)은 독일의 낭만파문학의 이론가이자 철학자이며, 문학과 철학을 하나로 융합한 비평가로 알려져 있다.

148) 역주: 그레첸(Gretchen)은 괴테의 『파우스트』 1부에 등장하는 순결한 처녀이다.

이 이야기에서 우리는 이상적인 형태를 취하고 있는 뽀쉴로스찌를 발견할 수 있다. 그런데 '보잘 것 없는'(trivial), '쓰레기 같은'(trashy), 그리고 '하찮은'(smug) 등의 단어들은 수영하는 청년과 그가 포옹했던 백조한 쌍에 관한 이야기에 담긴 뽀쉴로스찌의 모든 양상을 표현할 수가 없다. 일상에서 발생하는 다른 쉬운 예를 찾아보자. 당신의 손에 쥐어진 새 잡지를 뒤적거리면 다음과 같은 광고들을 쉽게 발견할 수 있다. 오디오 세트가 (또는 자동차, 또는 냉장고, 또는 그릇이나 스푼세트, 그리고 그 밖의 다른 모든 것도 가능할 것이다.) 집으로 배달된다. 어머니는 행복해 하며 손뼉을 친다. 아이들은 모두 궁금해 하며 배달된 물건 곁으로 몰려든다. 큰아들과 강아지는 모두가 숭배하는 왕관을 쓴 '우상'(Idol)이 놓여 있는 식탁의 가장자리까지 다가간다. 심지어 뒷마당에 있는 백발에 주름투성이인 할머니조차 궁금해 하며 (바로 그날 아침 며느리와 한바탕 싸움을 벌였던 것을 까맣게 잊고) 문틈으로 빼꼼히 들여다본다. 그리고 조금 떨어진 곳에 '자랑스러운 기증자'(Proud Donor)인 의기양양한 '아빠'(Pop)가 다리를 벌린 채 양복조끼 겨드랑이에 팔짱을 끼고 눈망울을 반짝이며 서있다.

이런 종류의 광고에서 뽀쉴로스찌가 풍성하게 발산하는 이유는 상품 광고를 과장되게 연출했기 때문이 아니라, 물건을 구매했을 때 인간이 최상의 행복을 누릴 수 있다는 것과 상품구입이 구매자를 고귀하게 만들 수 있다는 것을 제시하기 때문이다. 물론 판매자가 창조한 세계는 그 자체로는 인간에게 무해한 세계이다. 왜냐하면 구매자들이 광고를 믿을 것이라고 판단한 판매자가 이 광고를 만들었다는 것을 모든 사람들이 알고 있기 때문이다. 판매자가 창조한 광고세계에서 황홀한 미소를 지으며 거룩한 시리얼을 식구들에게 제공하거나 시식하는 장면을 제외한 그 어떤 장면도 영적으로 거룩하게 묘사되어 있지 않기 때문에 이 광고가 재미있다는 것이 아니다. 그리고 부르주아식 잣대로 (마르크스가 주장한 부르주아가 아니라, 플로베르149)의 추종자들이 주장하는 부르주아) 게임을 하고 있는 세계로 묘사되었기 때문에 이 광고가 재미있다는 것도 아니다. 이 광고가 한가로운 시골에 살고 있는 판매자나 구매자가 절대 믿지 않는 일종의 위성세계의 그림자같이 묘사되어 있기 때문에 재미있다는 것이다.

만일 상업성을 추구하는 어떤 화가가 착한 소년을 묘사하고 싶다면, 그는 그 소년의 얼굴에 주근깨를 그려 넣을 것이다. (그리고 대중적인 만화에서는 소년의 얼굴에 끔찍한 뾰루지도 함께 그려 넣을 것이다.) 이 삽화에서 우리는 스스로가 망각하고 있는 인종차별에 대한 관습과 직접적으로 연관이 있는 뽀쉴로스찌를 발견할 수 있다.[150] 선량한 미국사람들은 할리우드의 사랑스러운 미녀를 모델로 하여 그녀의 미끈한 다리를 본뜬 주머니를 만들고 스타킹을 씌운 후 그 안에 면도기를 넣어 외로운 군인들에게 소포로 보내곤 했다. 나는 이 다리 모양의 주머니를 만들고 있는 사람의 사진을 어떤 잡지에서 본 적이 있다. 이 잡지는 세계에서 가장 훌륭한 뽀쉴로스찌를 양산하는 매체라고 말할 수 있다. 뽀쉴로스찌의 수요와 공급 없이는 절대로 존재할 수 없는 프로파간다를 홍보하고 있는 소련의 소책자에는 하늘에 떠있는 구름을 배경으로 서있는 집단농장의 아름다운 처녀의 사진이 인쇄되어 있다. 그리고 뽀쉴로스찌의 예를 잘 표현하고 있는 작품으로 플로베르가 야심차게 집필한 『고정관념 백과사전』[151]이 내 머릿속에 불현듯 떠오른다.

---

149) 역주: 귀스타브 플로베르(Gustave Flaubert, 1821~80)는 프랑스의 낭만주의 작가이자 사실주의 작가이다. 그는 마르크스와 달리 부르주아를 물질적인 것이 아니라 영적인 것으로 해석했다. 따라서 플로베르가 말하는 부르주아는 '영적으로 천박하고 속물적인 사람'을 일컫는다.

150) 역주: 흑인 소년에게 주근깨와 뾰루지를 그려 넣을 수 없다고 생각하는 백인들의 뽀쉴로스찌한 인식을 지적하며, 백인은 착하고 흑인은 나쁘다는 것을 암시하는 인종차별 광고라는 것을 언급한 것이다.

151) 역주: 플로베르가 1870년대에 수집한 메모와 자료를 토대로 하여 집필한 『고정관념 백과사전 Encyclopédie des Idées Reçues』은 나폴레옹 3세(1852~70) 시절 프랑스사회에 만연하고 있는 고정관념을 풍자하는 작품이다. 이 작품은 플로베르 사후 1911

문학예술계는 '뽀쉴로스찌 문학'(poshlust-literature)을 번식시키기에 아주 적합한 공간이라고 말할 수 있다. 뽀쉴로스찌 문학은 '저속한'(pulp) 문학, 또는 영국인들이 흔히 말하는 '통속성을 띠고 있는 저질'(penny dreadful) 문학, 또는 러시아인들이 흔히 말하는 '싸구려 통속문학'(yellow literature)과 유사한 종류의 문학을 뜻하는 것이 결코 아니다. 그런데 이상하게도 쓰레기 문학에는 이따금 아이들처럼 단순하고 평범한 사람들이 높이 평가하는 건전한 내용도 포함되어 있다. 슈퍼맨은 분명히 뽀쉴로스찌한 인물이다. 그러나 그는 순수하고 가식이 없는 모습을 띠고 있는 뽀쉴로스찌한 인물이다. 현대판 자이언트 킬러[152]를 다루고 있는 과장된 이야기처럼, '옛날이야기'(fairy tale)에는 평범하며 감상적인 내용과 어리숙한 속물성이 많이 묘사되어 있다. 옛날이야기가 거짓이고 허구라는 것이 분명하게 드러나지 않을 때, 그리고 옛날이야기에서 다루고 있는 가치가 (올바른 것이든 잘못된 것이든 불문하고) 가장 숭고한 단계의 예술, 사상, 또는 감정에 속한다고 생각할 때, 뽀쉴로스찌는 더욱 사악해지고 활기가 넘치게 된다는 것을 나는 재차 강조하고 싶다. 예를 들어 일간신문의 문예특집란에 실린 뽀쉴로스찌한 평론으로 도배된 서적들이 바로 그런 부류에 속한다고 말할 수 있다. 다시 말해 베스트셀러와 '놀랄 만큼 심오하고 훌륭한 소설들'(stirring, profound and beautiful novels)이 바로 뽀쉴로스찌의 정수를 담고 있는 '고상하고 강력한'(elevated and powerful) 작품인 것이다. 언젠가 나는 일간신문에서 어떤 소설을 전면광고 하는 것을 본 적이 있다. 내가 알기로 이 소설은 처음부터 끝까지 다른 사람의 문체를 모방한 엉터리 작품이며, 이 소설의 작가는 심오한 사상을 독자들에게 부담스럽게 전달하고 있을 뿐 아니라 문학의 진정한 의

년~1913년에 발행되었다.

152) 역주: 자이언트 킬러(Giant Killer)는 전문가의 예상과 달리 최고의 기량을 갖춘 팀을 격파하는 팀을 지칭하는 스포츠 용어이다.

미도 깨닫지 못하고 있는 인물이다. 이 소설은 이상하게도 나로 하여금 고골이 묘사했던 백조 한 쌍과 포옹하며 수영을 하고 있는 청년을 떠오르게 만든다. 어떤 평론가가 이 소설에 대해 다음과 같이 평했다. "이 소설에 몰입하게 되면 독자는 자신을 완전히 망각하게 된다. 작품을 끝까지 읽은 독자는 '대단한 것을 경험한 후'(as after a great experience) '약간의'(a little) 사색에 젖은 채 일상으로 복귀하게 된다." (순진한 척하며 내숭을 떠는 평론가의 상투적인 표현들 — '대단한 것을 경험한 후', '약간의' — 에 주목할 필요가 있다.) 은총과 빛과 환희가 함축되어 울려 퍼지는 작품, 진주처럼 영롱한 광채가 감도는 작품, 그리고 영혼의 깊숙한 곳에 자리 잡고 있는 내면세계를 파고드는 위대한 심리학자의 대작이라고 또 다른 평론가가 말한다. [고골이 앞서 언급했던 청년 역시 '은총으로 함축되어'(compact of grace)있고, 백조 한 쌍 역시 '진주처럼 영롱한 광채'(pearly radiance)를 띠고 있다.] 여기서 평론가가 언급한 '내면세계'(inner world)와 (외부세계가 아니라는 점에 주목하라.) 환희에 넘치는 문구들은 이 소설의 진정한 가치를 정확하게 표현하고 있다. 사실상 이런 극찬은 적절한 평가일지도 모른다. 왜냐하면 '아름다운'(beautiful) 소설이 '아름답게'(beautifully) 평가되었고, 뽀쉴로스찌의 영역이 완벽하게 제공되었기 때문이다. 이 소설을 절묘하게 공격하는 평론이 없다면, 그리고 황당무계하고 비판적인 시각으로 진실을 파헤치는 평론이 없다면, 이런 극찬은 어쩌면 당연한 것일지도 모른다. 평론가들과 출판업자는 '승리'를 거둔 이 소설에 대해 자신들이 찬사를 보내는 행위를 당연한 것으로 생각한다. (그리고 그들은 이 소설의 어마어마한 판매부수도 제시한다.) 그런데 아이러니하게도 뽀쉴로스찌 왕국에서 뽀쉴로스찌한 것은 승리를 거둔 소설이 아니라, 이 소설과 광고성 평론을 선뜻 받아들인 '독자들'(reading public)인 것이다.

위에서 내가 언급한 특별한 소설은 작가의 입장에서 볼 때 자신이 강렬하게 느꼈던 그 무엇인가를 드러내기 위해 '솔직하고 진지하게' (다들

이렇게 말한다) 집필한 작품일지도 모른다. 그리고 상업성을 일체 추구하지 않고 진지하게 작품을 썼기 때문에 그 작가가 불행하게 되었을지도 모른다. 그런데 문제는 작가의 진지함, 솔직함, 그리고 진정성은 작가의 문학재능이 결핍되었을 때 그리고 독자들이 출판업자가 생각하는 부류일 때, 뽀쉴로스찌라는 악마가 작가의 집필과정에 침투하는 것을 저지할 수 없다는 것이다. 그런데 뽀쉴로스찌 측면에서 볼 때 고상한 감정과 연민으로 가득 차 있는 것처럼 보이는 그 특별한 소설이, 그리고 '오늘날 발생하는 사건과 동떨어진 주제'를 다루고 있지만 독자들로부터 큰 관심을 받고 있는 그 특별한 소설이, '모든 사람이'(everybody) 싸구려 통속소설이라고 부르는 쓰레기문학보다 훨씬 더 형편없는 작품이라는 이유를 독자들에게 설명하는 것이 상당히 어렵다는 것이다.

나는 뽀쉴로스찌가 완벽한 쓰레기 같은 것뿐 아니라, 거짓된 강조, 거짓된 아름다움, 거짓된 영리함, 거짓된 매혹들을 모두 포함하고 있다는 것을 보여주기 위해 다양한 예를 제시할 것이다. 문학작품에 등장하는 뽀쉴로스찌한 인물들은 다음과 같다. [그리고 '~끼'(key)와 '~츠끼'(latchkey)[153]라는 압운(押韻)을 사용하여, 뽀쉴로스찌한 남성들은 러시아어로 '뽀쉴랴끼'(пошляки) 여성들은 '뽀쉴랴츠끼'(пошлячки)로 명명할 것이다.] 『햄릿 Hamlet』에 등장하는 폴로니어스,[154] 클라디우스,[155] 그리고 거투르드,[156] 플로베르의 『보바리 부인 Madame Bovary』에 등장하는 로돌프[157]와 오메,[158] 체홉의 『결투 Дуэль』

153) 역주: 나보꼬프는 key(열쇠)와 latchkey(현관열쇠)라는 영어단어를 사용하여, 언어 마법사 고골처럼 기막힌 언어유희를 시도하고 있다.

154) 역주: 폴로니어스(Polonius)는 오필리아(Ophelia)와 레어티스(Laertes)의 아버지이다. 야비한 폴로니어스는 장막에 숨어있다 햄릿에 의해 살해된다.

155) 역주: 클로디어스(Claudius)는 형을 살해하고 왕이 된 햄릿의 숙부이다. 햄릿을 제거하기 위해 로젠크란츠, 길던스턴, 레어티스 등과 같은 하수인들을 고용한다.

156) 역주: 햄릿의 모친 거투르드(Gertrude)는 남편을 살해한 시동생 클로디어스와 재혼한 인물이다.

157) 역주: 로돌프(Rodolphe)는 엠마 보바리를 돈으로 유혹하여 그녀와 성관계를 맺는 지역 유지이다.

에 등장하는 라옙스끼,[159] 조이스의 『율리시스 Ulysses』에 등장하는 마리온 블룸,[160] 프로스트의 『잃어버린 시간을 찾아서 À la Recherche du Temps Perdu』에 등장하는 청년 블로크,[161] 모파상의 『벨아미 Bel Ami』에 등장하는 주요 인물들,[162] 똘스또이의 『안나 까레니나 Анна Каренина』에 등장하는 안나의 남편 까레닌,[163] 『전쟁과 평화 Война и мир』에 등장하는 베르그 중위,[164] 그리고 그 밖의 세계 각국의 소설에 등장하는 많은 인물들. 당시 러시아 사실주의 비평가들은 『죽은 혼』과 『검찰관』을 단순히 농노를 소유하고 있는 러시아 지주들의 뽀쉴로스찌를 폭로하며 질책하는 작품으로 간주했다. 그 결과 그들은 고골작품의 핵심을 놓치는 우를 범하게 되었다. 고골 작품에 등장하는 주인공들은 단순한 러시아 지주들이거나 지방 관리들이다. 그런데 그들이 처한 환경과 사회적 상황은 그리 중요한 의미를 갖고 있지 않다. 마치 『보바리 부인』의 오메가 시카고에서 사업가가 된 것처럼 그리고 『율리시스』의 마리온 블룸 부인이 비시니-볼로초크에서 교장선생님의 아내가 된 것처럼 그리 중요한 사건이나 상황이 아닌 것이다. 그리고 그들이(고골작품의 주인공들이) 처한 환경과 사회적 상황은 [그것이 '현실의 삶'(real life)을 묘사했든 아니든 상관없이] 천

158) 역주: 오메(Homais)는 면허증 없이 약사 일을 하는 인물이다. 찰스 보바리와 가식적 친구관계를 맺은 후, 찰스의 명성을 훼손시키기 위해 자신의 환자를 꼬드겨서 찰스로 하여금 어려운 수술을 집도하게 만든다.

159) 역주: 라옙스끼(Лаевский)는 유부녀 나쟈(Надя)를 데리고 흑해로 도주한 지식인이다.

160) 역주: 마리온 블룸(Marion Bloom)은 몰리 블룸의 처녀시절 이름이다. 그녀는 주인공 레오폴드 블룸의 아내인데, 남편을 속이고 보일런과 정사를 나눈다.

161) 역주: 블로크(Albert Bloch)는 이 작품에서 주인공으로 등장하는 화자에게 접근해 가식적인 친구관계를 맺는 유대인이다. 그는 나중에 대중적인 극작가로 성공한다.

162) 역주: 신분상승을 꿈꾸는 저널리스트 조르쥬 뒤루아(Georges Duroy), 조르쥬 뒤루아와 재혼한 포레스티에 부인(Madeleine Forestier), 포레스티에 부인의 친구이자 그녀의 첫 번째 남편 찰스 포레스티에의 애인 마렐 부인(Clotilde de Marelle), 그리고 찰스 포레스티에의 또 다른 애인 왈테 부인(Virginie Walter) 등을 지칭한다.

163) 역주: 까레닌(Алексей А. Каренин)는 안나보다 20살이나 많은 고위직 관료이다.

164) 역주: 베르그(Алфонсо К. Берг)는 로스또프가의 장녀인 베라 로스또바(Вера Ростова)와 결혼한 독일인 장교이다.

재작가 고골에 의해 완전히 재구성된 것이다. (앞서 『검찰관』에서 이미 살펴보았듯이) 『죽은 혼』에서 사실적으로 묘사된 러시아의 사회적 배경을 찾아보려는 시도는 아무런 의미도 없는 헛된 짓거리인 것이다. 마치 햄릿이 사랑을 나누었던 덴마크의 암울한 '엘시오어 성'(Elsinore)의 사실적인 모습을 『햄릿』작품에서 찾아보려고 애쓰는 짓거리와 동일한 행위인 것이다. 당시 러시아의 '사회상'(facts)을 정확하게 확인하고 싶다면, 고골이 실제 러시아 지방을 여행하면서 어떤 체험을 했는지를 살펴보면 된다. 고골은 뽀돌스끄(Подольск) 여인숙에서 8시간, 그리고 꾸르스끄(Курск)에서 1주일 머물렀고, 나머지 시간에는 이동하는 마차 안에서 단지 차창 밖만 내다보았던 것이다.[165] 그리고 우크라이나의 미르고로드(Миргород), 네쥔(Нежин), 그리고 뽈따바(Полтава)에서 보낸 유년 및 학창시절의 기억이 러시아 지방에 대한 그의 경험의 전부이다. 그런데 이 지역들은 『죽은 혼』 주인공 치치꼬프의 여로에서 아주 멀리 떨어진 곳에 위치하고 있다. 그러나 고골이 모든 것을 '서사시'(Поэма, Epic poem) 수준으로까지 끌어올리기 위해 열정을 갖고 비정상적인 디테일을 사용하여 묘사한 『죽은 혼』에 등장하는 '뽀쉴랴끼'와 '뽀쉴랴츠끼'가 소유하고 있는 다소 부풀려진 죽은 농노들에 대한 설명을 사려 깊은 독자들에게 제공하고 있다는 점은 분명한 사실이다. 고골은 이 소설의 제목 하단에 서사시라는 신비스럽고 미묘한 부제를 달아놓았다. 그런데 이 부제에는 겉은 윤기 나는 광택이 흐르고 속에는 토실토실한 뽀쉴로스찌가 담겨져 있다. 부드럽게 곡선을 그리고 있는 이 광택이 고골의 내면에 자리 잡고 있는 예술가 기질을 끄집어낸 것이다. 어마어마한 '뽀쉴랴끄'(пошляк, 뽀쉴랴끼의 단수형)인 빠벨 치치꼬프는 목구멍을 촉촉하게 적시기 위해

165) 역주: 고골은 『검찰관』 공연에 대한 관객들의 반응에 발끈하여 1836년 6월 러시아를 떠나 약 12년간(1836~48년) 유럽에서 생활한다. 그리고 1839년 겨울 잠시 귀국한 후 이듬해 4월 모스크바에서 (뽀돌스끄와 꾸르스끄를 경유해) 비엔나로 마차여행을 한다. 이것이 고골의 유일한 러시아 지방여행이다.

들이키는 우유 잔의 밑바닥에 있는 무화과 열매를 먹어치운다. 그리고 방 한가운데에서 잠옷을 입고 신나게 춤을 춘다. 선반위에 놓여있는 물건들이 그의 강렬한 스파르타식 춤사위에 반응하며 흔들거린다. (그의 춤사위는 맨발의 핑크색 뒤꿈치로 그의 토실토실한 엉덩이를 — 그의 엉덩이는 그의 얼굴을 상징한다. — 황홀하게 두들기며 끝을 맺는다. 그리고 그는 죽은 농노들의 진정한 천국으로 들어가게 된다.) 이런 묘사는 러시아 시골의 평범한 환경에서 또는 말단관리들의 치졸한 태도에서 쉽게 찾아볼 수 있는 뽀쉴로스찌의 단조로움을 훨씬 능가하는 비현실적인 환상인 것이다. 그런데 거대한 뽀쉴랴끄인 치치꼬프의 몸에는 작은 틈새와 구멍이 나있다. 그 구멍을 자세히 들여다보면 벌레가 보인다. 즉 뽀쉴로스찌로 채색된 심연의 빈 공간에서 웅크린 채 쪽잠을 자고 있는 어떤 어리석은 인물을 발견할 수 있다. 마지막 인구조사[166]를 마친 후 사망했지만 서류상에는 추상적으로 살아있는 존재이기에, 인두세를 지속적으로 내고 있는 지주들의 '죽은 농노들'(мёртвые души)[167]을 매입한다는 치치꼬프의 '구체적인'(concrete) 계획은 다소 어리석은 것처럼 보인다. 미약하나마 소름끼칠 정도로 끔직한 그의 어리석은 계획은 미로와도 같은 복합적인 책략에 의해 한동안 드러나지 않은 채 진행된다. 치치꼬프는 서류상 살아있는 사람(농노)들을 합법적으로 매입하고 그들을 담보로 대출을 받을 수 있는 국가에서 '죽은 사람'들을 매입한다는 것에 대해 '도덕적'(Moral) 죄책감을 전혀 느끼지 않는다. 만일 내가 국가에서 독점하여 제조하고 판매하는 '진청색 물감'(Prussian Blue)[168] 대신, 개인적으로 집에서 만든 진청색 물감을 사용하여 얼굴에 바르는 범죄를 저질렀다면,

---

166) 역주: 19세기 러시아에서 인구조사는 10년을 주기로 행해졌다.

167) 역주: 러시아어 душа는 혼, 또는 농노라는 뜻을 갖고 있다. 따라서 『죽은 혼 Мёртвые души』은 '죽은 농노'라고 해석할 수도 있다.

168) 역주: 프러시안 칼륨 용액에 제2철염 용액을 넣어 만든 염료로 진한 청색을 띠고 있다. 안료의 입자가 매우 곱고 착색력이 강해 주로 물감이나 페인트 재료로 사용된다.

단순히 웃어넘길 행위가 아닌 것이다. 그리고 그 어떤 작가도 이런 행위를 '프러시아 비극'(Prussian Tragedy)[169]으로 간주하지 않을 것이다. 그러나 만일 내가 개인적으로 행하고 있는 모든 비즈니스를 엄청난 수수께끼로 포장한다면, 그리고 나의 영특한 두뇌로 그런 종류의 범죄를 자행할 때 발생할 수 있는 복잡한 난관을 극복하며 이를 의기양양하게 과시한다면, 그리고 수다스러운 이웃에게 내가 집에서 제조한 진청색 물감이 담긴 항아리를 몰래 들여다볼 수 있도록 허락한다면, 아마도 나는 체포되어 국가에서 제조한 진청색 물감을 얼굴에 바른 사람들에 의해 거칠게 다루어질 것이다. 그리고 잘잘못을 따지는 것과 상관없이 나는 조롱거리가 될 것이다. 치치꼬프가 근본적으로 비현실적인 세계에서 비현실적인 방법을 사용하고 있음에도 불구하고, 그가 처음부터 실수를 저지르기 때문에 그의 어리석은 행동은 확연하게 드러나게 되는 것이다. 유령을 두려워하는 늙은 여지주[170]에게서 죽은 농노를 구입하려고 애쓰는 그의 행동은 어리석은 짓이었다. 허풍쟁이이며 난폭한 성격을 소유한 노즈드료프(Ноздрёв)에게 '재정적으로 궁색한 거래'(Queer Street deal)[171]를 제안하는 것 역시 믿기지 않은 그의 완벽한 실책이었다. 나는 소설에서 '실제 사람들'(real people)이 등장하고, '진짜 범죄'(real crime)가 발생하고, (돌팔이 사실주의 비평가들이 사용하고 있는 끔직한) 작가의 '메시지'를 제공하고 있는 작품을 선호하는 독자들에게 다음과 같은 조언을 해주고 싶다. "고골의 『죽은 혼』은 당신들의 요구를 결코 충족시켜주지 못하는

---

169) 역주: '프러시아 비극'을 가상의 희곡 제목으로 생각할 수도 있지만, 나보꼬프가 '진청색 물감'(Prussian Blue)의 Blue가 '슬픔과 비극'을 뜻하는 단어라는 것을 감안하여 '프러시아 비극'(Prussian Tragedy)이란 표현을 사용한 것이다. 일종의 언어유희라고 볼 수 있다.

170) 역주: 꼬로보츠까(Коробочка) 부인을 지칭한다.

171) 역주: 런던에 파산신청법원이 자리 잡고 있는 '케리 스트리트'(Carey Street)를 '퀴어 스트리트'(Queer Street)라고도 부른다. 따라서 나보꼬프는 기묘한(queer)이라는 단어를 사용하고 있는 후자 거리 명을 차용해서 기묘하고 궁색한 거래를 표현하고 있다.

소설이다.” 이 소설에서 치치꼬프가 저지른 죄악은 단순하고 평범한 것이기 때문에, 독자들은 그의 운명에 대해 특별한 감정을 품지 않는다. 따라서 『죽은 혼』을 당시 러시아 사회상과 빗대어 해석하는 일부 독자들과 비평가들이 주장하고 있는 견해는 어처구니없을 정도로 왜곡되고 잘못된 것이라고 지적할 수밖에 없다. 그러나 전설적인 ‘뽀쉴랴끄’인 치치꼬프가 당시 실존하는 인물로 간주되었기 때문에, 다시 말해 고골의 혼란스러운 문학세계에서 활동하는 특별한 피조물로 간주되었기 때문에, 농노들을 저당 잡히고 돈을 착복하려는 그의 추상적인 사기행각은 이상한 탐욕으로 점철되며 100년 전 러시아사회에서 실제로 발생했을 것으로 추정되는 특이한 사건보다 더 큰 의미를 부여받게 된다. 즉 그가 매입한 죽은 농노들의 명단은 종잇조각에 적힌 이름들의 단순한 나열이 아닌 것이다. 그들은 고골의 문학세계에 평지풍파를 일으키는 죽은 영혼들인 것이다. 즉 지주 마닐로프(Манилов)와 꼬로보츠까(Коробочка), N읍에 거주하고 있는 부인네들, 그리고 이 소설에 등장하는 중요하지 않은 배역을 맡은 다양한 인물들에게 어리숙한 반감을 품고 있는 죽은 영혼들인 것이다. 그리고 지옥 출신인 ‘우리의 Mr. 치치꼬프’(Our Mr. Chichikov)는 악마를 대변하는 단순한 인물이다. 변변치 않은 월급에 ‘사탄 주식회사’(the Satan & Co. firm)의 세일즈맨인 그는 러시아 지방을 여행하며 비즈니스를 벌인다. 그는 느긋한 성격에 외형상 건강해 보이지만 두려움에 벌벌 떠는 부패한 내면을 소유한 인물이다. 치치꼬프가 드러내고 있는 뽀쉴로스찌는 악마의 주요 특성 중 하나이다. (사족을 덧붙이자면, 고골은 하나님의 존재보다 악마의 존재를 훨씬 더 진지하게 받아들이고 믿었다.) 치치꼬프가 입고 있는 갑옷에 난 틈새는 악마의 갑옷에 나있는 유기체적인 작은 구멍이다. 그가 입고 있는 갑옷의 녹슨 틈새로부터 미약하지만 끔찍할 정도로 썩은 냄새가 풍겨져 나온다. (식료품 저장실에 근무하고 있는 오지랖 넓은 얼간이가 바다가재 캔에 구멍을 낸 후 깜박 잊고 며칠 동안 그냥 내버려 뒀을 때 풍기는 썩은 냄새.) 바로 이것이 다양한 뽀쉴로스찌의 특성 중 하나인 '어리석음'(stupidity)인 것이다.

상류층인 척하며 허풍을 떠는 것이 치치꼬프의 타고난 운명이다. N읍에 들어설 때 그는 약간 절룩거리는 걸음걸이를 하며 자신의 운명을 실행에 옮긴다. N읍에 살고 있는 '뽀쉴랴끼'와 '뽀쉴랴츠끼'들은 상대방의 걸음걸이를 통해 상류층 인물들을 식별할 수 있는 능력을 갖고 있다. 중요한 순간마다 치치꼬프는 자신의 의도를 달콤한 시럽 속에 푹 담그고, 연민을 자아내는 점잖은 말투로 말문을 연다. [촉촉이 젖은 목소리로 약간 멈칫거리며 트레몰로[172] 기법을 사용하여 '친애하는 형제들'(dear brethren)이라고 말한다.] 자신이 '야비한 벌레'(despicable worm)라는 것을 스스로 표현한 것이다. 그런데 신기하게도 이 벌레는 그의 생체를 야금야금 갉아먹고 있다. 만일 우리가 눈을 가늘게 뜨고 그의 낭랑한 목소리를 주의 깊게 분석하면, 벌레가 갉아먹고 있는 것이 눈에 보일지도 모른다. 오래전에 유럽에서 동심원 모양의 고무로 제작된 인간형상을 하고 있는 자동차 타이어를 광고하는 포스터[173]가 갑자기 내 기억에 떠오른다. 이와 비슷하게 토실토실하게 살찐 치치꼬프도 단단하게 주름이 잡히고 살색을 띠고 있는 거대한 벌레 같다고 말할 수 있다.

만일 특별나게 소름끼치는 인물이 이 소설의 주인공으로 등장했다면, 그리고 만일 내가 앞서 언급한 뽀쉴로스찌의 다양한 양상들이 어떤 예술적 가치를 드러내기 위한 방편으로 사용되었다면, ['둥글둥글하고 원만한 양상'(roundness)이 고골작품의 라이트모티프이다.] 『죽은 혼』은 유머러스한 소설 또는 사회를 고발하는 소설로 여겨지지 않았을 것이다. 이점에 대해서는 다음 장에서 충분히 논의할 것이다. 이 작품을 좀 더 자세히 분석해 보자.

---

172) 역주: 음악용어 트레몰로(tremolo)는 연주할 때 음이나 화음을 규칙적으로 빨리 떨면서 되풀이하는 기법을 말한다.

173) 역주: 프랑스의 미슐렝(Michelin) 타이어 회사의 캐릭터인 비벤덤(Bibendum)을 지칭한다.

3.

『죽은 혼』의 첫 장면은 다음과 같이 시작된다. "N읍에 있는 여관의 출입문으로 퇴역 대령이나 2등 대위, 혹은 백여 명의 농노를 거느리고 있는 지주와 같은 독신자들이 타고 다니는, 한마디로 요약하면 중산층 신사들이 타고 다니는, 사이즈는 작지만 바퀴 옆에 용수철이 달린 상당히 우아한 '브리츠까'[174] 한 대가 들어왔다. 사륜마차에는 미남도 아니지만 추남도 아닌, 지나치게 뚱뚱하지도 않지만 지나치게 마르지도 않은, 그리고 그다지 늙었다고 말할 수도 없고 그렇다고 아주 젊다고 말할 수도 없는 어떤 신사가 앉아 있었다. 그의 도착으로 인해 이 읍에 소란이 발생하거나 어떤 특별한 일도 일어나지 않았다. 다만 여관 건너편 술집의 문 옆에 서있는 두 명의 '무쥐끄'[175]들이 사륜마차에 앉아있는 사람에 대해 언급하지 않고 단지 사륜마차에 대해 다음과 같이 말했다. '이봐, 저 바퀴 좀 봐! 만약 저 사륜마차로 모스크바까지 가야 된다면, 과연 저 바퀴로 거기까지 갈 수 있을까?' 한 농부가 말했다. '갈수 있을 거야' 다른 농부가 대답했다. '그럼 까잔까지는 갈 수 있을까? 내 생각에 거기까지는 못갈 것 같은데.' 첫 번째 농부가 다시 말했다. '못갈 거야.' 다른 농부가 대답했다. 이것으로 두 사람의 대화는 끝이 난다. 그리고 사륜마차가 여관의 마당으로 들어갈 때, 촘촘한 줄무늬 문양의 천으로 만든 짧고 타이트한 흰색 바지에 멋진 연미복을 입은 어떤 청년이 우연히 길을 지나가고 있었다. 그는 연미복 안에 뚤라에서 만든 권총모양의 청동 핀을 꽂은 와이셔츠 가슴받이를 하고 있었다. 청년은 고개를 돌려 마차를 바라보다가 바람에 모자가 날아가려 하자 모자를 손으로 붙잡고 다

174) 역주: 브리츠까(бричка)는 반개(半開) 사륜마차을 뜻한다. 이후부터는 브리츠까를 단순히 사륜마차로 번역할 것이다.

175) 역주: 무쥐끄(мужик)는 도시에 거주하는 사람과 대비할 때 사용하는 용어로 농부라는 뜻이다. 이후부터는 무쥐끄를 단순히 농부 또는 농민으로 번역할 것이다.

시 가던 길을 갔다."(제5권 1장 11쪽)[176]

'러시아 농부' 두 사람의 대화에는 (이 대화에는 고골의 전형적인 췌언[177]이 사용되고 있다.) 등장인물이 순수한 생각과 명상만으로 사물을 인식하고 있다는 점이 강조되어 있다. 그런데 피셔 언윈(Fisher Unwin)과 토마스 크로웰(Thomas Crowell)은 자신들이 발행한 번역판에서 이 점을 놓치고 있다. 그것은 일종의 '사느냐 죽느냐'(to-be or not-to-be)라는 원초적인 형태를 띠고 있는 명상인 것이다. 마치 햄릿이 죽음과 삶에서 어떤 선택을 할지 결정하지 못했던 것처럼, 두 명의 화자는 사륜마차가 모스크바까지 갈 수 있을지 또는 갈 수 없을지를 판단하지 못하고 있는 것이다. 농부들은 사륜마차의 여행일정에 대해 전혀 관심이 없다. 그들을 사로잡은 것은 단지 모스크바까지의 거리에 대한 상상이고, 그 상상을 근거로 한 마차바퀴의 불안정성에 대한 관념적인 문제인 것이다. 그리고 그들이 N읍에서 (상상의 어떤 지점에서) 모스크바, 까잔, 혹은 '아주 먼 곳'(Timbuctoo)까지의 정확한 거리를 모를 뿐 아니라 관심도 없기 때문에, 그들의 관념을 황당한 수준으로까지 끌어 올리고 있는 것이다. 그들은 공허한 상태에서 집필하고 있던 고골의 영감과 상상에 의해 아주 훌륭하게 창조된 인물이다. 왜냐하면 작가는 공허할 때 상상력이 더욱 풍부해 지기 때문이다. 두 농부의 상상은 실재를 근거로 한 것이 아니기 때문에 확실한 결론에 도달하지는 못한다. 그리고 철학과 시학은 항상 그런 식으로 탄생하는 것이다. 도덕성을 추구하는 오지랖이 넓은 비평가들은 불안정한 원형의 마차바퀴로 상징되고 있는 토실토실한 모습의 치치꼬프가 종국에 불행을 당할 것이라고 추측할지도 모른다. 오지랖이 넓

176) 역주: 나보꼬프가 인용한 부분을 역자가 『고골 전집 9권』(Н.В. Гоголь Собрание сочинений в девяти томах, Москва, Русская книга, 1994)에서 찾아 '권, 장, 페이지'를 괄호 속에 표기했다. 이후부터는 5권을 제외한 '장과 페이지'만 표기할 것이다.

177) 역주: 췌언(贅言, pleonasm)은 강조하거나 수사적 효과를 극대화하기 위해 논리적으로 불필요한 말을 덧붙이는 표현방식을 말한다. 고골이 즐겨 사용하는 방식이다.

은 천재작가 안드레이 벨르이[178]는 사실상 『죽은 혼』 1부를 마차바퀴의 축과 얼룩투성이인 바퀴살이 회전하면서 만들어내는 '폐쇄된 원'(closed circle)으로 간주했다. 그는 『죽은 혼』 1부를 토실토실한 치치꼬프의 입장에서 볼 때 새로운 공전을 유발시키는 바퀴를 주제로 한 작품으로 간주했던 것이다. 이 작품에는 이야기 진행과 아무 상관없는 젊은 통행인이 갑작스레 출현하는 독특한 묘사가 있다. 그리고 그는 마치 작품 속에 지속적으로 등장할 것처럼 여겨진다. (고골이 묘사한 많은 호문클루스는 어떤 의도를 갖고 등장하는 것처럼 보이지만, 실상은 전혀 그렇지 않다.) 고골의 동시대 작가들이라면 이 장면에서 다음과 같은 문장을 제시했을 것이다. "그 젊은이의 이름은 이반이다..." 그러나 고골은 그런 식으로 처리하지 않았다. 갑작스런 광풍이 그 젊은이로 하여금 마차를 쳐다보는 행동을 멈추게 하고 그냥 지나치게 만든다. 이후 그에 대한 언급은 전혀 없다. 그리고 다음 단락에서 무명의 여관 급사가 (그의 행동은 여관을 방문하는 손님들을 환영할 때와 마찬가지로 너무나도 빠르기 때문에 독자는 그의 특징을 감지할 수가 없다.) 치치꼬프의 이층 방에서 나와 계단을 내려가며 치치꼬프가 종이 쪼가리에다 쓴 그의 이름을 한 자 한 자 읽어 내려간다. "빠-벨 이-바-노-비치 치-치-꼬프."(Па-вел И-ва-но-вич Чи-чи-ков.) 그런데 이 음절들은 계단의 독특한 특징을 확인하기 위한 분류학적인 가치를 내포하고 있다.

『검찰관』에 대해 이야기 할 때, 나는 작품의 배경에 생기를 불어 넣는 다양한 부류의 등장인물들이 출현한 것에 상당히 만족한다. 그런데 『죽은 혼』에 등장하는 여관 급사나 치치꼬프의 시종과 같은 인물들은 결코 '작은 인간'(Little People)[179]에 속하지 않는다. (치치꼬프의 짐을 숙소로

178) 역주: 보리스 부가예프(Борис Н. Бугаев, 1880~1934)가 본명인 상징주의 작가 안드레이 벨르이(Андрей Белый)는 1934년에 『고골의 기교 Мастерство Гоголя』를 출간했다. 고골의 문학세계를 파헤치고 있는 이 작품에서 벨르이는 고골의 독특한 문학장치를 상세히 분석하고 있다.

운반하는 시종은 자신만의 독특한 취향을 가지고 있다.) 그들은 비록 대화도 거의 하지 않고 치치꼬프의 모험여정에 특별한 영향도 끼치지 않지만, 치치꼬프와 그가 만난 지주들과 더불어 소설의 도입부를 장식하고 있는 것이다. 전문용어를 사용해서 말한다면, 희곡에서의 '부수적인 인물들'(peripheral personages)은 주로 연극무대 위에 서지 않는 이런저런 사람들로 구성된다. 그런데 소설에서는 대화와 행동이 결여되어 있는 부수적인 인물들에게 희곡처럼 무대 뒤에서의 행동을 제공할 수가 없다. 왜냐하면 희곡과 달리 소설에는 그들의 실질적인 부재를 강조하는 무대조명이 존재하지 않기 때문이다. 그런데 고골은 자신만의 독특한 기법을 사용해서 이 문제를 극복하고 있다. 즉 그의 소설에 등장하는 부수적인 인물들은 다양한 은유와 비유, 그리고 서정적 묘사를 담고 있는 종속적인 문장을 통해 묘사되고 있는 것이다. 따라서 독자들은 단순한 대화를 통해 그들을 살아있는 인물로 승화시키는 놀라운 현상을 체험하게 된다. 다음 문단은 이런 현상이 어떻게 발현하는 가를 보여주는 대표적인 예이다.

"심지어 날씨조차 그 장면과 잘 맞아 떨어졌다. 하늘은 맑지도 흐리지도 않았고 가끔 일요일에 고주망태가 '되지만'(впрочем), 평상시에는 한가로운 모습을 하고 있는 수비대 병사들의 낡은 군복에서만 찾아볼 수 있는 푸른빛 회색을 띠고 있었다."[180](2장 25쪽)

완만하게 생기를 불어넣는 러시아어 문장을 평범한 영어로 번역하는

---

179) 역주: 작은 인간(маленький человек)은 19세기 러시아소설에서 사회에서 버림받고 천대받는 인물을 지칭한다. 대표적인 예로 뿌쉬낀의 『역참지기』에 등장하는 14등관 삼손 브이린을 꼽을 수 있다.

180) 역주: 나보꼬프는 원문을 다음과 같이 영역했다. "Even the weather had obligingly accommodated itself to the setting: the day was neither brighter nor gloomy but of a kind of bluey-grey tint such as is found only upon the worn-out uniforms of garrison soldiers, for the rest a peaceful class of warriors except for their being somewhat inebriate on Sundays."

것은 그리 쉬운 작업이 아니다. 즉 을씨년스러운 하늘을 배경으로 하고 있는 선명하지 않은 풍경과 바로 '그 다음 문장'[181]에서 '딸꾹질'을 하며 독자들에게 말을 건네고 있는 '술에 취한 늙은 수비대 병사' 사이에 존재하고 있는 논리적이며 생물학적인 간극을 메우기 위한 번역작업이 결코 쉽지 않다는 것이다. 고골은 교묘하게도 접속사 '프쁘로쳼'[впрочем: '그 외에는'(for the rest), '그렇지 않으면'(otherwise), 또는 '다른 관점에서 보면'(d'ailleurs) 등을 의미하는 접속사]을 앞뒤의 내용이 상반되는 문법적 의미를 제공하는 것이 아니라, 마치 논리적으로 자연스럽게 연결되는 것처럼 너스레를 떨며 앞뒤의 상호 연결고리를 제공하는데 사용하고 있다.[182] 즉 군인들의 '평온한'(peaceful) 모습을 드러내기 위한 장치로 사용되고 있는 것이다. 이처럼 '프쁘로쳼'이라는 엉뚱한 접속사가 이런 신비스러운 작업을 수행하는 순간, 술에 취해 노래를 부르는 순박한 병사들은 우리가 이미 친숙하게 알고 있는 '부수적인 인물'(peripheral existence)로 전환되는 것이다.

지사의 집에서 개최된 파티석상에 치치꼬프가 참석했을 때, 화장을 하고 휘황찬란한 조명을 받고 있는 숙녀들의 주변에 몰려드는 검은 연미복을 입은 신사들은 마치 윙윙거리며 날아드는 천진난만한 파리들처럼 묘사된다. 그리고 바로 그 순간 또 다른 생명체가 등장한다.

"검정색 연미복들이[183] 각각 혹은 무리지어 이쪽으로 혹은 저쪽으로

---

181) 역주: 그 다음 문장은 다음과 같다. "이 장면을 완성하는데 변덕스런 날씨의 전령인 수탉도 일조를 했다. 암탉 꽁무니를 쫓다가 다른 수탉들의 부리에 쪼여 머리에 구멍이 난 그 수탉은 우렁차게 소리를 내고 낡은 거적처럼 뜯긴 양 날개를 가볍게 푸드득거렸다." 나보꼬프는 여기서 수탉을 '술에 취한 늙은 병사', 그리고 수탉의 울음소리를 '딸꾹질'로 의역하고 있다.

182) 역주: 나보꼬프 역시 『Nikolai Gogol』에서 접속사 but을 자주 사용하고 있는데, 마치 고골처럼 논리적으로 연결되는 것처럼 너스레를 떨며 앞뒤의 상호 연결고리를 제공하고 있다. 따라서 고골과 마찬가지로 but을 단순하게 '그러나'로 해석하면 내용이 완전히 뒤틀리게 된다.

183) 역주: 고골은 고골문학세계의 특징 중 하나인 사물들(연미복, 장화, 박차, 수염 등)을

가볍게 날개를 펄럭거리며 재빠르게 지나간다. 연미복들의 모습은 마치 어느 무더운 7월 여름날 늙은 가정부가 열린 창문 앞에서 하얀 설탕덩어리를 잘게 부수고 있을 때, 반짝거리는 설탕조각들 위로 달려드는 파리들과 유사하다. 집안의 모든 아이들이 (아마도 집주인의 자식들일 것이다!) 늙은 가정부 주변에 몰려든다. 아이들은 호기심을 갖고 그녀의 거친 손동작에 시선을 집중한다. 이때 가벼운 '바람'(воздух, air)을 일으키는 파리들의 '공중'(воздушные, airy)비행단은 [이처럼 한 문장에서 '유사한 단어들'(воздух와 воздушные)을 반복해서 사용하는 고골 특유의 문체는 세월이 아무리 흘러도 변하지 않는다.] 그녀의 쇠약해진 시력과 시선을 괴롭히는 햇빛을 이용하여, 마치 그 집의 '모든 情婦들'('full mistresses', 'полныа хозяйки')[184]처럼 여기저기 흩어져 있거나 뭉텅이로 쌓여있는 맛있는 설탕조각 위로 과감하게 날아든다."(1장 17쪽) [토마스 크로웰이 발행하고 이사벨 하프굿(Isabel Hapgood)이 번역한 『죽은 혼』에는 모든 情婦들이라는 단어가 '뚱뚱한 주부들'(fat housewives)로 오역되어 있다.][185]

을씨년스러운 날씨와 술에 취한 수비대 병사들의 이미지는 N읍에서 멀리 떨어진 먼지가 자욱한 어떤 교외에서 [우호뵤르또프[186]가, 다시 말

의인화하는 환유법을 즐겨 사용하는 작가이다.

184) 역주: 이 책에서 나보꼬프는 모든 情婦들을 полныа хозяйки로 표기하고 있는데, 아마도 полные хозяйки의 오기로 사료된다. хозяйки는 보통 안주인들(housewives)을 뜻하는데, 나보꼬프는 집주인과 정을 통하는, 그리고 그에게서 단물을 빨아먹는 情婦들(mistresses)로 해석하고 있다. 그 이유는 이집의 안주인은 한 명인데, 복수형으로 사용되었기 때문일지도 모른다. 그런데 『죽은 혼』 원본에는 '모든 바깥주인들'이란 의미의 полные хозяева로 표기되어 있다. 情婦들이 이 집의 실질적인 집주인이라는 것을 고골이 역설적으로 표현한 것일 수도 있다.

185) 역주: 한국어로 번역된 모든 『죽은 혼』 번역판 역시 19세기 초에 발행된 영역판을 참고했기 때문에 '뚱뚱한 주부들'로 오역되어 있다.

186) 역주: 나보꼬프가 언급한 우호뵤르또프(Уховёртов)는 『검찰관』에 등장하는 경찰서장 우호베르또프를 의미하는 것으로 사료된다. 이 이름은 귀라는 뜻의 우호(ухо)와 믿다라는 뜻의 베리찌(верить) 동사와 연관이 있다. 즉 '귀에 들리는 말을 아무 의심 없이 믿는 멍청한 놈'이라는 뜻이다. 나보꼬프 역시 우호뵤르또프를 Ear-Twister로 해석하고 있다. 자세한 내용은 『검찰관』, 김문황 번역, 다해, 2014, p.13을 참조.

해 '귀에 들리는 말을 아무런 의심도 없이 믿는 자'(Ear-Twister)가 관리하고 있는 마을에서] 사라진다. 그리고 직유법을 사용해서 파리들을 묘사한 것은 횡설수설하는 '호머식의 비유법'(Homeric comparison)[187]을 완벽하게 재현한 패러디이다. 그리고 다른 작가들은 공중곡예를 할 때 위험을 방지하기 위해 그물을 치고 있으나, 고골은 그물도 치지 않은 채 복잡하고 위험천만한 공중곡예를 감행하고 있는 것이다. 즉 처음에 검은 연미복들이 "각각 혹은 무리지어, 이쪽으로 혹은 저쪽으로 가볍게 날개를 펄럭거리며 재빠르게 지나간다."라고 묘사하고, 나중에 파리들이 "여기저기 흩어져 있거나 뭉텅이로 쌓여있는 달콤한 설탕조각 위로 과감하게 날아든다."라고 묘사하고 있는 것을 발견할 수 있다. 몇 년 전 영국에서 럭비경기가 열렸을 때, 나는 유명한 오볼렌스끼[188] 선수가 볼을 공중으로 찬 후 갑자기 생각을 바꿔 앞으로 달려가더니 날아오는 공을 두 손으로 잡으며 슬라이딩 터치다운을 하는 것을 본 적이 있다. 고골이 바로 이와 유사한 묘기를 부리고 있는 것이다. 스티븐 그램[189]이 번역하고 피셔 언윈이 발행한 『죽은 혼』 영역판에는 원본의 일부 문단들 혹은 페이지 전체가 완전히 오역되어 있다. 1915년 런던에서 발행된 『죽은 혼』 2쇄본 서언에는 발행인 피셔 언윈이 스티븐 그램의 번역판에 대해 다음과 같이 말했다. "상당히 만족스럽다. 2쇄본 발행을 동의한다." 스티븐 그램은 『죽은 혼』에 묘사된 내용을 19세기 중엽 러시아의 실상으로 간주했

---

187) 역주: 호머식의 비유법은 '호머식의 직유법'(Homeric simile) 또는 '서사적 직유법'(epic simile)이라고도 부른다. 장엄하고 장황한 문구나 문장을 사용하여 직유형태로 표현하는 방식을 뜻한다.

188) 역주: 오볼렌스끼(Александр С. Оболенский, 1916~40)는 러시아에서 영국으로 귀화한 유명한 럭비선수이다.

189) 역주: 스티븐 그램(Stephen Graham, 1884~1975)은 영국출신 저널리스트이자 소설가이다. 러시아에 관심을 갖고 개인교사로부터 러시아를 배웠으며, 한때 모스크바에 거주하며 러시아인들에게 영어를 가르쳤다. 그는 러시아를 여행하며 다음과 같은 러시아 관련 서적을 집필했다. *Undiscovered Russia*(1912), *Changing Russia*(1913), *With the Russian Pilgrims To Jerusalem*(1913), *Russia and the World*(1915), *Russia in 1916*(1917).

을 뿐 아니라, 고골이 돈을 많이 벌어 부자가 되어 그 돈으로 로마와 독일 바덴바덴에서 겨울을 보냈다고 주장한 인물이다.

치치꼬프가 꼬로보츠까 부인의 집에 도착했을 때 고골은 개들이 짖는 소리를 다음과 같이 화려하게 묘사하고 있다.

"그 사이에 개들은 가능한 모든 목청을 돋워 요란하게 짖어 댔다. 그 중 한 마리는 머리를 뒤로 젖힌 채, 마치 자신이 하는 노동으로 인해 막대한 대가를 지불받을 수 있다고 생각하는 듯 혼신의 힘을 다해 짖어댔다. 다른 한 마리는 마을의 교회관리인처럼 제멋대로 짖어댔다. 이 둘 사이에서 어린 강아지가 마치 우편마차의 방울소리 같은 높은 음을 내며 쉬지 않고 짖어댔다. 그리고 천성적으로 거친 성질을 갖고 태어난 늙은 개가 콘트라베이스처럼 쉰 소리의 저음으로 개들이 짖어대는 모든 소리를 뒤덮으며 하모니를 완성한다. 테너가수들은 열정적으로 높은 음을 내기 위해 까치발을 하며 몸을 들어올리고, 나머지 파트들은 몸을 들어 올리고 고개를 뒤로 젖힌 채 소리를 질렀다. 그들의 협주곡이 절정에 이르렀을 때, 늙은 개가 덥수룩한 턱수염을 네커치프[190]에 쑤셔 넣고 무릎을 구부려 거의 땅에 닿을 만큼 엎드린 후 저음으로 짖어댔다. 이 엄청난 소리로 인해 유리창이 흔들리며 덜컹거렸다."(3장 43~44쪽)

이처럼 고골은 개들의 짖는 소리를 이용해 교회 성가대원들을 탄생시키고 있다. 그리고 또 다른 단락에서는 (치치꼬프가 소바께비치의 집에 도착했을 때) '을씨년스러운 날씨에 술에 취한 수비대 병사들'(dull sky drunken trooper)을 직유법으로 묘사하고 있는 이미지와 유사하지만, 좀 더 복잡한 방식을 통해 어떤 연주자를 탄생시키고 있다.

"마차를 타고 현관 계단에 다가갔을 때, 치치꼬프는 거의 동시에 창문 밖으로 내밀고 있는 두 얼굴을 보았다. 하나는 리본 장식을 한 부인용

190) 역주: 네커치프(neckerchief)는 목 주변을 장식하거나 보온하기 위해 둘둘 말아 목에 두르는 정사각형 모양의 천 조각을 말한다.

모자를 쓴 여인의 얼굴이었는데, 오이처럼 가늘고 길었다. 다른 하나는 남자의 얼굴191)이었는데, '고를랸끼'(горлянкий)라고 불리는 몰다비아 호박처럼 둥글고 넓적했다. 러시아 사람들은 이 호박에 두 개의 현을 달아 쉽고 간편하게 연주할 수 있는 발랄라이까192)를 만들어 사용하곤 했다. 발랄라이까에서 흘러나오는 소리를 듣기 위해 모여드는 가슴과 목덜미가 하얀 시골처녀들을 향해 윙크하며 휘파람을 부는 연주솜씨가 좋은 앳된 시골청년에게 이 발랄라이까는 자신의 장식품이자 기쁨이었다."(5장 88쪽) [이사벨 합굿은 자신의 영역판에서 마지막 문장을 '멋을 잔뜩 부리고 눈을 깜박거리며 걸어가는 감수성이 예민한 20대 청년'(the susceptible youth of twenty who walks blinking along in his dandified way)으로 오역하고 있다.]

건장한 소바께비치의 얼굴을 이용하면서 고골이 시골의 한 연주자를 탄생시키기 위해 문장에서 사용한 복잡한 방식은 3단계로 구성되어 있다. 먼저 소바께비치의 얼굴을 특별한 종류의 호박으로 비유한다. 그리고 이 호박을 특별한 종류의 발랄라이카로 변형시킨다. 마지막으로 (새 장화를 신고) 다리를 꼬고 해질녘 시골 꼬마들과 처녀들에게 둘러싸인 채 통나무 위에 앉아 감미롭게 음악을 연주하는 젊은 청년의 손에 그 발랄라이카를 쥐어준다. 독자들은 무엇보다 이런 '서정적 일탈'(lyrical degression)을 통해 가장 사실적이고 강렬한 인물이 탄생한다는 점에 주목할 필요가 있다.

이처럼 비유를 발생시키기 위한 인물들이 화려한 점강법과 은유를 사용하고 있는 작품 속으로 서둘러 합류하곤 한다.

"물에 빠진 사람은 아주 엄청나게 작은 나뭇조각이라도 잡는다고 흔

---

191) 역주: 소바께비치를 지칭한다.

192) 역주: 발랄라이까(балалайка)는 3현에 울림통이 삼각형 모양을 하고 있는 러시아의 대표적인 전통현악기이다.

히들 말한다. 왜냐하면 물에 빠지는 순간 그는 자신의 체중이 90킬로그램은 아니지만, 거의 68킬로그램이 나간다는 사실과[193] 파리조차 다리를 벌려 발을 디딜 수 없는 아주 작은 나뭇조각이라는 것을 생각할 겨를이 없기 때문이다."(10장 189쪽)

비유로 묘사된 호박 위에서 자신을 살찌우며 체중을 불리고, 이상야릇하게 지속적으로 성장하고 있는, 그리고 물에 빠져 허우적대는 불행한 사람은 과연 누구인가? 우리는 그가 누군지 알 길이 없다. 그런데 그는 (작은 나뭇조각 위에) 가까스로 발을 디딜 수 있을 지도 모른다.

작가들이 이런 부수적인 인물들의 존재를 드러내기 위해 사용하는 가장 쉽고 단순한 방법은 아주 디테일한 묘사를 제공하며 이런저런 환경과 조건을 강조하는 서술기법을 사용하는 것이다. 부수적인 인물들은 자신만의 고유한 방식으로 살아간다. 그들은 웰스[194]의 『초상화 The Portrait』에 등장하는 주인공 화가와 갈등을 하며 이곳저곳을 떠돌아다니는 거리의 악사처럼 살아가는 것이다. (초상화 속의 인물인 거리의 악사가 화폭에서 뛰쳐나와 살아 움직이며 난동을 부릴 때, 화가는 그에게 녹색 페인트를 뿌리고 그와 다투며 갈등을 빚는다.) 예를 들어 N읍의 평화로운 밤의 정경을 묘사하고 있는 『죽은 혼』 1부 7장의 마지막 장면을 살펴보자. 지주들과 죽은 농노들에 대한 거래를 성공적으로 마치고, 치치꼬프는 N읍의 경시총감 자택에서 개최된 연회에 참석한다. 치치꼬프는 융숭한 대접을 받고 술에 잔뜩 취한 채 여관으로 돌아와 잠자리에 든다. 그리고 마부 셀리판과 시종 뻬뜨루쉬까는 조용히 자신들만의 공간인 길 건너 술

---

193) 역주: 원서에는 5뿌드(пуд)와 4뿌드로 표기되어 있다. 1뿌드가 16.38kg이므로, 대략 82kg과 65kg로 번역해야 한다. 그런데 나보꼬프는 200파운드(90kg)와 150파운드(68kg)로 번역했다.

194) 역주: 허버트 웰스(Herbert George Wells, 1866~1946)는 소설뿐 아니라 풍자, 전기, 사회평론 등을 집필한 영국 작가이다. 공상과학소설 작가로 유명한 그는 한때 노벨상 후보자 명단에 올랐던 인물이다.

집으로 가서 진탕 술을 마신 후 서로를 부축하며 비틀거리면서 여관으로 돌아온다. 그리고 이내 깊은 잠에 빠져든다.

"... 두 사람은 이제까지 들어보지 못한 둔탁한 소리를 내며 코를 골았고, 옆방에서 곯아떨어진 주인[195]은 그들의 코고는 소리에 가는 피리소리와 같은 콧소리로 화답한다. 잠시 후 모든 것이 적막에 잠기고, 여관은 깨어날 수 없는 깊은 잠에 빠져든다. 그런데 랴잔에서 온 어떤 육군중위가 묵고 있는 방의 창문에서 불빛이 새어나왔다. 장화를 매우 좋아하는 그는 이미 장화를 네 켤레나 갖고 있었는데, 새로 산 다섯 번째 장화를 신어보고 있는 중이었다. 그는 수차례에 걸쳐 장화를 신었다 벗었다를 반복한 후, 잠자리에 들려하였으나 도무지 잠을 잘 수가 없었다. 장화가 너무나도 훌륭하게 만들어졌기 때문이었다. 그래서 그는 오랫동안 장화를 신은 한쪽다리를 들어 올리고, 감탄을 자아낼 정도로 훌륭하게 만들어진 뒤축을 자세히 살펴보고 있었다."(7장 141쪽)

7장은 이런 식으로 끝을 맺는다. 그러나 그 중위가 계속해서 불멸의 장화를 신어보고 있을지도, 장화의 가죽이 계속해서 반짝반짝 윤을 발하고 있을지도, 그리고 별들이 총총히 떠있는 깊은 밤에 방안에 놓여있는 양초가 (죽은 마을에서 이 양초만이 유일하게) 지속적으로 빛을 발하고 있을지도 모른다. 나는 이 장면에서 묘사된 '장화의 랩소디'(Rhapsody of the Boots)보다 더 서정적인 묘사를 본 적이 없다.

죽은 농노의 매입과 관련된 다양한 소문으로 인해 온 마을을 떠들썩하게 만든 소동이 특별한 방식으로 묘사된 장면이 들어있는 9장에서도, 고골은 7장과 유사한 방식으로 묘사하고 있다. 동면을 하는 겨울잠쥐[196] 처럼 오랫동안 굴속에서 웅크린 채 잠을 자고 있던 마을 지주들이 갑자

---

195) 역주: 치치꼬프를 지칭한다.

196) 역주: 겨울잠쥐(dormice)는 생쥐와 비슷하나 주둥이가 뭉툭하고 꼬리에 긴 털이 난 겨울잠쥣과의 동물이다. 12월부터 이듬해 봄까지 동면한다.

기 눈을 껌벅이며 굴 밖으로 기어 나온다.

"이전에는 들어본 적도 없는 스이소이 빠프누찌예비치(Сысой Пафнутьевич)라고 부르는 작자와 마끄도날드 까를로비치(Макдональд Карлович)라고 부르는 작자도 나타났다. (고골은 이 두 사람의 이름을 통해 그들이 현실로부터 동떨어진 곳에 살고 있는 비현실적인 인물이며, 꿈속에서나 찾아볼 수 있는 인물이라는 것을 강조하고 있다.) 그리고 손에 관통상 흔적이 있는 비쩍 마르고 엄청나게 키가 큰 사람도 (이 표현을 직역하면 다음과 같다. '이제까지 이 세상에서 본적이 없는 엄청나게 키가 크고, 아주 길쭉한 사람'도) 나타났다..."(9장 174쪽)

같은 장에서 고골은 등장인물에게 이름을 부여할 수 없는 이유를 다음과 같이 장황하게 설명한다. "등장인물에게 어떤 이름을 부여한다면, 우리 러시아제국의 어딘가에 그와 동일한 이름을 가진 사람이 살고 있기 마련이고, 그는 틀림없이 치명상을 입게 될 것이다. 따라서 작가가 명백한 의도를 가지고 자신의 이름을 은근슬쩍 사용했다고 주장하는 사람이 반드시 존재하기 때문에, 그에게 이름을 부여할 수 없는 것이다."(9장 163쪽) 그런데 고골은 치치꼬프의 비밀에 관해 수다를 떠는 입심 좋은 두 부인의 이름을 누설한다. 그들은 고골의 통제에서 벗어나 작가의 의도를 무시하고 자기들 마음대로 지껄이다가 불쑥 자신들의 이름을 언급하게 되었다는 인상을 독자들에게 심어준다. 그리고 두 부인이 (마치 마귀할멈이 타고 다니는 빗자루처럼, 그들은 고골의 펜을 타고 날아다니는 것 같다.) 또 다른 등장인물에게 자신들의 견해를 제시하며 서로 다투고 있는 장면이 묘사되어 있는 수 페이지에 걸친 긴 대화문 가운데 일부 단락은, 제임스 조이스가 『율리시스』에서 시대착오적인 특이한 방식으로 사용한 어조와 기교를 떠올리게 만든다. (그러나 로렌스 스턴은 고골처럼 느닷없이 질문은 하지만, 상황에 맞는 답변을 제시하는 기법을 사용하고 있다.)

"그러나 우리 주인공 치치꼬프는 이것을 (다시 말해 무도회에서 어떤 젊은 여인을 지루하게 만들고 있다는 것을) 전혀 의식하지 못하고, 자신이 방문했던 다양한 장소에서 이와 유사한 경우에 처했을 때 자신이 언급했던 온갖 종류의 유쾌한 일에 대해 그녀에게 계속해서 이야기한다. (그곳은 어디일까?[197]) 심비르스끄 현에 살고 있는 소프론 이바노비치 베스뻬츠느이(Софрон Иванович Беспечный)의 집을 방문해보니, 그곳에는 그의 딸 아젤라이다 소프로노브나(Аделаида Софроновна)와 그녀의 올케 세 명이 살고 있었습니다. 그들의 이름은 마리야 가브릴로브나(Марья Гавриловна), 알렉산드라 가브릴로브나(Александра Гавриловна) 그리고 아젤게이다 가브릴로브나(Адельгейда Гавриловна)입니다. 랴잔 현에 살고 있는 표도르 표도로비치 뻬레끄로예프(Фёдор Фёдорович Перекроев)의 집도 방문했고, 뻰자 현에 살고 있는 프롤 바실리예비치 뽀베도노스느이(Фрол Васильевич Победоносный)의 집도 방문했습니다. 그리고 프롤 바실리예비치 뽀베도노스느이의 형 뾰뜨르 바실리예비치 뽀베도노스느이(Пётр Васильевич Победоносный)의 집도 방문했는데, 그곳에는 그의 처제 까쩨리나 미하일로브나(Катерина Михайловна)와 그녀의 6촌 자매인 로자 표도로브나(Роза Фёдоровна)와 에밀리야 표도로브나(Эмилия Фёдоровна)가 살고 있었습니다. 뱌뜨까 현에 있는 뾰뜨르 바르소노피예비치(Пётр Варсонофьевич)의 집도 방문했는데, 그곳에는 그의 며누리의 여동생 뻴라게야 예고로브나(Пелагея Егоровна)와 그의 조카 소피야 로스찌슬라브나(Софья Ростиславна) 그리고 그녀의 배다른 두 자매 소피야 알렉산드로브나(Софья Александровна)와 마끌라뚜라 알렉산드로브나(Маклатура Александровна)가 살고 있었습니다."(8장 156쪽)

이처럼 고골 작품에는 마치 몽롱한 안개와 광학적인 왜곡현상으로 인해 탄생한 낯선 외국인 이름들이 (상기 문단의 경우 엉터리 독일식 이름들) 자주 등장한다. 괴상하게 조작된 이름들은 기형인물이거나, 아직 사

197) 역주: 현실의 공간이 아니라는 것을 나보꼬프가 주장하고 있는 것이다.

람의 형태를 완전히 갖추지 않은 인물에게나 적합한 이름이다. 지주 베스뻬츠느이(Беспечный)와 뽀베도노스느이(Победоносный)라는 성(姓)은 약간 '술에 취한'(drunken) 느낌을 주는 이름이라고 말할 수 있다. [이 두 이름은 각각 '무관심한'(Unconcerned, беспечный) 그리고 '승리를 거둔'(Victorious, победоносный)이라는 의미를 갖고 있다.] 그리고 상기 문단의 마지막에 언급한 마끌라뚜라(Маклатура)라는 이름은 우리가 존경하는 스코틀랜드계 러시아 작가가 자신의 작품에서 흐릿하게 표현한 비현실적인 악몽의 극치인 것이다.[198] 그런데도 불구하고 고골을 '자연주의 학파'(naturalistic school)의 선구자 또는 '사실주의 작가'(realistic painter)라고 부르는 것은 얼토당토하지 않은 주장이다.

『죽은 혼』에 등장하는 인물들의 이름뿐 아니라, 사물들의 명칭 역시 독특하게 명명되었다. N읍의 관리들이 카드놀이를 할 때 카드를 탁자에 던지면서 내뱉는 '체르브이'(червы)라는 단어를 살펴보자.[199] 이 단어는 카드패의 무늬들 가운데 '하트'(hearts)를 뜻한다. 그러나 '벌레'(worms)라는 의미를 갖고 있는 '체르비'(червь)와 발음이 유사하다. 그리고 감정적 표현을 강조하기 위해 최대한 길게 늘려 발음하는 러시아인들의 취향에 의해, 이 단어는 '벌레 먹은 구멍'(warm-eaten core)을 뜻하는 '체르보또치나'(червоточина)로 변형된다. 그리고 '스페이드'(spades)를 의미하는 '삐끼'(пики) — 프랑스어로는 '피케'(piques) — 는 '삐껜찌야'(пикенция)로 변형되는데, 이 단어는 엉터리 라틴어 어미를 결합시킨 기이한 형태이다.

---

198) 역주: 스코틀랜드계 러시아 작가는 레르몬또프(Михаил Ю. Лермонтов, 1814~42)를 지칭하는 것이다. 그의 선조 조지 레몬스(George Learmonth)는 스코틀랜드인인데, 17세기 초 '혼돈의 시기'(смутное время)에 용병으로 참전한 후 귀족의 칭호를 받고 러시아인으로 귀화했다.

199) 역주: 나보꼬프는 다음 문장에서 사용된 특이한 단어들을 분석하고 있는 것이다. "(카드놀이를 하는 사람들은) 체르비! 체르보또치나! 삐껜찌야!" 또는 "삐껜드라스! 삐추루슈흐! 삐추라!", 또는 단순히 "삐추끄!라고 소리치며 말했다."(Или же просто восклицания: «**черви**! **червоточина**! **пикенция**!» или: «**пикендрас**! **пичурущух**! **пичура**!» и даже просто: «**пичук**!»)(1장, 19쪽)

그리고 심지어 '삐껜드라스'(пикендрас: 엉터리 그리스어의 어미를 결합시킨 형태) 그리고 '삐추라'(пичура: 조류와 연관된 단어라는 인상을 풍기는 형태)로 변형된다. 그리고 '삐추루슈흐'(пичурущух: 태고의 도마뱀으로 변형된 느낌을 주는 조류)로까지 확대 변형된다. 이런 식으로 고골이 고안한 그로테스크한 명칭들에 내포되어 있는 완벽한 속물근성과 오토마티즘[200]은 이런 명칭들을 사용하는 관리들의 정신 상태를 폭로하는 독특한 수단으로 사용되고 있는 것이다.

4.

인간의 눈과 곤충의 홑눈에 의해 감지된 각각의 이미지 차이는, 마치 아주 정교한 사진동판을 이용하여 인화한 사진의 해상도와 신문에서나 사용하는 입자가 굵고 거친 동판을 이용하여 인화한 사진의 해상도만큼이나 큰 차이가 있다. 이와 마찬가지로 고골이 사물을 인식하는 방식과 일반 독자와 작가들이 사물을 인식하는 방식에도 큰 차이가 있다고 말할 수 있다. 뿌쉬낀과 고골이 출현하기 전에 러시아 문학은 마치 반소경처럼 미로를 헤매고 있었다. 다시 말해 작가들은 단순히 이성만을 이용해서 대상을 인식하고 있었던 것이다. 그 대상이 갖고 있는 독특한 색채는 인식하지 못하고, 단지 유럽의 고전문학에서 물려받은 맹목적인 명사와 개처럼 충실한 형용사의 상투적이고 진부한 조합을 사용하고 있었던 것이다. 예를 들어 눈에 보이는 하늘은 파란색이고, 새벽의 여명은 붉은색이고, 잎사귀는 초록색이고, 미인의 눈동자는 검은색이고, 구름은 회색이

200) 역주: 오토마티즘(automatism)은 의식적인 사고를 지양하고, 생각이 흘러가는 대로 그림을 그리는 화법을 일컫는다.

었던 것이다. 그런데 노란색과 보라색을 처음으로 인식한 작가가 바로 고골이었다. (그리고 얼마 후 레르몬또프와 레프 똘스또이도 이런 색채들을 인식하게 된다.) 동이 트는 새벽녘의 하늘을 창백한 초록색으로 묘사하고, 구름 한 점 없는 날의 '눈'(snow)을 진한 파란색으로 묘사한다면, 18세기 프랑스문학에서 사용하고 있는 엄격하고 관습적인 색채조합을 고수하고 있는 '고전적인'(classical) 작가들의 관점에서 볼 때, 도저히 납득이 가지 않는 표현일 것이다. 시각적인 측면에서 대상을 묘사하는 방식이 수세기에 걸쳐 발전하는 과정에서 홑눈은 엄청나게 복잡한 기관으로 진화했고, 시간이 흐르면서 '사회통념'(idées reçues)에 의해 '수용된 모호한 색채들'(dead dim accepted colors)은 미묘하고 신비스러운 색조를 양산하며 새로운 경관을 묘사하는데 사용되었다. 그런데 나는 나무 밑 주변의 땅바닥에 드리워져 있는 빛과 그림자의 흐름을 묘사한 작가나, 햇빛에 의해 시시각각 변하는 잎사귀의 미묘한 색채를 묘사한 작가를 한 번도 본 적이 없다. 『죽은 혼』에서 고골이 쁠류쉬낀의 정원을 묘사하는 장면은, 마치 인상주의 화가 마네[201]가 동시대의 진부한 속물들에게 큰 충격을 준 것처럼 러시아 독자들에게 충격을 주고 있다.

"집 뒤로, 그리고 길을 잃은 사유지 너머로 펼쳐져 있는 널찍한 옛날식 정원은 비록 무성하고 황폐했지만, 드넓은 땅에 생기를 불어넣는 것 같았고 황폐한 모습을 아름답게 꾸미고 있는 한 폭의 그림과도 같았다. 제멋대로 무성하게 자란 나무들의 상단이, 녹색 구름과 바르르 떨고 있는 잎사귀들과 한데 어울려 지붕모양을 하며 지평선 위로 펼쳐져 있었다. 사나운 폭풍우와 뇌우에 의해 잘려나간 자작나무의 흰색 줄기가 녹

---

201) 역주: 프랑스 화가 에두아르 마네(Édouard Manet, 1832~83)는 사실주의에서 인상주의로 전환하는 과정에 중추적 역할을 한 인물이다. 그의 초기작 『풀밭 위의 점심식사』와 『올랭피아』는 당시 비평가들로부터 비난을 받았다. 그러나 많은 젊은 화가들이 그에게 모여들었고 결국 인상주의가 탄생하게 된다. 그는 단순한 선의 처리와 강한 터치, 그리고 풍부한 색채를 사용한 인상주의의 대표적인 화가이다.

색 덤불 밖으로 솟아나와, 빛을 발하며 균형이 잡힌 대리석 기둥처럼 공중에서 화려한 자태를 뽐내고 있었다. 대리석 기둥의 끝부분처럼 비스듬히 꺾긴 '자작나무'(берёза)의 뾰족한 끝부분들이 나무줄기의 상단을 구성하고 있었다. 그리고 자작나무 줄기의 끝부분들은 눈처럼 하얀 나무줄기 위에서 모자나 검은색 새의 머리 같이 거무스름해 보였다. 그 아래쪽에서 '딱총나무'(бузина), 마가목, 그리고 개암나무의 관목을 질식시키고 울타리 위로 뻗어 오르고 있는 홉 덩굴은 부러진 자작나무 줄기를 반쯤 휘감고 있었다. 그리고 아래쪽으로 늘어진 그 덩굴은 다른 나뭇가지 끝을 휘감고 있거나, 공중에서 바람에 부드럽게 흔들리면서 가늘고 휘감기기 쉬운 끝부분이 뒤엉킨 채 고리처럼 둥글게 말려 있었다. 햇빛을 받은 녹색 덤불들이 여기저기 무리지어 있었고, 그 사이로 햇살이 들지 않아 검게 보이는 그늘진 곳은 마치 '입을 떡 벌리고 있는'(зиявшая) 짐승의 검은색 아가리처럼 보였다. 그곳은 검은색 심연처럼 그늘로 완전히 덮여 있었으나, 그 사이로 다음과 같은 것들을 어렴풋이 구별할 수 있었다. 언뜻언뜻 뻗어있는 오솔길, 무너진 난간, 쓰러져가는 농가, 속이 텅 빈 버드나무 고목, 그 버드나무 뒤편에서 뒤엉킨 채 죽어가는 나뭇잎과 나뭇가지를 뚫고 자란 회색 관목 더미, 그리고 녹색 잎사귀를 마치 앞발처럼 옆으로 내밀고 있는 단풍나무의 어린 가지들. 그런데 단풍나무 잎사귀 밑으로 살며시 기어들어와 빛을 발하고 있는 햇살에 의해 그 잎사귀는 짙은 어둠 속에서 투명하게 타오르며 신비로운 빛을 발하고 있었다.

그리고 정원의 가장자리에는 '사시나무'(осина) 몇 그루가 다른 나무들 위에 군림하듯 서있었고, 흔들리는 사시나무 꼭대기에는 커다란 '까마귀'(ворон) 둥지들이 걸려있었다. 일부 둥지에는 부러진 나뭇가지들이 시든 나뭇잎들과 함께 매달려 있었다. 한마디로 이 모든 것은 자연이나 예술로는 만들어낼 수 없을 정도로 아름다웠다. 그런데 이 둘이 하나로 어우러지며 결합될 때, 다시 말해 종종 인간이 무분별하게 그리고 지나칠 정도로 과도하게 쌓아올린 작업에 자연이 조각칼로 마지막 손질을 하여 그 무거운 덩어리를 가볍게 만들고, 조잡하게 느껴지는 규칙성과 속을 고스란히 보여주는 사소한 결점을 제거하고 깔끔하고 정결하고 질서정연하게 창조된 모든 것에 신비스러운 온기를 불어넣을 때, 비로소 아름다움이 완성되는 것이다."(6장 105~106쪽)

나는 내 번역이 특별히 훌륭하다거나, 내가 시도한 서툴고 어색한 번역이 '문법에도 잘 맞지 않는 고골의 문장'을 영어로 훌륭하게 표현했다고 주장하지는 않는다. 그러나 적어도 의미는 정확하게 전달했다고 생각한다. 나보다 앞서 이 작품을 번역했던 자들이 이 멋진 단락을 형편없이 오역한 것을 지적하지 않을 수가 없다. 예를 들어 1885년 이 작품을 완역했던 이사벨 합굿은 번역과정에서 다음과 같은 실수를 저질렀다. 그는 러시아의 상징인 '자작나무'(birch)를 러시아에서 흔히 찾아볼 수 없는 '너도밤나무'(beech)로, '사시나무'(aspen)를 '물푸레나무'(ash tree)로, '딱총나무'(elder)를 '라일락'(lilac)으로, '사악한 새'(dark bird)[202)]를 '찌르레기'(blackbird)로, 그리고 형용사 '입을 떡 벌리고 있는'(gaping)을 '빛나는'(shining: 아마도 'зиявшая'를 'сиявшая'로 착각했을 것이다.)으로 오역했다.

202) 역주: 인용문에서 까마귀(crow)라고 해석한 것과 달리 이 문장에서는 '사악한 새'(dark bird)로 표기했다.

5.

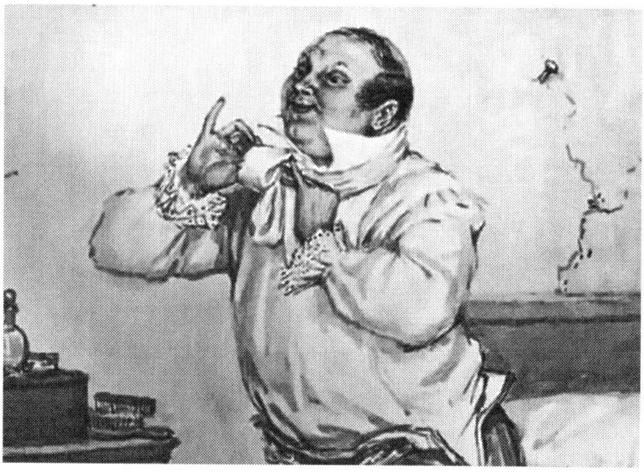

『죽은 혼』의 치치꼬프 삽화

줄거리가 진행되면서 등장인물들의 다양한 특징들은 그들의 역할을 지속적으로 수행하는데 큰 도움을 준다. 치치꼬프는 코담배 케이스와 '귀중품을 담은 상자'(шкатулка)를 통해 자신의 아우라를 드러내고 있다. 그는 자신이 소지하고 다니는 '에나멜을 입힌 은제 코담배 케이스'(silver and enamel snuffbox)를 모든 사람에게 친절하게 건넨다. 케이스 안에는 향을 내기 위해 제비꽃 두 송이가 가지런히 놓여있다. [마치 인간 말종 치치꼬프가 자신의 타락한 육체를, 나무줄기에 구멍을 파고 있는 살찐 애벌레의 피부처럼 하얗고 토실토실하게 만들기 위해 그리고 자신의 음습한 과거를 숨기기 위해 일요일 아침마다 향이 진한 '오드콜로뉴'(eau de Cologne) 향수를 온몸에 문질러 달콤하면서도 역겨운 냄새를 풍기는 것처럼, 코담배 케이스에서 제비꽃 향내가 난다.] 치치꼬프는 피크윅[203] 처럼 선하고 푸근한 육체를 갖고 있으나, 실제는 자신의 악한 성품을 감

203) 역주: 피크윅(Pickwick)은 디킨스(Charles Dickens, 1812~70)의 소설 『피크윅 페이퍼스 Pickwick Papers』에 주인공으로 등장하는 선하고 익살스러운 노인이다.

추고 있는 사기꾼이자 악령과도 같은 존재일 뿐이다. 그는 마치 악몽 속에서나 등장하는 섬뜩한 N읍에 거주하는 사람들의 그로테스크한 코를 즐겁게 해주는 감상적인 향수를 이용해, 자신의 육체에 배어있는 지옥의 고약한 악취를 [치치꼬프의 변덕스러운 시종의 몸에서 나는 '암내'(natural smell)보다 더 지독한 냄새를] 은폐하려고 애쓰는 인물이다. 고골은 귀중품을 담은 상자에 대해 다음과 같이 이야기한다.

"작가는 상자의 구조와 내부 배치를 알고 싶어 하는 호기심 많은 독자들이 있을 것이라고 확신한다. 그들의 바람을 거절한 이유가 어디 있겠는가! 자, 그 상자의 내부 구조를 살펴보도록 하자."(3장 54쪽)

그리고 고골은 상자의 내부를 묘사하고 있는 것처럼 보이나, 실제는 둥근 형태를 하고 있는 지옥의 모습과 토실토실한 치치꼬프의 소름끼치는 영혼을 (생체해부실의 밝은 전등 아래 놓여 있는 치치꼬프 몸뚱이의 장기를) 묘사하고 있는 것이다.

"상자 한가운데에는 비누가 들어 있는 칸이 있다. (치치꼬프는 악마가 입으로 불어 만든 비눗방울이다.) 그 뒤편에는 면도칼이 들어 있는 예닐곱 개의 작고 좁다란 공간이 있다. (치치꼬프의 토실토실한 볼은 항상 부드럽고 매끈했는데, 마치 천진난만한 어린아이의 토실토실한 뺨과 같았다.) 그리고 펜을 꽂을 수 있는 작은 통이 달린 잉크병, 모래통,[204] 봉랍(封蠟),[205] (이것들은 죽은 농노 매입서류를 작성할 때 필요한 도구들이다.) 그리고 길쭉하게 생긴 물건들이 들어 있는 두 개의 직사각형 공간이 있다. 그리고 기념품으로 간직하고 있는 명함, 장례식 안내장, 극장표 등과 같은 작은 종잇조각들이 (치치꼬프가 사람들에게 허세를 부릴 때 사용하는 물건들이다.) 가득 들어 있는 칸들이 있는데, 일부는 뚜껑이 있고 일부는 뚜껑이 없다. 그리고 다양한 칸으로 나누어져 있는 이 박스

204) 역주: 종이에 글을 쓴 다음 잉크를 말리기 위해 뿌리는 모래를 담은 통.
205) 역주: 과거 유럽에서 편지봉투를 밀봉하기 위해 사용하는 왁스.

의 상단을 잡아 빼면 그 밑에 가지런히 쌓인 서류들이 들어있는 공간이 있다. (서류는 악마가 인간과 교제할 때 사용하는 중요한 물건이다.) 그리고 그 옆에는 돈을 보관하는 작은 '비밀서랍'(secret drawer)이 있다. 이 비밀서랍(치치꼬프의 심장)은 상자의 측면에서 아무도 몰래 슬그머니 뺄 수 있게 되어 있다. 상자의 주인이 이 서랍을 항상 재빨리 뺐다가 다시 밀어 넣기 때문에, 그 안에 얼마나 많은 돈이 있는지 아무도 알지 못한다. (심지어 작가조차 알 수 없다.)"(3장 54쪽)

진짜 천재의 작품에서만 발견할 수 있는 작가의 잠재의식에 내재되어 있는 근원을 심도 있게 연구했던 안드레이 벨르이는 마치 『외투』에서 아까끼가 새로 맞춘 외투가 아까끼의 '연인'(mistress)이고, 『이반 표도로비치 슈뽄까와 그의 이모』에서 묘사된 종탑이 슈뽄까의 장모인 것처럼, 이 귀중품을 담고 있는 상자가 바로 치치꼬프의 '부인'(wife)이라고 주장한다. (치치꼬프는 고골이 창조한 주인공들과 마찬가지로 무기력한 인물이다.) 『죽은 혼』에 등장하는 지주들 가운데 유일한 여지주인 꼬로보츠까(Коробочка)는 '작은 상자'(little box)라는 의미를 갖고 있는데, 사실상 치치꼬프의 작은 상자일지도 모른다. (꼬로보츠까는 몰리에르의 희곡 『수전노』[206]의 주인공 아르파공이 "내 재산!"(Ma cassette!)이라고 절규하는 모습을 연상시키는 인물이다.) 그리고 결정적인 순간에 꼬로보츠까가 N읍에 도착하는 장면의 묘사는 '상자와의 연관성'(buxological terms)[207]을 상징하고 있는데, 앞서 내가 치치꼬프의 영혼을 해부학적으로 묘사한 내용과 미묘하게 일치한다. 그리고 독자가 그녀의 도착장면의 묘사를 제대로 이해하기 위해서는, 두 사람이 혼인관계일지도 모른다고 추정하는 프로이

206) 역주: 『수전노 L'Avare』는 몰리에르가 고대의 희극적인 인물들을 당시 상황에 맞게 각색한 작품이다. 파리의 알부자인 주인공 아르파공(Harpagon)은 세상에 둘도 없는 구두쇠로 등장한다.

207) 역주: 나무상자라는 의미를 갖고 있는 라틴어 어근 buxus에서 파생된 것으로 추정되는 buxological이라는 단어는 '상자의' 또는 '상자와 연관된'이라는 뜻을 갖고 있다.

트 비평가들의 터무니없는 억측을 완전히 무시해야만 한다. 안드레이 벨르이가 경건한 프로이트 비평가들에게 골탕을 먹여 헛다리를 짚게 만든 것이다.

우리는 우선 '장화 애호가'[208]가 등장하는 방식과 (아마도 이 작품에서 가장 뛰어난 묘사일 것이다.) 동일하게 한밤중에 부수적인 인물이 등장하는 장면을 살펴볼 것이다.

"그러나 불편한 안락의자에 앉아 온갖 상념과 불면증에 시달리고 있는 그(치치꼬프)가 노즈드료프(치치꼬프의 이상한 매입행위를 N읍의 주민들에게 처음으로 떠벌이며 그들의 평화로운 마음을 요동치게 만든 인물)와 노즈드료프의 친척들(러시아인들의 욕설로부터 자연스럽게 발생한 인물들)에 대해 심한 욕지거리를 하며 저주를 퍼붓고 있을 때, 그의 앞에 놓여있는 밀랍양초는 오래전부터 심지 주변에 생겨난 검은 재로 인해 그을음을 내며 금방 꺼질 듯 희미하게 불빛을 발하고 있었다. 새벽이 다가오면서 어두컴컴한 밤은 푸르스름하게 변하면서 창문을 통해 그(치치꼬프)를 들여다보고 있고, 멀리 떨어져 있는 수탉들은 먼 곳에서 서로를 향해 울어대고 있었다. ['멀리 떨어져 있는'(отдалённые)과 '먼 곳에서'(вдали)을 반복해서 사용한 것과 '서로를 향해 울어대고 있었다.'(whistled, пересвистывались)에 주목할 필요가 있다. 치치꼬프는 가냘픈 콧소리를 내며 잠을 자고 있고, 세상은 흐릿하고 이상야릇한 색으로 변하고 있다. 그리고 그의 콧소리는 아주 멀리 떨어져 있는 수탉들의 울음소리와 뒤섞인다. 그런데 위에 언급한 문장에는 '인간의 형상을 띤 존재'(quasi-human being)가 탄생하기 위해 몸부림을 치고 있는 모습이 묘사되어 있다.] 깊이 잠든 읍내의 어디에선가 '싸구려 모직외투'(фризовая шинель)가 그의 신분과 관등은 알 수 없지만, 물불을 가리지 않는 러시아인들을 타락의 구덩이로 빠뜨리는 곳(술집)을 배회하고 있었다. [다시 말해 남성의 자리를 강탈한 싸

---

208) 역주: 『죽은 혼』 1부 7장 끝부분에 묘사된 랴잔에서 온 육군 중위를 지칭한다.

구려 모직외투는 여성형이기 때문에, 이 문장에서 '배외하다'(плелась)라는 동사가 여성형으로 사용되고 있다.][209] 바로 그때 (첫 문장에서 치치꼬프가 온갖 상념과 불면증으로 시달리고 있을 때) N읍의 반대쪽에서..."(8장 161쪽)

여기서 싸구려 모직외투로 묘사된 고독한 나그네의 불그스름한 코와 면도를 하지 않은 푸르스름한 턱을 상상하며 잠시 쉬어가도록 하자. 고독한 나그네는 7장 후반부에서 치치꼬프가 술에 취해 곯아 떨어졌을 때 장화를 무척이나 좋아했던 열정적인 몽상가와 달리, 비참한 모습으로 (치치꼬프의 불안한 상태와 일치한다.) 묘사되어 있다. 고골은 계속해서 다음과 같이 말한다.

"바로 그때 N읍의 반대쪽에서 우리 주인공의 상태를 더욱 악화시키는 사건이 발생했다. N읍에서 멀리 떨어진 거리와 골목길을 따라 마차 한 대가 덜거덕거리며 달리고 있었다. 기이하게 생긴 이 마차가 어떤 종류인지는 가늠 할 수가 없다. 이 마차는 '덮개가 없는 여행용 사륜마차'(тарантас) 같지도 않고, '이륜 포장마차'(коляска) 같지도 않고, '반(半)개 사륜마차'(бричка) 같지도 않았다. 마치 불룩하게 부풀어 오른 둥근 수박을 바퀴 위에 올려놓은 것 같았다. 이 수박의 뺨, 즉 마차의 문은 노란색인데 칠을 한지 너무 오래되어 색이 바래있었고, 밧줄을 이용해서 아무렇게나 고정시켜 놓은 손잡이와 자물쇠의 상태가 너무나 안 좋기 때문에 마차 문이 느슨하게 닫혀있었다. 이 수박 안에는 면직물로 만든 작은 쿠션들, 긴 쿠션들, 보통 사이즈의 쿠션들, 그리고 여러 종류의 빵 — 빵(хлеб), 깔라치(калачи: 가운데가 비어있는 둥근 모양의 빵), 꼬꾸르끼(кокурки: 계란이나 치즈를 속에 넣고 구운 빵), 스꼬로둠끼(скородумки: 신속하게 구워낸 만두), 그리고 끄렌젤리(крендели: 마치 깔라치를 길게

---

209) 역주: 고골이 환유법을 사용하여 '남성'(싸구려 모직 외투를 걸친 사람)대신 '사물'(여성형 명사인 외투)을 주어로 사용하고 있다는 것을 나보꼬프가 지적한 것이다.

늘려 러시아어 대문자 B의 형태로 만든 빵인데, 멋진 모양을 하고 있고 풍미가 가득하다.) — 을 담은 자루들로 가득했다. 심지어 '닭고기 파이'(пирог-курник)와 '라쏠니끄 파이'(пирог-рассольник)[210]는 마차 위로 삐져 나와 있기까지 했다. 마차 뒤편에 있는 선반에는 집에서 만든 알록달록한 재킷을 입고 뺨에 희끗희끗한 수염이 난 농노출신 마부가 앉아 있었다. 사람들은 그를 (50살이 넘었음에도 불구하고) '말르이'(малый)[211]라고 불렀다. 마차 문짝의 경첩과 녹슨 나사에서 나는 삐걱거리는 소음과 덜커덕거리는 소리가 N읍의 반대편 끝에서 보초를 서고 있는 경찰관을 깨웠다. (고골은 기상천외한 방식으로 또 다른 인물을 탄생시키고 있다.) 그는 미늘창을 집어 들고 비몽사몽간에 온 힘을 다해 '거기 누구냐?'라고 고함치며 잠에서 깨어났다. 그러나 아무도 지나가고 있지 않고 다만 멀리서 덜거덕거리는 소리만 들리는 것을 깨닫고, (꿈속의 수박이 꿈속의 읍으로 전이된 것이다.) 자신의 옷깃에 붙어있는 어떤 '짐승'(зверь)을 잡은 후 가로등 밑으로 다가가 엄지손톱 위에 올려놓고 짓이겨 죽였다. (다시 말해 집게손가락을 구부려 손톱으로 으깨 죽인 것인데, 이 방식은 러시아에 만연하고 있는 벼룩을 처리하기 위해 러시아인들이 즐겨 사용하고 있는 처형방식이다.) 그리고 경찰관은 미늘창을 옆에 내려놓고 자신이 특별하게 규정한 기사도 원칙에 따라 다시 잠이 들었다. (이 장면에서 고골은 분주했던 경찰을 묘사하느라 잠시 잊고 있던 마차가 달리고 있는 공간으로 다시 이동한다.) 발굽에 편자를 박지 않았을 뿐 아니라 돌로 포장한 평평한 도로가 익숙하지 않았는지, 말들은 계속해서 앞무릎을 절룩거리면서 달리고 있었다. 부서질 것만 같은 이 마차는 이 거리에서 저 거리로 모퉁이를 몇 차례 회전한 후, 마침내 '니꼴라-나-네도뜨이

210) 역주: 소금에 절인 오이에 고기나 생선살을 넣어 만든 파이.
211) 역주: '작은'이라는 형용사에서 유추한 속어로 어린 아이나 젊은이를 부를 때 주로 사용한다. 나보꼬프는 이 단어를 boy로 해석했다.

츠까흐'(Никола-на-Недотычках)라고 불리는 작은 교구 교회 쪽으로 난 어두운 골목길로 접어들었다. 그리고 '쁘로또뽀쁘샤'(протопопша: 사제장의 부인 또는 그의 미망인일 것이다.)의 집 앞에 멈춰 섰다. 머릿수건을 쓰고 솜을 누벼 만든 재킷을 입은 어린 하녀가 사륜마차에서 내린 후, 두 주먹을 사용해서 건장한 남성이 부러워할 정도의 힘으로 대문을 세게 두드렸다. (알록달록한 재킷을 입은 '말르이'는 마치 죽은 사람처럼 잠들어 있었기 때문에 나중에 누군가에 의해 끌어내려진다.) 개 짖는 소리가 들렸다. 그리고 나서 대문이 입을 활짝 벌린 후, 이 꼴사나운 여행용 마차를 힘겹게 집어삼켰다. 마차는 장작더미, 닭장, 그리고 온갖 우리들이 잔득 널려 있는 좁은 마당 안에 들어섰다. 그리고 한 여인이 마차에서 내렸다. 그녀는 다름 아닌 10등관의 미망인이자 여지주인 꼬로보츠까였다."(8장 161~162쪽)

『죽은 혼』의 꼬로보츠까 삽화

빠벨 치치꼬프가 피크윅을 닮은 것처럼 여지주 꼬로보츠까도 신데렐라를 많이 닮았다. 그러나 수박마차가 신데렐라 동화 속에 나오는 호박마차와 연관이 있다고 말할 수는 없다. 수박마차는 호박마차와 달리 수탉들이 먼 곳에서 서로를 향해 울어대기 이전에, 그리고 꼬로보츠까가 출현하기 이전에 이미 '사륜마차'(бричка)였던 것이다. 그런데 (치치꼬프가 불편한 안락의자에 앉아 온갖 상념과 불면증에 시달리며 졸고 있었기 때문에) 그녀가 마차에서 내리는 모습이 치치꼬프의 꿈을 통해 묘사되었을 것이라고 추정할 수 있다. 그러나 그녀는 실제로 현실세계에 도착했고, 그녀가 타고 온 마차의 외형은 치치꼬프의 꿈을 통해 단지 살짝 변형되었던 것이다. (그의 꿈은 상자 속의 귀중품과 돈을 보관하는 작은 비밀서랍에 대한 기억에 의해 통제를 받고 있다.) 그리고 만일 그녀가 타고 온 마차가 사륜마차로 판명된다면, 치치꼬프 역시 동일한 장소에 도착한 것으로 볼 수 있다. 마차의 변형과는 별개로, 토실토실한 치치꼬프는 구(球)의 모습을 띠고 있으며 그의 모든 꿈은 구의 중심을 축으로 하여 회전하고 있기 때문에, 마차가 둥글게 묘사되어 있는 것이다. 그리고 그녀의 마차는 둥근 형태를 띠고 있는 치치꼬프의 '귀중품을 담은 상자'를 상징하고 있다. 마차의 내부배치에 대한 설명은 상자의 내부배치 설명과 동일한 방식으로 진행된다. 마차 내부의 긴 쿠션은 상자 속의 '길쭉하게 생긴 물건들'(long things)이고, 다양한 종류의 빵은 치치꼬프가 기념품으로 간직하고 있는 명함, 장례식 안내장, 극장표 등과 같은 다양한 종잇조각들이다. 치치꼬프가 죽은 농노들을 매입할 때 사용하는 서류들은 알록달록한 재킷을 입고 졸고 있는 농노출신의 마부로 대체된다. 그리고 치치꼬프의 심장인 비밀서랍이 꼬로보츠까를 탄생시킨 것이다.

6.

앞서 등장인물들을 비교분석하는 과정에서 나는 멍청한 소바께비치의 거대한 얼굴에서 서정적 돌풍이 일어날 것을 넌지시 언급했다. 즉 거대한 형태의 추악한 누에고치에서 연약하고 화려한 나방이 나오는 것처럼, 그의 얼굴에서 아름답게 보이는 나방이 탄생한다는 것이다. 다소 의아하게 생각할지 모르지만 소바께비치는 육중한 체구에 근엄한 채 하는 인물임에도 불구하고, 이 작품에서 가장 서정적인 인물로 등장한다. 다음 인용문을 통해 이런 주장을 뒷받침하는 근거를 제시하겠다. 먼저 상징을 통해 그의 속성을 살펴보도록 하자. (그의 집안에 있는 가구의 묘사를 통해 그의 속성이 표출된다.)

"치치꼬프는 의자에 앉으면서 응접실 벽에 걸려있는 그림들을 쳐다보았다. 그림 속의 인물들은 모두 우람하고 건장한 그리스 장군들의 전신 초상화였다. 그들은 코안경을 걸치고 화려한 붉은색 군복바지를 입고 있는 마브로코르다토스,[212] 미아울리스,[213] 그리고 카나리스[214]였다. 이 영웅들은 모두 섬뜩할 정도로 두툼한 허벅지에 감탄을 자아낼 정도로 엄청난 콧수염을 기르고 있었다. 무슨 까닭인지 모르겠으나, 원기 왕성한 그리스의 영웅들 사이에 왜소하며 머리숱이 적고 깡마른 바그라찌온(러시아의 유명한 장군)[215]의 초상화가 걸려있었다. 작은 사이즈로 그린 군기들과 대포들 위에 서있는 그의 초상화는 비참할 정도로 아주 작은 액자

---

212) 역주: 알렉산드로스 마브로코르다토스(Alexandros Mavrokordatos, 1791~1865)는 오토만 터키의 식민통치에서 벗어나기 위해 일으킨 그리스 독립전쟁(1821~1829)에서 크게 활약한 인물이다.

213) 역주: 안드레아스 보코스(Andreas Vokos, 1769~1835)가 본명인 미아울리스(Miaoulis)는 그리스 독립전쟁 때 활약한 해군제독이자 정치인이다.

214) 역주: 카나리스(Constantine Kanaris, 1793~1877)는 그리스 수상과 해군제독을 역임한 정치인이다. 젊은 시절 그리스 독립전쟁 때 활약한 인물이다.

215) 역주: 뾰뜨르 바그라찌온(Пётр И. Багратион, 1765~1812)은 1812년 러시아 조국전쟁 때 활약한 러시아 장군이다.

속에 들어 있었다. 그의 초상화 위에는 그리스 독립전쟁의 영웅인 여전사 보벨리나[216]의 초상화가 걸려 있었는데, 그녀의 허벅지는 오늘날 러시아인들의 응접실에 몰려드는 멋쟁이 신사들의 몸통보다 더 굵어보였다. 건장한 주인장은 자신의 응접실을 자신처럼 건장한 인물들로 장식하기를 원했던 것이 분명해 보였다."(5장 89~90쪽)

그런데 단지 이 이유 때문이었을까? 소바께비치 입장에서 볼 때 그리스 영웅들을 향한 그의 낭만적인 취향 외에 또 다른 이유는 과연 없는 것일까? 영웅들의 건장한 가슴 속에 혹시 '왜소하고 머리숱이 적고 깡마른 어떤 시인'[217]이 감추어져 있는 것은 아닐까? 당시 시문학에 푹 빠져 있던 러시아인들에게 바이런에 대한 탐구보다 더 큰 감정을 불러일으키는 것은 아무것도 없었기 때문이다.

『죽은 혼』의 소바께비치 삽화

216) 역주: 보벨리나(Laskarina Bobelina, 1771~1825)는 그리스 해군제독을 역임한 여성인데, 그리스 독립전쟁 때 큰 공로를 세운 영웅이다.

217) 역주: 영국의 유명한 낭만주의 시인이자 정치인인 바이런(Lord Byron, 1788~1824)을 지칭하는 것이다. 말년에 그는 그리스 독립전쟁에 참전했다.

"치치꼬프는 다시 한 번 응접실을 둘러보았다. 방안에 있는 모든 것은 다루기 힘들 정도로 견고했을 뿐 아니라, 거추장스럽기까지 했다. 흡사 집주인과 닮은 것 같았다. 한쪽 귀퉁이에는 우스꽝스러운 네 개의 책상다리 위에 불룩하게 튀어나온 호두나무로 만든 상판을 올려놓은 책상이 놓여있었는데, 실제 곰처럼 보였다. 그리고 테이블, 의자, 안락의자 등 모든 것이 아주 불편할 정도로 육중해 보였다. 모든 가구들이 마치 이렇게 말하는 것 같았다. '저도 소바께비치입니다!' '저도 소바께비치와 많이 닮았습니다!'"(5장 90쪽)

소바께비치는 무식하고 예의가 없는 거인처럼 식사를 한다. 만일 돼지고기를 먹는다면 식탁에 통돼지가 차려질 것이고, 양고기를 먹는다면 양고기가 통째로 식탁에 차려질 것이고, 거위를 먹는다면 거위가 통째로 식탁에 차려질 것이다. 음식을 먹는 그의 방식은 일종의 원시적인 시의 특징을 띠고 있다. 만일 그 시에 미식가의 리듬이 존재한다면, 그 운율은 아마도 호머방식의 운율일 것이다. 그가 오독오독 씹어 한순간에 먹어치우는 양고기 등심 반 덩어리와 그 다음에 먹어치우는 음식들은 — 담긴 접시보다 더 큰 사이즈의 케이크와, 계란, 쌀, 동물의 간과 같은 풍부한 소를 넣어 구운 송아지만한 크기의 칠면조 요리 — 모두 상징을 띠고 있다. 소바께비치의 외형과 집안에 놓여있는 가구들은 마치 플로베르가 'Hénorme'[218]라는 형용사를 즐겨 사용했던 것처럼 그의 거대한 존재감을 웅변조로 거칠게 선언하는 상징인 것이다. 그는 식탁에 놓인 음식에 엄청난 칼질을 해대며 게걸지게 먹어치운다. 그는 식사를 마친 후, 마치 로댕[219]이 당시 프랑스 상류사회의 저택에 치장되어 있는 화려한 로코코

---

218) 역주: 프랑스어에는 hénorme라는 단어가 없다. 나보꼬프가 '거대한', '엄청난'이라는 뜻의 프랑스어 형용사 énorme를 나보꼬프가 잘못 표기한 것으로 추정된다. 또는 나보꼬프의 의도적 실수일 가능성도 있다.

219) 역주: 프랑스의 사실주의 조각가 로댕(François-Auguste-René Rodin, 1840~1917)은 화려한 장식을 거부하고, 단순하면서도 정교하게 표현하며 작품에 살아있는 생명력을

풍의 장식품을 거들떠보지 않았던 것처럼, 아내가 후식으로 내놓은 과일 잼을 거들떠보지 않는다.

"소바께비치의 몸뚱이에는 그 어떤 영혼도 존재하고 있지 않은 것처럼 보였다. 만일 그에게 영혼이 존재한다면, 있어야할 곳에 있지 않고 엉뚱한 곳에 있는 것처럼 보였다. 마치 산 너머 어딘가에 살고 있으면서 아주 두꺼운 껍질 속에 몸을 감추고 있는 불멸의 '까쉐이'(Кащей: 러시아 민담에 나오는 송장을 파먹는 잔혹한 정령)처럼, 그의 영혼의 밑바닥에서 소용돌이치고 있는 것들은 겉으로 드러나지 않는다."(5장 95쪽)

7.

'죽은 혼들'(dead souls)은 두 번 소생한다. 처음에는 (죽은 혼들에게 자신의 거대한 속성을 부여하고 있는) 소바께비치를 통해, 두 번째는 (고골로부터 서정적 도움을 받고 있는) 치치꼬프를 통해 소생한다. 첫 번째 소생은 소바께비치가 자신이 소유하고 있는 죽은 농노들에 대해 허풍을 떨고 있는 다음 인용문에 잘 드러나 있다.

"자, 한 번 생각해보시오. 예를 들어 마차 제작공 미헤예프는 어떻소? 그가 만들었던 마차는 스프링을 완벽하게 장착한 마차였답니다! 모스크바의 그 어떤 장인도 그런 마차는 못 만들 거요. 그는 어찌나 힘이 센지 한 시간 만에 마차의자에 충전재를 넣고 천으로 씌운 후 마차 외관에 칠까지 했답니다! 치치꼬프는 미헤예프의 기술이 훌륭하지만 이미 오래전에 죽었다는 것을 말하려고 입을 떼려했으나, 소바께비치는 흥분하며 성

불어넣은 작가로 유명하다.

급하게 자신의 말을 계속 이어갔다."(5장 96쪽)

"아니면 목수 쁘로브까 스쩨빤은 어떻소? 만일 당신이 그만한 사람을 어디에서든지 찾을 수만 있다면, 내 목을 걸겠소? 무척이나 힘이 센 농노였지! 만일 그가 경비대에 근무했다면, 아마도 크게 성공했을 거요. 키가 7피트[220]가 훨씬 넘었지!"(5장 96쪽)

"치치꼬프는 다시 한 번 쁘로브까가 더 이상 이 세상 사람이 아니라고 말하려 했지만, 치치꼬프가 스스로에게 잔득 몰입한 상태에서 폭포수같이 말을 내뱉었기 때문에 잠자코 들을 수밖에 없었다."(5장 96쪽)

"아니면 벽돌공 밀류쉬낀은 어떻소? 어떤 집이든 상관없이 난로를 설치할 수 있었던 자요! 아니면 구두직공 막심 쩰랴뜨니꼬프는 어떻소? 송곳으로 구멍만 내면 단박에 가죽장화 한 켤레가 만들어지는데, 당신이 그 장화를 봤다면 아마도 감탄을 금치 못했을 겁니다. 게다가 그는 술을 한 방울도 마시지 않았답니다. 아니면 예레메이 소로꼬쁠료힌은 어떻소? 아, 그는 혼자서 많은 사람을 대적할 정도로 무척이나 힘이 셌었지! 모스크바로 올라가 수확물을 팔고 돌아올 때마다 나에게 소작료로 500루블을 지불했었지!"(5장 96쪽)

현존하지 않는 상품(죽은 농노)을 소유하고 있는 소바께비치가 이상한 방식으로 상품의 가치를 올리려고 하자, 치치꼬프는 그에게 항의했다. 그러자 소바께비치는 어느 정도 흥분을 가라앉힌 후 '농노들이'(souls) 죽었다는 그의 주장에 동의했다. 그러나 이내 흥분하면서 다음과 같이 말했다.

"그래요, 물론 그들이 죽은 것은 분명합니다... 그런데 지금 살아있는 농노들이 무슨 가치가 있단 말입니까? '그들이'(They) 어떤 종자입니까? 인간이 아니라, 단지 파리에 불과하지요!"(5장 96~97쪽)

"맞습니다. 그러나 어쨌든 살아있는 농노들은 현존하고 있지만, 죽은

---

220) 역주: 7피트는 약 2.1미터이다.

농노들은 환상 속의 인물에 불과합니다."(5장 97쪽)

"아니 그렇지가 않소. 그들은 환상 속의 인물이 아닙니다! 만일 당신이 미헤예프를 한 번이라도 보았다면... 당신은 그런 사람을 한 번도 보지 못했을 겁니다. 덩치가 얼마나 큰지, 이 방에는 들어오지도 못했을 겁니다. 그리고 어깨가 얼마나 우람한지, 말보다도 힘이 더 셌습니다. 저는 당신이 그런 환상 속의 인물을 과연 어디서 찾을 수 있을지 정말 알고 싶습니다!"(5장 97쪽)

이렇게 말하고 나서 소바께비치는 마치 바그라찌온에게 조언이라도 구하려는 듯 그의 초상화 쪽으로 걸어갔다. 그리고 잠시 후 흥정을 마친 두 사람 사이에서 타협이 이루어지는 것 같았다. 침묵이 흘렀다. "매부리코를 하고 있는 바그라찌온이 벽 쪽에서 이 거래의 성사를 조심스럽게 바라보고 있었다." 소바께비치가 초상화 근처에서 서성대고 있는 모습은 우리가 소바께비치의 영혼에 가장 가깝게 근접했다는 것을 방증하는 장면이다. 그러나 건장한 지주 소바께비치가 치치꼬프에게 매도한 죽은 농노들의 명단을 치치꼬프가 나중에 꼼꼼히 읽어 내려갈 때, 소바께비치의 천박한 성격 속에 내재되어 있는 서정적 가락이 멋지게 메아리치는 모습이 펼쳐진다.

"죽은 농노 명단에 있는 농노들은 살아있을 때 일도 하고, 술도 마시고, 쟁기질도 하고 마차도 몰고, 자신들의 지주를 속이기도 했을 것이다. 어쩌면 소박하고 성실한 농부들이었을지도 모른다. 농노들의 명단을 훑어보면서 치치꼬프는 자신도 이해할 수 없는 묘한 감정에 사로잡혔다. 명단에 실려 있는 이름들은 자신들만의 고유한 개성이 있는 듯 했고, 독특한 성격을 소유하고 있는 것 같았다. 꼬로보츠까가 소유했던 농노들은 별명과 부수적인 설명이 첨가되어 있었다. 반면에 쁠류쉬낀이 소유했던 대부분의 농노들은 간결하게 표기되어 있었는데, 주로 세례명과 부친명의 첫 글자에 점만 찍혀 있었다. 그런데 소바께비치의 명단에는 놀라울 정도로 자세한 내용이 기록되어 있었다... 명단을 보면서 치치꼬프는 북

받쳐 오르는 감정을 느끼면서 다음과 같이 중얼거렸다. '아, 자네들이 이 명단을 빼곡하게 채우고 있구먼! 나의 친구들이여, 생전에는 어떤 삶을 살고 있었는가?' (치치꼬프는 이들의 삶을 상상한다. 죽은 농부들이 토실토실한 치치꼬프를 옆으로 밀치고 하나씩 둘씩 등장하면서 자신들의 이야기를 전개한다.) '아, 경비대를 빛낼 수도 있었을 거인 스쩨빤 쁘로브까가 여기 있군. 나는 자네가 허리춤에 도끼를 차고 어깨 위에 장화를 걸어 메고 (러시아 농부들이 신발을 아껴 신는 방법이다.) 여러 지방을 돌아다녔을 것이라고 생각하네. 빵 몇 조각과 빵 조각의 두 배나 되는 말린 생선으로 배를 채우며 생활하고, (지주에게 주려고) 은화 100루블을 지갑에 넣거나, 지폐 몇 장을 아마포로 만든 바지 속에 쑤셔 넣었거나, 장화 깊숙이 쑤셔 넣고 집으로 돌아 왔겠지. 그런데 자네는 도대체 어떻게 하다 죽었는가? 돈을 더 많이 벌기 위해 (수리비를 벌기 위해) 교회의 둥근 지붕 위로 올라가거나 교회 꼭대기에 있는 십자가까지 올라가다가 가로목에서 미끄러져 땅바닥으로 떨어져 머리통이 깨졌겠지. 그러자 옆에 있던 사람이 (나이가 많은 동료가) 뒤통수를 긁적이고 한숨을 쉬며 '저런, 떨어져서 완전히 박살났네!'라고 말하고, 허리춤에 밧줄을 튼튼히 묶고 자네 대신 올라갔겠지...'"(7장 125~126쪽)

"...그런데 '그리고리 도예즈좌이-나-도예제시'[Григорий Доезжай-на-доедешь: 도착할 수 없는 곳으로 마차를 몰고 간다(Drive-to-where-you-won't-get)라는 뜻이다.] 자네는 대체 어떤 인물이었나? 아마도 자네는 마차로 물건을 수송하는 일을 열심히 해서 '삼두마차'(тройка)나 '덮개를 씌운 포장마차'(кибитка)를 구입했겠지. 그리고 그 마차를 이용해 상인들을 장터로 실어 나르는 일을 하려고 자신의 가정과 고향을 영원히 등졌겠지. 그러다 길바닥에서 횡사해 하나님께 자네의 영혼을 받쳤는가? 아니면 집을 떠난 어떤 병사의 아내 — 불그레한 뺨에 약간 통통하고 아름다운 유부녀 — 를 차지하기 위해 친구들과 싸우다가 그들에 의해 피살되었는가? 아니면 자네가 끼고 있던 가죽 장갑과, 다리는 짧지만 기운이 센 자네가 몰고 있는 세필의 말이 숲속으로 난 길에서 강도들을 유혹했기 때문인가? 아니면 마부대에 앉아 이런저런 생각을 하며 마차를 몰다가, 아무런 이유도 없이 갑자기 선술집으로 향하던 중 얼어붙은 강바닥에 난 구멍에 빠져 죽은 건가?”(7장 126~127쪽)

‘네우바좌이-꼬르이또’[221][Неуважай-Корыто: ‘무례함’(неуважение)과 ‘돼지 여물통’(корыто)이라는 두 단어를 기묘하게 결합시킨 이름이다.]라는 이름은 매우 투박하고 제멋대로 길게 늘여 쓴 이름이기 때문에, 그가 죽음을 맞이할 것을 암시하고 있다. “서툴게 모는 어떤 마차가 길 한복판에 누워 잠을 자고 있는 자네를 치고 지나갔군.” 고골은 쁠류쉬낀의 명단에 있는 농노 뽀뽀프를 교육을 받은 인물일 것이라고 추정한다. 그리고 그가 범죄를 저질렀을 것이라고 추정한다. 그런데 그는 잔혹한 살인을 저지르지 않았고 단지 점잖게 도둑질만 했을 것이라고 추정하고, (고골의 비논리적인 전개방식에 주목하라!) 다음과 같은 대화를 전개한다.

“어떤 지방경찰관이 신분증을 소지하고 있지 않다는 이유로 뽀뽀프 자네를 체포했겠지. 이런 상황에서도 자네는 당당하게 서서 의연하게 대처했겠지. ‘너의 지주는 누구냐?’ 경찰관이 이런 상황에 어울리는 다소 강한 어투로 묻는다. ‘모모 지주입니다.’ 자네는 거침없이 대답한다. ‘그런데 너는 여기서 (소재지에서 멀리 떨어진 곳에서) 무엇을 하고 있냐?’ 경찰관이 묻는다. ‘저는 소작료(оброк) 지불에서 해방되었습니다.’ (농노 혼자 혹은 여럿이 수입의 1퍼센트를 지주에게 지불한다는 조건 하에 다른 곳에서 일할 수 있는 허가를 받았다는 것을 뜻한다.) 자네는 의연하게 대답한다. ‘신분증 좀 보자!’ ‘지금 현재의 주인인 상인 삐메노프가 갖고 있습니다.’ ‘삐메노프를 데려와!’... ‘네가 삐메노프냐?’ ‘예, 제가 삐

221) 역주: 여지주 꼬로보츠까가 소유하고 있던 농노인데, 그의 성명은 ‘뾰뜨르 사벨리예프 네우바좌이-꼬르이또’(Пётр Савельев Неуважай-Корыто)이다. 치치꼬프와 꼬로보츠까가 대화를 나누는 『죽은 혼』 3장 55쪽에 언급된 농노이다. “Особенно поразил его какой-то Пётр Савельев Неуважай-Корыто, так что он не мог не сказать: «Экой длинный!»”

메노프입니다.' '저놈이 너에게 신분증을 맡겼냐?' '아뇨, 맡긴 적이 없습니다.' '너 왜 거짓말을 해?' 지방경찰관이 좀 더 강한 어투로 뽀뽀프에게 묻는다. '아이고, 깜박하고 거짓말을 했네요.' 자네는 당당하게 대답한다. '제가 어제 집에 늦게 들어갔기 때문에, 삐메노프에게 신분증을 맡기지 않고 교회 종지기 안찌프 쁘로호고프에게 맡겼습니다.' '종지기를 데려와라!' '저놈이 너에게 신분증을 맡겼냐?' '아뇨, 저에게 신분증을 맡긴 적이 없습니다.' '너 또 거짓말을 했네!' 지방경찰관이 좀 더 강한 어투로 뽀뽀프에게 말한다. '신분증 어디 있어?' '제가 갖고 있었는데요,' 자네는 당돌하게 대답한다. '다른 소지품과 함께 길바닥에 흘린 것 같습니다.' '그런데 네가 입고 있는 군복은 대체 어디서 난거냐?' 지방경찰관이 다시 거친 말투로 묻는다. '그걸 왜 훔쳤냐? 그리고 사제의 집에서 동전이 가득 들어있는 트렁크는 왜 훔쳤냐?'(7장 127쪽)

그리고 뽀뽀프는 우리의 위대한 조국에서 오랫동안 번창했던 다양한 감옥을 떠도는 신세가 된다. 비록 소바께비치와 치치꼬프를 통해 소생한 죽은 농노들이 불행한 삶을 살거나 비극적인 죽음을 맞이하지만, 그들의 부활은 고골이 『죽은 혼』 2부와 3부에서 의도했던, 즉 법을 준수하고 신앙심이 돈독한 시민으로 소생시키려는 허황된 도덕적 부활보다 훨씬 더 완벽하고 만족스러운 부활인 것이다. 이처럼 고골은 기발한 방식으로 죽은 자들을 소생시켰다. 윤리적이고 종교적인 접근방식은 작품 속에 등장하는 부드럽고, 따뜻하고, 토실토실한 등장인물들을 파괴할 뿐이다.

8.

『죽은 혼』의 마닐로프 삽화

어리석고 감상적이고 무기력하며, 선홍색 입술에 금발머리를 하고 있는 마닐로프의 상징들은 — 마닐로프(Манилов)라는 이름은 '손짓이나 눈빛으로 유혹한다.'라는 뜻을 갖고 있는 동사의 과거형 '마닐'(манил)과 연관이 있다. 그리고 이름의 앞부분 '만'(ман-)은 안개를 뜻하는 '뚜만'(туман)과 타성을 뜻하는 '매너리즘'(маньеризм)과도 연관이 있다. — 다음과 같다. 감상적인 매력을 풍기며 잘 다듬어진 관목들과 파란색 기둥의 정자 — '고독한 사색의 사원'(Temple of Solitary Meditation) — 로 꾸며져 있는 영국식 정원의 한 가운데에 자리 잡고 있는 끈적끈적한 초록색 수초로 뒤덮인 연못, 마닐로프가 자식들에게 지어준 엉터리 고대 그리스식 이름,222) 그의 서재에 서표가 14페이지에 끼워진 채 [일종의 십진법을 의미할 수 있는 15페이지도 아니고, 불길한 숫자인 '13'(devil's

222) 역주: 엉터리 고대 그리스식 이름은 마닐로프의 큰아들 페미스또끌류스(Фемистоклюс)와 둘째아들 알끼드(Алкид)를 언급하는 것이다.

dozen)페이지도 아니고, 마닐로프처럼 아무런 개성도 없고 무미건조한 연한 핑크빛이 감도는 숫자인 '14'페이지에 끼워진 채] 영원토록 펼쳐져 있는 책, 대부분의 안락의자에는 비단 커버가 씌워져 있는데 비단이 모자라 거친 직물커버가 씌워져 있는 안락의자 두 개, 그리고 촛대 두 개. [그중 하나는 고대그리스의 세 여신으로 장식된 자개 갓을 씌운 짙은 색의 고상한 청동촛대이고, 다른 하나는 촛농이 들러붙어 있고 비스듬히 휘어져 있는 '무른 놋쇠'(brass invalid)로 만든 촛대이다.] 그러나 무엇보다도 가장 훌륭한 상징은 마닐로프가 담배파이프에서 털어낸 담뱃재 더미가 창턱에 가지런히 쌓여 작은 언덕을 이루고 있는 모습이다. 바로 이 행위가 마닐로프의 유일한 창작활동인 것이다.

9.

"너무나도 고통스러운 현실 때문에 다른 사람을 힘들게 하는 혐오스러운 인물들을 다루지 않는 작가는 행복하다.[223] 인간의 숭고한 가치만을 보여주려고 애쓰는 작가는 행복하다. 매일 자신의 주변에서 마음을 혼란스럽게 만들고 야단법석을 떠는 형상들 가운데서 예외적인 극소수 인물들만 선별하여 묘사하는 작가는 행복하다. 자신이 연주하는 '리라'(лира)[224]에서 울려 퍼지는 노랫가락이 항상 최상의 숭고한 하모니만 유지하도록 애를 쓰는 작가는 행복하다. 그리고 정상에서 가련하고 보잘것없는 사람들에게 내려오지 않고 그들과 거리를 두고, 세속적인 것과 연

---

223) 역주: 고골은 반어법을 사용하여 그 작가가 불행하다는 것을 역설적으로 강조하고 있다.
224) 역주: 고대그리스의 현악기로 뿌쉬낀을 포함한 많은 시인들이 사용했던 표현이다. 즉 리라 연주자는 '시인'을, 그리고 리라의 노랫가락은 시인의 '작품'을 의미한다.

을 끊고, 아득히 먼 장엄한 환상에만 몰입하는 작가는 행복하다. 아, 그의 황홀한 운명은 사람들로부터 부러움을 산다. 그는 자신의 보금자리에서 가족들과 오순도순 지내는 인물이며, 그의 명성은 아주 먼 곳까지 울려 퍼진다. 그가 피우는 달콤하고 향기로운 안개는 사람들의 눈을 흐리게 만든다. 그의 경이로운 아첨은 인생의 고통과 슬픔을 감추고, 오로지 인간의 선한 면만 드러내보여 준다. 군중들은 박수를 치며 그의 의기양양한 개선마차를 뒤따라간다. 그는 높이 나는 새들보다 더 높이 나는 독수리처럼, 세상의 모든 천재시인들보다 더 높이 비상한다. 그는 세계 최고의 시인으로 불려진다. 그의 이름을 듣기만 해도 젊은이들의 뜨거운 가슴은 전율한다. 모든 사람들이 눈물을 흘리며 그에게 경의를 표한다. 힘으로 그를 당할 자는 이 세상에 아무도 없다. 그는 신이다!"(7장 123쪽)

"그러나 우리들 앞에 항상 존재하고 있으나 무관심한 시선으로는 파악할 수 없는 것들을 — 인생을 뒤죽박죽으로 만들어 충격을 주는 자질구레한 일상과 세속적인 방식으로 비참하게 또는 피곤하게 살아가고 있는 평범한 인물들과 무기력하고 부서지기 쉬운 단조로운 인물들의 본질을 — 과감하게 끄집어내는 작가[225]에게는 (이전 단락에서 언급한 작가와는) 전혀 다른 운명이 기다리고 있다. 그는 무자비한 조각칼로 그런 인물들을 힘차게 도려내어 그들의 실체를 모든 사람들의 눈앞에 낱낱이 드러내 준다. 그러나 사람들은 그에게 박수갈채도 보내지 않을 것이고, 감사의 눈물도 흘리지 않을 것이고, 그 어떤 영혼도 열광하고 흥분하며 그를 추종하지 않을 것이다. 열여섯 살 소녀가 머리카락을 휘날리며 열정적으로 그에게 달려들지도 않을 것이다. 그는 자신이 연주한 노랫가락을 들으면서 달콤한 황홀감에 도취하지도 않을 것이다. 그리고 그는 동시대 비평가들[226]의 위선적이고 잔인한 심판으로부터 도주하지도 않을

225) 역주: 고골 자신을 지칭하는 것이다.
226) 역주: 벨린스끼를 포함한 급진적 사실주의 비평가들을 지칭한다.

것이다. 동시대 비평가들은 그가 창조한 등장인물들이 저속하며 아무런 가치도 없다고 비난할 것이고, 인간을 모독하는 작가들을 전시한 화랑의 구석자리에 그를 걸어놓을 것이고, 그가 묘사한 등장인물들의 실체가 바로 그의 실체라고 주장할 것이고, 그의 마음과 영혼 그리고 신성한 재능의 불꽃을 모두 부정할 것이다. 왜냐하면 렌즈[227]를 통해 태양을 관찰할 수 있듯이, 렌즈[228]를 통해 미세한 곤충의 움직임도 훌륭하게 관찰할 수 있다는 것을 동시대 비평가들이 부정하기 때문이다. 그리고 인생의 밑바닥에 깔려있는 이미지에 빛을 투과시켜 그 실체를 드러내기 위해 그 영혼의 밑바닥까지 파고들어야한다는 것을 비평가들이 수용하지 않기 때문이다. 그리고 무아지경에 빠지게 만드는 숭고한 웃음이 아주 고상한 서정적 감흥과 아무런 차이가 없다는 것을 인정하지 않기 때문이다. 그리고 그 숭고한 웃음이, 연극무대에 등장하는 어릿광대들이 관객에게 제공하는 웃음과 질적으로 다르다는 것을 비평가들이 받아들이지 않기 때문이다. 동시대 비평가들은 이 모든 것들을 인정하지 않고, 그를 향해 온갖 질책과 비난을 퍼부을 것이다. 연민의 정도, 도움도, 그리고 정당한 평가도 받지 못한 채, 그는 나그네처럼 길가에 홀로 남게 될 것이다. 그의 앞날은 암울해질 것이고, 자신이 고독한 존재가 되었다는 것을 통감하게 될 것이다…"(7장 123~124쪽)

"오랫동안 어떤 불가사의한 힘에 이끌린 '나'(고골)는 내 작품에 등장하는 주인공들과 손에 손을 잡고 걸어가면서 그들의 파란만장한 삶을 관찰하도록 운명 지어졌다. 다시 말해 누구에게나 보여지는 '웃음'을 통해, 그리고 누구에게도 보이지 않는 '눈물'을 통해, 그들의 파란만장한 삶을 관찰하도록 운명 지어진 것이다. 그런데 이글이글 타오르는 나의 엄숙한 눈썹으로부터 엄청난 영감의 폭풍이 휘몰아칠 때가 아직 되지 않았고,

227) 역주: 망원경의 렌즈.
228) 역주: 현미경의 렌즈.

인간들이 성스러움에 전율하며 내가 분출하는 장엄한 천둥소리에 귀를 기울일 때도 아직 도래하지 않았다..."(7장 124쪽)

상기 단락은 고골이 『죽은 혼』 2부에서 다루고자 하는 내용을 마치 폭풍전야의 번개를 통해 일부분만 넌지시 제시하는 것처럼 보인다. 어쩌면 그 다음 장면에서 반쯤 벌거벗은 상태로 침대 위에서 지그[229]를 추고 있는 토실토실하게 살찐 치치꼬프의 사악하고 그로테스크한 모습이 등장할지도 모른다. 그런데 나는 치치꼬프의 이런 모습을 『죽은 혼』에서 '무아지경의 웃음'(ecstatic laughter)과 '서정적 돌풍'(lyrical gusts)'[230]이 훌륭하게 조합되었다는 것을 방증하는 적절한 예라고 생각하지 않는다. 만일 고골이 이런 식으로 웃음을 유발할 수 있다고 생각했다면, 사실상 그는 자신을 기만하고 있는 것이다. 서정적 돌풍은 『죽은 혼』의 '현형'(現型, solid pattern)[231]을 구성하고 있는 요소가 아니다. 서정적 돌풍은 이야기진행 과정의 중간 중간에 자연스럽게 발생하는 현상으로 간주하는 것이 타당할 것이다. 『검찰관』에서 무대에 보이지 않는 마부의 외침("자 이놈들아, 날개를 달고 있는 놈들아!")이 한여름 밤의 대기 속에서 이국적인 낭만을, 그리고 '여행으로의 초대'(invitation au voyage)를 불러일으켰던 것처럼, 고골은 자신이 거주하고 있었던 이탈리아의 알프스 산 정상에서 불어오는 서정적 돌풍에 의해 자신의 발이 하늘 높이 치솟으며 날아가는 즐거움을 탐닉하고 있는 것이다.[232]

고골이 환상을 통해 자신이 익히 알고 있는 러시아 — 독특한 풍경, 특별한 공간, 부호를 통한 상징, 끝없이 뻗어있는 길 — 를 신비스럽고

229) 역주: 지그(jig)는 바로크시대에 유행했다고 알려진 상당히 빠른 템포의 코믹한 서양춤이다.
230) 역주: 서정적인 묘사가 갑자기 등장하는 것을 강조하기 위해, 나보꼬프가 고골처럼 과장법을 사용해서 돌풍이라는 단어를 사용하고 있다.
231) 역주: 모형(模型)의 일종으로, 제품과 거의 유사한 형태를 갖춘 목형(木型)을 일컫는다.
232) 역주: 고골이 『죽은 혼』을 주로 이탈리아에서 집필했다는 것을 나보꼬프가 지적하고 있다.

아름다운 나라로 불쑥 묘사하는 장면이 이 작품에서 가장 서정적인 묘사이다. 이 장면이 치치꼬프가 (죽은 농노매입에 대한 다양한 소문으로 인해 발칵 뒤집어진) N읍을 떠나는 장면과 (어쩌면 탈출하는 장면이라고도 말할 수 있다.) 자신의 성장기를 묘사하는 장면 사이에 샌드위치처럼 끼어있다는 점에 특히 주목할 필요가 있다.

"사륜마차가 한산한 거리로 접어들었다. 이윽고 N읍의 끝을 (시간이 아니라 공간의 끝을) 표시하는 키 큰 나무울타리만이 (러시아의 울타리는 우중충한 잿빛을 띠고 있는데, 그 윗부분은 고른 톱니 모양을 하고 있으며, 멀리서 보면 마치 러시아 전나무들이 길게 늘어서있는 것처럼 보인다.) 길게 늘어서있다. 이제 돌로 포장한 길이 끝이 났다. 여기 N읍의 '차단목'(Schlagbaum: 흰색과 검은색 페인트 줄무늬가 교차되어 있는 막대)이 가로 놓여있다. N읍은 뒤편에 남겨졌고, 마차 주변에는 아무 것도 없다. 이제 우리는 다시 길 위의 여행자가 되었다. 길 양편에 서있는 이정표들, 역참지기들, 우물들, 짐마차들, 사모바르[233]를 갖고 생활하고 있는 소박한 작은 마을들, 손에 귀리를 들고 재빠르게 뛰어가는 턱수염을 기른 여관주인과 시골 아낙들, 나무껍질로 만든 신발을 신고 '800베르스따'[234]를 터벅터벅 걷고 있는 나그네, (숫자를 가지고 장난치는 고골을 주목할 필요가 있다. 500베르스따도 아니고, 100베르스따도 아니고 800베르스따라고 언급하고 있다. 숫자 그 자체가 고골의 독특한 개성을 표현하고 있는 것이다.) 밀가루와 나무껍질로 만든 신발(방금 전에 지나친 나그네를 위한 신발) 그리고 화려하게 장식한 빵과 잡동사니들을 팔고 있는 널빤지 몇 조각으로 아무렇게 만든 남루한 가게들이 즐비하게 늘어선 가난한 작은 마을들, 줄무늬 차단목들, 공사 중인 다리들, (다시

233) 역주: 사모바르(самовар)는 차를 끓일 때 사용하는 러시아 전통 주전자이다.

234) 역주: 800베르스따는 대략 853km이다. 따라서 보통 걸음으로 하루 10시간 걷는 거리를 40km로 가정할 경우, 21일이 걸린다. 과장의 달인인 고골의 면모를 엿볼 수 있는 표현이다.

말해 '영원히'(eternally) 공사 중이라는 것은 고골이 익히 알고 있는 제멋대로이며 지쳐서 금방이라도 무너질 듯한 러시아의 특징들 중 하나인 것이다.) 길 양편에 끝없이 펼쳐진 광활한 초원, 지주들이 타고 다니는 여행마차들, 모모 포병대대라는 깃발을 달고 포탄을 가득 실은 녹색 궤짝을 말로 운반하는 군인들, 녹색과 노란색 그리고 신선하게 뒤엎은 검은색 줄무늬로 수놓은 평원, [고골은 최근에 토지를 쟁기로 갈아엎었다는 것을 강조하기 위해 '신선하게 뒤엎은'(freshly upturned)이라는 문구를 '검은색'(black) 앞에 삽입했다.] 멀리서 울려 퍼지는 노랫가락, 안개 속에 파묻힌 소나무들의 윗동, 저 멀리 사라지는 교회의 종소리, 파리처럼 조그맣게 보이는 까마귀들, 끝없는 지평선..."(11장 200~201쪽) "루스(Русь)여! 루스여! (시적인 감흥을 불러일으키는 러시아의 옛 이름) 나는 너[235]를 바라본다. 신비롭고 아름다운 먼 곳[236]에서 너를 바라본다.[237] 네 안에 있는 것들은 음산하고, 산만하게 널려 있고, 암울하기만 하다. 네 안에 있는 자연의 기이함과 웅장함이 내 시선을 즐겁게 하거나 놀라게 만들지도 않는다. 네 안에는 절벽 위에 솟아나 있는 수많은 창문을 갖고 있는 웅장한 궁전들이 즐비한 도시들도 없고, 영원히 물보라를 일으키는 폭포의 소음 속에 집들을 장식하고 있는 화려한 나무들과 담쟁이덩굴들도 없다. 위쪽에 끝없이 둘러싸여 펼쳐진 육중한 돌덩어리들을 쳐다보기 위해 고개를 뒤로 젖힐 필요도 없다. (이 문장은 고골의 개인적인 주장이다. 우랄, 알타이, 그리고 까프까즈 지역에서는 고개를 젖힐 필요가 있다.) 포도나무의 가지와 덩굴들, 그리고 헤아릴 수 없는 백만 송이 야생장미들이 층층이 겹쳐져 있는 어두운 아치 사이에서 빛을 발하지 않는다. 그리고 영원토록 반짝이며 은빛 선명한 하늘로 질주하고 있는 산줄기의 능

235) 역주: 러시아를 지칭한다.
236) 역주: 먼 곳은 고골이 『죽은 혼』의 대부분을 집필했던 '로마'를 지칭한다.
237) 역주: 너(ты)는 '러시아'를 지칭한다.

선들이 어두운 아치 사이에서 빛을 발하지도 않는다.[238] 그런데 네 안에 있는 모든 것은 삭막한 상태로 탁트여있고 평평하게 널려있구나. 높지 않은 너의 도시들은 마치 점과 부호처럼 (지도상에서 볼 때) 평원 한가운데 솟아있구나. 너는 그 누구의 시선을 사로잡거나 유혹하지도 않는다. 그런데 비밀스럽고 이해할 수 없는 그 어떤 힘이 나로 하여금 너에게 마음이 이끌리도록 만드는 것인가? 이쪽 바다에서 저쪽 바다까지 광활하게 질주하고 있는 너의 슬픈 노랫가락이 왜 내 귓전에서 계속해서 맴돌고 있는 것인가? 네 속에는, 그리고 너의 노랫가락 속에는 과연 무엇이 있는 것인가? 무엇이 흐느껴 울며 나를 부르며, 내 마음을 사로잡고 있는 것인가? 어떤 소리들이 내게 고통스럽게 입 맞추며, 내 영혼 속으로 돌진하고, 내 심장 주변에서 맴돌고 있는 것인가? 루스여! 너는 나에게 무엇을 원하고 있는 것인가? 너와 나 사이에 이해하기 힘든 모종의 관계가 숨겨져 있단 말인가? 너는 과연 무엇을 응시하고 있는 것인가? 왜 네 안에 있는 모든 것이 기대에 가득 찬 시선으로 나를 바라보고 있는 것인가? 내가 망설임으로 가득한 채 미동도 하지 않고 서있는 동안, 곧 쏟아질 소나기의 육중한 무게 때문에 힘들어하는 먹구름이 내 머리 위를 덮었다. 너의 광활함 앞에서 내 생각은 마비되었다. 이 끝없는 광활함은 무엇을 예언하고 있는가? 여기서, 다시 말해 영혼 불멸한 네 속에서, 무한한 생각이 탄생하는 것이 아니겠는가? 광활하게 펼쳐진 자유롭게 활동할 수 있는 드넓은 공간이 존재하는 곳에서 용사가 탄생하지 않겠는가? 거대하고 광활한 공간이 나를 무섭게 끌어안으며 내 마음 깊은 곳에 무시무시한 힘을 전달한다. 나의 두 눈은 초자연적인 힘에 의해 영롱한 빛을 발한다... 아! 루스여! 경이롭게 빛을 발하는 미지의 땅이여!"(11장 201~202쪽)

"꽉 붙잡아, 꽉 붙잡아, 이런 바보 같은 놈!" 치치꼬프가 셀리판에게

238) 역주: 로마의 화려한 자연과 멋지고 웅장한 인공물을 묘사하고 있는 문단이다.

고함을 질렀다. (이 문장은 상기 단락의 러시아에 대한 서정적 묘사가 치치꼬프의 생각이 아니라는 것을 강조하기 위해 고골이 사용한 것이다.) '너, 칼 맛 좀 볼래!' 1아르쉰[239]이나 되는 긴 콧수염을 한 정부관리가 소리쳤다. '어디다 정신을 팔고 있는 거야! 이건 공무용 마차야!' 그리고 정부관리가 몰고 있는 삼두마차는 요란한 바퀴소리를 내며 흙먼지를 일으키고 유령처럼 사라졌다."(11장 202쪽)

고골이 조국으로부터 멀리 떨어져 있다는 것은, 자신이 집필하려고 애를 썼고 모든 사람이 기대했던 『죽은 혼』 2부에서 다룰 러시아의 미래가 아직도 멀기만 하다는 것을 반증하는 것일지도 모른다. 나는 치치꼬프가 N읍을 떠나는 장면을 끝으로 『죽은 혼』 1부가 종결되었다고 생각한다. 『죽은 혼』 1부 끝부분에서 마법을 사용해 고골이 열변을 토하는 장면은 나에게 별 감흥을 불러일으키지 않는다. 왜냐하면 고골은 이중 과제에 직면했기 때문이다. 하나는 처벌을 면하기 위해 치치꼬프를 어디론가 탈출시키는 일이고, 다른 하나는 세상의 그 어떤 처벌도 사탄의 지옥으로 귀환이라는 처벌보다 더 강력하지 않다는 불편한 진실로부터 독자들의 주의를 분산시키는 일이다.

"... 셀리판은 고음으로 노래 부르듯 '얘들아, 달리자!'라고 말했다. 말들은 속도를 내며 솜털처럼 가벼운 '사륜마차'(бричка)가 내는 속도로 달렸다. 셀리판은 말들에게 저음으로 '워, 워, 워'라고 말하며 채찍을 휘둘렀다. 그는 마부석에서 위아래로 가볍게 출렁거렸다. 약간 경사진 도로를 달리고 있는 '삼두마차'(тройка)는 작은 언덕을 올라갔다가 내려오기를 반복했다. 치치꼬프는 빨리 달리는 것을 좋아했기 때문에, 마차 안에서 가죽 쿠션에 가볍게 부딪힐 때마다 미소를 지었다. 그런데 속도를 내며 달리는 것을 좋아하지 않는 러시아인이 어디 있겠는가? 악마의 소굴을 향해 치닫고 있는 마차에 자신의 인생을 맡긴 영혼은 속도를 사랑할

239) 역주: 1아르쉰(аршин)은 71.12cm이다. 고골은 콧수염 길이를 과장하여 표현하고 있다.

수밖에 없다. 왜냐하면 속도를 내고 달릴 때는 성스럽고 고상한 멜로디가 흘러나오지 않기 때문이다. '너'[240]는 '어떤 미지의 힘'(악마의 힘)에 의해 위로 들려지고 있는 것을 느낀다. 그리고 '그'(악마의) 날개 위에 놓인 채 날아가고 있다. 모든 것이 옆에서 날아가고 있다. 이정표가 날아간다. 마차의 마부석에 앉아있는 상인들이 날아간다. 도끼 찍는 소리와 까마귀 울음소리가 들리는 양쪽 길가에 늘어선 울창한 전나무와 소나무 숲들이 날아간다. 길 전체가 날아간다. 그리고 미지의 먼 곳으로 사라진다. 윤곽을 파악할 시간도 없이 모든 것이 빠르게 날아가며 아지랑이처럼 사라지는 모습은 두려움을 느끼게 만든다. 푹신푹신한 구름이 떠있는 하늘과 호기심을 갖고 몰래 엿보고 있는 달만이 움직이지 않는 것 같다. 오, 삼두마차여! 날개를 달고 있는 삼두마차여! 대체 누가 너를 만들었는지 말해다오? 아마도 너는 날렵한 나라에서 탄생했을 것이다. 날렵함을 진지하게 받아들이는 나라에서, 그리고 지구의 절반이나 차지하고 있는 광활하고 먼 나라에서 태어났을 거다. 네가 이정표를 하나둘씩 세기 시작한다면, 네 눈앞에서 얼룩덜룩한 아지랑이가 춤출 때까지 세어야 할지도 모른다. 나는 러시아 마차가 깐깐하게 만들어졌다고 생각하지 않는다. 강철나사로 단단하게 연결되지도 않았을 것이고, 야로슬라프의 단순한 감각과 도끼에 의해 적당한 형태로 대충 만들어졌을 것이다. 그 마차를 모는 마부는 외국산 장화를 신지 않는다. 그는 턱수염을 기르고 장갑을 낀 채 평범한 마부석에 앉아 마차를 몬다. 그러나 아, 만일 그가 몸을 일으켜 세워 채찍을 쥔 손을 휘두르며 구슬픈 노래를 부르기 시작하면, 말들은 마치 여름 바람처럼 질주하고 마차바퀴살은 가운데가 텅 빈 둥근 원 형태로 변한다. 마차가 달리는 길은 전율하고, 행인은 두려움에 떨며 가던 걸음을 멈춘다. 자, 봐라! 삼두마차가 날개를 달고 있다. 날개를, 날개를... 그리고 저 멀리 대기를 뚫고 구멍을 만드는 먼지 소용돌이가 보

240) 역주: 너(ты)는 러시아를 상징하는 '삼두마차'를 지칭하는 것이다.

인다.”(11장 225쪽)

“루스여, 너는 아무도 따라올 수 없는 쏜살같이 달리는 삼두마차를 빼닮았구나! 재빨리 지나치는 길이 네 밑에서 연기로 변한다. ‘다리들’(bridges)이 벼락 치는 소리를 내며 뒤쪽으로 사라진다. 모든 것이 네 뒤편으로 사라지고 만다. 네 모습을 바라보는 행인들은 성스러운 기적에 충격을 받고 잠시 멈춰 선다. 하늘에서 떨어진 번개인가? 엄청나게 빠른 이 움직임은 도대체 무엇인가? 신기할 정도로 빠르게 달리는 말들이 갖고 있는 신비한 힘은 도대체 무엇인가? 말들이여! 말들이여! 너희들은 도대체 어떤 부류의 말들이냐? 너희들의 영혼 속에 회오리바람이 들어있는 것이냐? 너희들은 오직 귓전에 들리는 소리에만 신경을 집중하고 있구나! 너희들에게 익숙한 노랫가락이 하늘로부터 흘러나오자마자, 구리가슴을 당당하게 펴고 힘차게 달리기 시작하는구나! 빠르게 달리는 발굽이 땅에서 떨어지고 허공을 가르며 대열을 이뤄 하늘로 날아가는구나! 모든 것이 성스러운 영감을 받고 빠른 속도로 날아가고 있구나!... 루스여! 도대체 너는 어디로 날아가고 있는 거냐? 대답해 다오! 그러나 대답이 없다. 삼두마차의 방울소리는 꿈속에서 독백하듯 신비로운 소리를 발하고, 요란스럽게 굉음을 내는 대기는 산산이 조각나며 ‘바람’(Wind)으로 변한다. 땅에 있는 모든 것이 삼두마차 옆으로 지나치며 날아간다. 모든 나라와 민족이 삼두마차를 슬쩍 쳐다보고, 루스에게 길을 내주기 위해 옆으로 물러선다.”(11장 225~226쪽)

비록 점강법을 사용하여 묘사하고 있는 이 마지막 장면이 멋지고 훌륭해 보이지만, 문체적 관점에서 볼 때 단지 어떤 대상을 피신시키기 위한, 특별한 대상을 피신시키기 위한, 다시 말해 치치꼬프를 피신시키기 위한 ‘마술사의 주문’(conjuror’s patter)에 불과하다.

4.

교사와 안내자

(The Teacher and Guide)

1.

고골은 1842년 5월 러시아를 떠나 유럽에 도착한 후 기이한 방랑생활을 다시 시작했다.[241] 그가 1842년 5월 이전에 유럽에서 타고 다녔던 마차바퀴의 회전은 『죽은 혼』 1부의 긴 스토리를 탄생시켰다. 잘 알지 못하는 유럽을 수차례 여행하면서 그가 묘사한 원은 얼굴이 둥근 치치꼬프를 '회전하는 바퀴의 상부'(a revolving top)로, 다시 말해 '흐릿한 무지개'(a dim rainbow)로 만들어 버렸다. 바퀴의 물리적 회전은 작가로 하여금 최면상태에 빠지는데 큰 도움을 주었고, 『죽은 혼』의 주인공들을 만화경[242] 속에 보이는 끔직한 악몽과도 같은 환경에서 생활하는 인물로 만들어 버렸다. 그리고 미래의 평범한 독자들은 오랫동안 이 악몽을 '러시아의 파노라마'로 (또는 '러시아의 가정생활'로) 받아들이게 되었던 것이다. 이제 『죽은 혼』 2부에 대한 이야기로 주제를 바꿔보자.

고골은 바퀴의 회전, 동정심을 유발하는 뱀처럼 긴장을 풀어헤친 긴 여행길, 그리고 1부에서 만족감을 표하고 이에 도취하여 매끄럽게 이동하는 모습을 통해 1부의 소용돌이치는 색채주변에서 선명하게 빛을 발하며 연결고리를 형성하는 2부가 자연스럽게 완성될 것이라고 판단했을

241) 역주: 1829년 8월~9월에 북부독일을 잠시 방문한 것이 고골의 첫 번째 유럽여행이다. 1836년 5월 『검찰관』 초연 후 관객의 반응에 발끈한 고골은 6월 두 번째 유럽여행을 감행한다. 주로 스위스의 브베, 파리, 로마 등지에서 생활했고, 파리에서 『죽은 혼』 1부의 대부분을 집필했다. 1839년 말 잠시 귀국했다가 1840년 4월 비엔나와 로마로 세 번째 유럽여행을 떠난다. 그리고 1841년 말 귀국하여 1842년 초 『죽은 혼』 1부를 모스크바에서 출판했다. 1842년 5월 네 번째로 유럽을 방문하고 약 6년간 유럽에 거주한 것이다. 1848년 봄 팔레스타인 순례여행을 마치고 귀국한 고골은 모스크바, 오데사, 바실리예프까 영지 등을 차례로 방문한 후 다시 모스크바로 돌아왔다. 사실상 고골은 1836년부터 1848년까지 약 12년 동안 독일, 오스트리아, 프랑스, 이탈리아, 스위스, 그리고 체코 등을 여행했던 것이다.

242) 역주: 만화경(萬華鏡)은 원통 속에 다양한 색유리 조각을 장치하고 장방형의 유리판을 세모지게 짜 넣은 것으로, 그 속을 들여다보면 온갖 형상이 데칼코마니 식으로 보인다.

지도 모른다. 고골은 2부를 일종의 '후광'(a halo)이라고 확신했을 것이다. 그렇지 않다면 1부를 '악마의 마법'(magic of the Devil)으로 간주했을 지도 모른다. 1부를 출판한 후 『죽은 혼』의 뼈대를 구성하는 과정에서, 고골은 (아직 집필되지 않은) 2부를 사실상 1부를 탄생시킨 밑거름 작품이라고 스스로에게 세뇌했을지도 모른다. 그리고 우둔한 독자들에게 2부가 제공되지 않을 경우 1부는 『죽은 혼』의 전설적인 영광을 상실한 채 일종의 예시만 제공하는 단순한 작품으로 남게 될 것이라고 확신했을지도 모른다. 사실상 1부의 독특한 구성방식은 2부를 집필하는데 큰 걸림돌이 되었고 고골을 절망적인 상황으로 내몰았다. 따라서 2부의 구성을 시도할 때 고골은 사람을 살해하고 자살로 위장하기 위해 희생자의 집에서 거짓유서를 작성한 체스터턴[243]의 소설에 등장하는 살인범처럼 행동할 수밖에 없었던 것이다.

고골의 병적인 경계심은 그로 하여금 또 다른 점을 고려하게 만들었을지도 모른다. 고골은 사람들이 (일반 독자와 비평가뿐 아니라, 부패한 공직자들과 대중의 비위를 맞추는 어리석은 사람들을 포함한 모든 부류가) 자신의 작품에 대해 어떤 생각을 품고 있는지 상당히 궁금해 했기 때문에, 자신의 작품에 대한 비평들 가운데 가장 관심을 끈 것은 자신에 대한 비평가들의 포괄적이고 객관적인 견해였다는 것을 친구들에게 설명하는데 어려움을 겪었다. 정직하고 성실한 사람들이 『검찰관』을 부정부패를 폭로하는 작품으로 여겼던 것처럼, 『죽은 혼』을 농노제를 비난하는 작품으로 간주하고 있다는 것을 알아차린 고골은 크게 낙담했다. 왜냐하면 사실주의 비평가들이 『죽은 혼』을 『엉클 톰스 캐빈』[244]과 유사

---

243) 역주: 길버트 체스터턴(Gilbert Keith Chesterton, 1874~1936)은 영국의 소설가이자 시인이다. 대표작으로 탐정추리소설 『브라운 신부 Father Brown』를 꼽을 수 있다. 다양한 살인범들이 등장하는 이 작품에서 브라운 신부는 기발한 추리를 통해 범인들을 색출해 낸다.

244) 역주: 『엉클 톰스 캐빈 Uncle Tom's Cabin』은 해리엇 비처 스토(Harriet Beecher Stowe,

한 작품으로 간주했기 때문이다. 사실주의 비평가들의 이런 행보와 또 다른 부류의 비평가들이 (러시아정교회 사제들, 경건한 기독교인들, 그리고 정교회의 금욕주의자들이) 행한 고골에 대한 공개적인 규탄 가운데, 어떤 것이 고골을 더 근심에 잠기게 만들었는지 알 수는 없다. 그는 자신이 평범한 사람들을 능가하는 문학적 재능을 갖고 있다는 것을 잘 알고 있었고, (비록 내키지는 않았지만) 그에 따른 책임감도 느끼고 있었다. 고골은 마치 더 큰 왕궁을 원했던 뿌쉬낀의 민화(民話)에 등장하는 어부의 아내처럼 훨씬 더 큰 (그러나 책임감은 배제한) 욕망을 갖고 있었다.[245] 그는 독자들에게 자신의 윤리관을 설명할 교단이 필요했을 뿐 아니라, 독자들과의 직접적인 접촉을 통해 그들을 자연스럽게 자기편으로 끌어들일 수 있다고 판단했기 때문에 설교자가 되었던 것이다. 종교는 고골이 필요로 하는 수단과 방법을 제공했다. 그러나 그 외의 다른 것도 제공했는지는 알 수 없다.

1811~96)가 집필한 소설로 흑인노예들의 비참한 실상을 사실적으로 묘사한 작품이다.

245) 역주: 뿌쉬낀의 『어부와 물고기에 관한 민화 Сказка о рыбаке и рыбке』를 지칭한다. 이 작품에는 늙은 어부와 그의 부인이 등장한다. 부인이 남편에게 황금물고기를 찾아가 자신을 로마 교황으로 만들어달라는 부탁을 하도록 지시한다. 어부는 흑해의 거친 파도를 뚫고 바다 한가운데로 가서 황금물고기에게 부인의 요구를 전달한다. 어부가 집에 돌아와 보니 집터에 로마수도원이 세워져 있고, 수도사들이 수도원 벽에 서서 찬송가를 부르고 있었다. 그리고 거대한 바빌론 탑도 서있는데 그 꼭대기에 부인이 앉아있었다. 그녀가 쓰고 있는 사라센 모자 위에 로마 화관이 있고, 그 위에 나뭇가지들이 있고, 그 위에 스뜨로필루스 새 한 마리가 앉아 있었다. 어부는 부인에게 절을 하고 이제 만족스럽냐고 물었다. 그녀는 전혀 만족스럽지 않다고 대답하고, 로마 교황보다 용왕이 되어 대양의 깊숙한 곳에 있는 용궁에 거주하며 황금물고기를 시종으로 부리고 싶다고 말한다.

2.

독특한 형태의 '이끼'(moss)를 수집하고 있는, 그리고 수집할 수 있다고 생각하는 '어떤 떠돌이'(a rolling stone)[246]는 여름마다 이곳저곳 온천을 돌아다니며 요양을 했다. 그런데 고통을 주는 질환을 치료하는 것은 그리 쉽지 않았다. 왜냐하면 고골의 고통은 다양했을 뿐 아니라 모호했기 때문이다. 우울증이 심해지면 형언할 수 없는 불안함이 그의 정신세계를 엄습했다. 안정감을 찾기 위해 그가 할 수 있는 일은 급작스럽게 환경을 바꾸는 방법뿐이었다. 온몸에 한기를 느낄 정도의 고통스러운 상태가 반복될 때마다 사지를 따뜻한 옷으로 감쌌으나 아무런 효과도 없었다. 이런 상태가 지속될 경우 그가 할 수 있는 유일한 방법은 걷는 것뿐이었다. 오래 걸으면 걸을수록 그의 몸 상태는 좋아졌다. 그런데 아이러니하게도 고통을 완화시키기 위해 지속적으로 몸을 움직인다는 것은 그로 하여금 집필활동을 못하게 만든다는 것을 의미했다. 이탈리아에서 지낸 겨울보다 마차를 타고 이곳저곳을 여행할 때 그는 편안함을 느낄 수 있었다. 그가 마차를 타고 이동한 경로는 다음과 같다. 독일 드레스덴(Dresden), 바트가슈타인(Badgastein), 오스트리아 잘츠부르크(Salzburg), 독일 뮌헨(Munich), 이탈리아 베니스(Venice), 플로렌스(Florence), 로마(Rome), 플로렌스(Florence), 만토바(Mantua), 베로나(Verona), 오스트리아 인스부르크(Innsbruck), 잘츠부르크(Salzburg), 독일 칼스바트(Karlsbad), 체코 프라하(Prague), 독일 그라이펜베르그(Greifenberg), 베를린(Berlin), 오스트리아 바트가슈타인(Badgastein), 체코 프라하(Prague), 오스트리아 잘츠부르크(Salzburg), 이탈리아 베니스(Venice), 볼

246) 역주: 떠돌이는 고골을 지칭하는 것이다. 나보꼬프는 이 책의 "연보"에서 『죽은 혼』의 주인공 치치꼬프를 '우리의 떠돌이'(our rolling stone)라고 표현하고 있다. (어쩌면 고골과 치치꼬프를 동일한 부류의 인물로 간주하고 있는 것일지도 모른다.) 만약 떠돌이가 치치꼬프라면 이끼는 '죽은 농노'이고, 떠돌이가 고골이라면 이끼는 '치료약'일 것이다.

로냐(Bologna), 플로렌스(Florence), 로마(Rome), 프랑스 니스(Nice), 파리(Paris), 독일 프랑크푸르트(Frankfurt), 그리고 드레스덴(Dresden). 이런 식으로 반복해서 유럽의 도시들을 여행하는 것은 건강을 회복하기 위한 (혹은 모스크바에서 오하이오로, 또는 모스크바에서 러시아 전역으로 여행하며 자신이 묵었던 호텔기념품을 수집하는) 사람의 여정이 아니라, 지리학적으로 아무런 의미도 없는 그저 악순환의 점선일 뿐이다. 고골이 방문한 온천들은 실존하는 공간이 아니었다. 그에게 중앙유럽은 단지 광학적인 현상에 불과했다. 고골에게 진정으로 문제가 된 것은, 그리고 그가 갖고 있는 유일한 강박관념은, 그리고 그의 실체적인 비극은 바로 그의 창작능력이 아무런 희망도 없이 지속적으로 소멸하고 있다는 것이다. 이에 반해 똘스또이가 창작을 접고 윤리적이며 신비스럽고 교육적인 글쓰기에 매진했을 때, 그의 문학재능은 쇠퇴하지 않았고 지속적으로 발전했던 것이다. 똘스또이 사후에 발행된 그의 창작 단편(斷篇)들을 읽어보면, 안나 까레니나가 자살한 이후에도 계속해서 그의 예술성이 발전했다는 것을 알 수 있다. 똘스또이처럼 다작작가가 아니었던 고골은 자신의 창작능력이 쇠퇴하기 시작했을 때 자서전을 쓰려고 마음먹었던 것이다. 즉 『검찰관』, 『외투』 그리고 『죽은 혼』 1부를 출판하고 나서, 다시 말해 그의 문학적 재능이 최고조에 달한 후 쇠락의 길을 걷기 시작했을 때 자서전 집필계획을 세웠다는 것이다.

3.

『죽은 혼』 1부에 마지막 수정을 가하고 있던 시기에 고골은 향후 자신을 신격화하겠다는 의지를 강하게 암시하는 설교를 시작했다. 유럽에서 친구들에게 보낸 수많은 편지글에 인용된 특별한 성서구절에서 그 흔적을 찾아볼 수 있다. “내 말에 주의를 기울이지 않는 자들에게는 화가 있을 것이다! 잠시 모든 것을 버려라! 한가할 때 너의 욕망을 자극하는 모든 쾌락을 버려라! 내 말에 복종하라! 1년 동안만, 단 1년 동안만, 너의 영지로 돌아가 농노들을 보살펴라!” 지주들을 심각한 문제에 (형편없는 수확, 평판이 안 좋은 관리인들, 다루기가 힘든 농노들, 농노들의 게으름, 절도행각, 가난, 경제적 궁핍, 그리고 ‘영성’결여 등) 직면해 있는 그들의 영지로 돌려보내려는 것이, 고골의 주된 관심사이자 친구들에게 행한 명령이었다. 고골은 예언자의 말투를 사용하여 그들에게 세속적인 재물을 모두 버리라고 명령했다. 그런데 아이러니하게도 고골은 지주들에게 (위태로운 언덕위에 서서 하나님의 이름으로 지주들에게 큰 희생을 강요하는 명령으로 들릴지도 모르겠지만) 이와 상반되는 명령도 했다. “불안정한 수입을 낭비하며 생활하고 있는 대도시를 떠나라. 그리고 흑토처럼 풍요로운 땅으로 만들겠다는 목표를 세우고 하나님이 당신들에게 허락한 영지로, 그리고 건장한 농노들이 당신들의 자애로운 지시에 따르며 감사한 마음으로 즐겁게 일하고 있는 영지로 돌아가라.” “지주들이 행하는 일은 신성하다.”(Landowners' business is divine.) 이것이 고골 설교의 골자인 것이다.

고골은 열성적으로 그리고 적극적으로, 도시에서의 생활에 만족하지 못하고 있는 지주들에게 영지로 돌아가 농사일에 종사하라고 지시했고, 불만스러운 관리들에게 고향으로 귀환하여 지방업무에 종사하라고 명령했다. 뿐만 아니라 그들이 귀향하여 생활하며 자신들이 느낀 인상을 편지를 통해 짧게 설명하라는 지시도 했다. 그런데 판도라상자와 같은 고골의 마음 한구석에는 다른 그 무엇이, 다시 말해 시골에서의 경제적이고 도덕적인 삶보다 더 중요한 그 무엇이 존재하고 있었을지도 모른다. 그것은 그들이 몸소 체험한 ‘실제’(authentic) 소재를 자신이 집필할 작품[247]에 사용하려는 고골의 감상적인 시도였을지도 모른다. 왜냐하면 당시 그는 작가로서 가장 비참한 상태에 (창작능력이 서서히 소멸하는 상태에) 처해 있었기 때문이다. 고골은 있는 그대로의 사실을 상상하는 능력을 상실한 상태였다. 그럼에도 불구하고 고골은 "사실은 스스로 존재할 수도 있다"(Facts may exist by themselves)는 것을 믿고 있었던 것이다.

그런데 '있는 그대로의 사실'은 자연 상태로 존재하지 않는다는 것이 문제였다. 왜냐하면 현실은 결코 있는 그대로의 상태가 아니기 때문이다. 손목시계를 찼던 팔뚝에 생긴 하얀색 띠의 자국과 상처가 난 뒤꿈치에 붙였던 끈적끈적한 일회용 반창고 자국은 광신적인 나체주의자들에 의해 확연하게 드러나게 된다. 소설가 포[248]가 하찮은 사물을 귀중한 물건으로 깔끔하게 전환시켰듯이, 인물의 단순한 윤곽은 그 인물의 정체성을 드러내게 되는 것이다. 즉 전혀 꾸미지 않은 상태의 '이력서'(curriculum vitae)가 서명자 특유의 스타일로 날개를 펄럭이며 환호성을 지르는 것과 마찬가지인 것이다. 나는 당신이 나에게 자신에 대해 설명하지 않은 상태에서 자신의 전화번호를 알려줄 것이라고 믿지 않는다. 고골은 자신이 인류를 사랑하기 때문에 그들에 대해 진정으로 알고 싶다고 수차례 언급했지만, 사람들의 인간성에 대해 아무런 관심도 없었다. 그는 단지 벌거벗은 상태의 '있는 그대로의 사실'만을 알고 싶어 했던 것이다. 이와 동시에 그는 인물에 대한 단순한 비유가 아니라, 관찰을 통해 드러나는 완벽한 상태의 모습을 요구했던 것이다. 고골의 요청에 마지못해 승낙한 일부 관대한 그의 친구들이 자신들의 영지에서 일하면서 시골에서 일어나고 있는 실상을 그에게 편지로 알렸을 때, 고골은 그들에게 감사하다는 말 대신 화를 내며 실망감을 표출했다. 왜냐하면 본질적으로 그들은 작가 고골이 아니었기 때문이다. 고골은 그들에게 사물을 있는 그대로 단순히 묘사만 하라고 명령했고, 그들은 그가 지시한대로 행했다. 그런

247) 역주: 『죽은 혼』 2부를 지칭한다.

248) 역주: 에드거 앨런 포(Edgar Allan Poe, 1809~49)는 미국의 낭만주의 작가이자 비평가이다. 섬뜩할 정도로 무시무시하고 수수께끼 같은 신비스러운 단편소설 추리작가로 유명하다.

데 그들이 작가가 아니었기 때문에, 고골은 그들이 제공한 소재를 사용하는데 머뭇거릴 수밖에 없었던 것이다. 게다가 일반인이 아닌 작가인 친구들에게 이 사실을 알릴 수도 없었던 것이다. 왜냐하면 영지에서 일하고 있는 친구들이 제공한 사실적인 소재는 다듬어지지 않은 원석에 불과했기 때문이다. 이 사건은 있는 그대로의 '벌거벗은 사실'(bare facts)과 '사실주의'(realism)라는 용어가 갖고 있는 어리석음을 가장 잘 설명해주는 예시 중 하나인 것이다. "고골은 '사실주의자'(realist)이다!"라고 주장하는 일부 교과서들이 있다. 어쩌면 고골은 자신이 철저히 이성적인 방식으로 행동하고 있다고 생각하면서, 작품의 모자이크를 구성하는 조각들을 '독자들'[249]로부터 얻기 위해 감상적이며 부질없는 노력을 했을지도 모른다. 그는 영지로 내려간 다양한 부류의 남녀 지주들에게 하루에 한 시간씩 그들이 보고 들은 것을 편지로 알려달라고 지속적으로 요구하며 짜증을 냈다. 어쩌면 그들에게 밤하늘에 떠있는 달을 따서 보내달라고 요청했을지도 모른다. 그들이 서둘러 달을 따다가 한두 개의 별이나 안개 몇 줄기가 섞인 상태로 파란색 종이로 포장하여 고골에게 보내도 별 상관이 없을 것이다. 그리고 (만일 소포가 배달되는 과정에서) '뿔'(horn)이 부러진다면, 내가 그것을 바꿔줄 것이다.[250]

자신이 원하는 것을 얻지 못했을 때 보여준 고골의 짜증과 성화에 대해 고골 전기 작가들은 몹시 당혹스러워했다. 천재작가[251]가 더 이상 글을 쓸 수 없게 된 다른 작가들을 보고 깜짝 놀랐다고 언급한 것에 대해, 고골 전기 작가들은 (고골 역시 그들과 마찬가지로 글을 쓸 수 없는 상

249) 역주: 앞부분에서 나보꼬프가 언급한 '고골의 요청에 마지못해 승낙한 일부 관대한 그의 친구들'을 지칭한다.

250) 역주: 나보꼬프는 『광인일기』의 주인공 뽀쁘리쉰이 "달에는 코들이 살고 있다."라는 주장을 근거로 하여 비약적인 논리를 전개하고 있다. 달을 소포로 보낼 때 함께 동봉된 코(뿔)가 부러지면 다른 코(뿔)로 교체해 주겠다는 것이다. 나보꼬프는 코를 '남성의 심벌'(horn)이라고 주장하는 프로이트 비평가들의 견해에 동조하고 있다.

251) 역주: 고골을 지칭한다.

황이었기에 때문에) 몹시 당황해하며 어찌할 바를 몰랐다. 사실상 고골을 그토록 짜증나게 만들었던 것은, 더 이상 자신이 창작할 수 없는 소재를 지인들을 통해 얻으려는 치밀하게 고안한 방법이 제대로 작동하지 않았다는 것이다. 고골은 시간이 지나면서 점차 자신의 무능을 인식하게 되었다. 그리고 이런 상태를 자신과 다른 사람들에게 감출 수 없게 되었고, 결국 일종의 질병이 되어 버렸다. 그런데 그는 이런 장애물을 기꺼이 감수하기 시작했다. ["장애물은 우리의 날개이다."(Obstacles are our wings.) 라고 그는 자신의 편지글에 썼다.] 왜냐하면『죽은 혼』2부의 집필이 연기되고 있는 원인에 대한 핑계거리로 이 장애물을 사용할 수 있었기 때문이었다. 말년에 "당신의 천국이 어두워지면 어두울수록, 내일의 축복은 더욱 더 빛날 것이다."라고 주장하는 고골의 종교관은 "그 다음날은 도래하지 않을 것이다."(This morrow would never come.)라는 자신의 변치 않는 신념을 토대로 하여 만들어진 것이다.

그런데 만일 누군가가 서둘러 작품을 집필할 경우 은총이 빨리 도래할 것이라고 말한다면, [그런데 나는 서둘러 글을 쓰는 '저질 글쟁이'(hack)도 아니고, '평범한 문인'(journeyman)도 아니고, '저널리스트'(journalist)도 아니다.][252] 고골은 엄청난 열정을 갖고 글을 쓰며 하늘 높이 날아갈지도 모른다. 고골은 자신이 러시아에 관한 [러시아인들은 보통 '러시아'라는 단어를 '인류애'(humanity)라는 단어와 동일시한다.] 중요한 작품을 집필하고 있다는 것을 자신과 다른 사람들이 받아들일 수 있도록 모든 노력을 기울이고 있었다. 그리고 그는 자신이 신비주의에 빠져있다고 빈정거리는 소문에 대해 극구 부인했다. 독자의 관점에서 볼 때『죽은 혼』1부를 발표한 이후의 시절은 '위대한 유산'(Great Expectations)[253]의 시기

252) 역주: 나보꼬프가 자신의 작가관을 설명하는 대목이다.
253) 역주: 찰스 디킨스(Charles J. H. Dickens, 1812~70)가 19세기 중엽 런던을 배경으로 한 장편소설『위대한 유산 Great Expectations』의 제목을 빗대어 사용한 것이다. 이 소설은 주인공 핍의 성장과정을 통해 당시 영국의 상류층에 대한 풍자와 비판을 담고 있

라고 규정지을 수 있다. 어떤 독자들은 사회의 부정과 부패에 대한 훨씬 더 명확하고 격렬한 고발을 기대하고 있었고, 또 다른 독자들은 웃음을 선사하는 흥미로운 이야기를 기대하고 있었던 것이다. 그런데 작가 고골은 유럽의 최남단에서 찾아볼 수 있는 돌[254]로 만든 차가운 방안에서 오들오들 떨고 있었던 것이다. 그리고 이제부터 자신의 삶은 너무나도 신성하기 때문에, 자신의 육체는 '지혜의 포도주'(wine of wisdom: 『죽은 혼』 2부를 지칭한다.)를 담고 있는 금이 간 토기항아리처럼 조심스럽게 다루어져야하고, 사랑도 받아야하고, 보살핌도 받아야한다고 친구들을 설득하고 있었다. 한편 고국에서는 고골이 로마에 있는 어떤 러시아 장군의 모험담을 다루고 있는 작품[255]을 (고골이 쓴 작품들 가운데 가장 우스꽝스러운 작품을) 완성했다는 기쁜 소식이 퍼졌다. 그런데 소각되지 않고 남은 『죽은 혼』 2부의 잔여분 가운데 사실상 최고의 백미가 익살스럽고 마치 로봇과도 같은 인물인 베뜨리쉐프 장군[256]과 관련된 구절이라는 점이 비극인 것이다.

4.

로마와 러시아는 고골의 비현실적인 세계에서 상호 긴밀한 연관성을 형성하고 있었다. 북쪽에 위치한 추운 러시아에 적응하지 못한 그의 몸상태를 고려할 때, 로마는 일종의 마법의 공간이었다. 이탈리아에 만발

는 작품이다.

254) 역주: 이탈리아 대리석을 지칭한다.

255) 역주: 『죽은 혼』 2부를 지칭한다.

256) 역주: 베뜨리쉐프(Бетрищев) 장군은 소각되지 않고 남은 『죽은 혼』 2부 2장에 등장하는 인물이다. 치치꼬프는 장군의 집을 방문해 그가 소유하고 있는 죽은 농노들을 매입한다.

한 꽃은 '코'(Nose)로 변신하려는 고골의 열정적인 욕망을 충족시켜 주었다.[257] 이탈리아의 꽃에 대해 고골은 다음과 같이 말했다. "나는 무덤가에서 아무런 도움도 없이 스스로 피어난 꽃들을 '존경한다.'(respect)" 즉 고골은 눈도, 팔도, 다리도 없는, '봄에 퍼지는 꽃향기를 맘껏 들이마실 수 있는 어마어마한 사이즈의 콧구멍을 가진' 거대한 코로 변신하려 했던 것이다. 그는 이탈리아에 살고 있을 때 특히 코를 많이 의식했다. 그리고 그는 이탈리아의 하늘에 대해 다음과 같이 말했다. "콜로세움의 아치를 통해 볼 때, 이탈리아의 독특한 하늘은 윤기 나는 은색에 짙푸른 색조를 띠고 있다." 왜곡되고 끔찍하고 마치 악마와도 같은 세상의 이미지로부터 일종의 휴식을 추구하면서, 고골은 '그림같이 아름다운'(picturesque) 공간이라고 주장하는 이류화가들의 로마를 주제로 한 작품에 공감을 표하며 지나칠 정도로 그들의 주장에 매달리고 있었던 것이다. "나는 당나귀들을 좋아한다. 건장하고 위풍당당한 이탈리아 여인들을 등에 태우고, 눈을 반쯤 감은 채 전속력으로 달리거나 천천히 걸어가는 당나귀들을 좋아한다. 당나귀들이 시야에서 사라질 때 그녀들이 쓴 하얀색 모자가 햇빛에 어른거리는 모습이 아름답다. 그림같이 아름답지는 않지만 녹색 빛이 감도는 갈색 우비를 입고 우쭐대며 발이 땅에 끌리는 것을 방지하기 위해, 두 다리를 당나귀 배에 밀착시키고 허리를 곧게 편 어떤 영국인 남자를 태우고 다소 힘들어하며 비틀거리면서 느릿느릿 걸어가는 당나귀의 모습도 아름답다. 그리고 블라우스를 입고 나무로 만든 그림물감 상자를 들고 '반다이크'[258]처럼 수염을 기른 어떤 화가를 태우고 걸어가는 당나귀의 모습도 아름답다."[259] 그런데 고골은 이런 종

---

257) 역주: 나보꼬프는 고골이 환상소설 『코』에 등장하는 꼬발레프 소령의 코처럼 되고 싶어 했다는 주장을 펼치고 있는 것이다.

258) 역주: 반다이크(Anthonis Van Dyck, 1599~1641)는 바로크시대의 화가이다. 네덜란드 출신인 그는 초상화에 뛰어난 재능을 갖고 있었다. 그의 자화상에서 볼 수 있듯이 멋진 턱수염과 콧수염을 기르고 있다.

류의 문체를 오랫동안 유지할 수가 없었다. 즐거운 마음으로 짧은 시간에 집필하기로 작정했던 어떤 이탈리아 신사의 모험에 대한 전통적인 방식의 소설은 그저 평범하고 일반화된 작품이 될 수밖에 없었던 것이다.[260] "어깨에서 '고풍스러움이 숨 쉬고 있는'(antique breathing) 다리까지, 그리고 '마지막 발가락'(last toe)에 이르기까지 당나귀의 모든 신체부위는 위대한 창조물이다." 글쎄, 어쩌면 그럴지도 모른다. 그런데 고골이 창조한 러시아에서 자신의 비참함을 혼잣말로 중얼거리고 있는 어떤 서글픈 하급관리의 헛기침소리와 점잔빼는 소리는 아무런 희망도 없이 고전적인 수사양식과 뒤섞이게 된다.[261]

5.

당시 로마에는 이바노프[262]라는 위대한 러시아 화가가 활동하고 있었다. 그는 자신의 대표작 『민중 앞에 나타난 예수』를 완성하는데 20년이 넘게 걸렸다. 단 한 가지만 빼고 그의 운명은 고골의 운명과 상당히 유사하다. 즉 고골은 『죽은 혼』을 완성하지 못했지만, 이바노프는 자신의 대작을 완성했던 것이다. 1858년 『민중 앞에 나타난 예수』가 처음 전시되었을 때, "이바노프는 전시장을 방문한 군중들에게 아무런 신경도 쓰

---

259) 역주: 고골이 로마에 머물면서 이탈리아 이류화가의 작품을 긍정적으로 평가한 글이다.
260) 역주: 나보꼬프가 고골의 『죽은 혼』 2부를 비꼬며 말하는 것이다.
261) 역주: 『죽은 혼』 2부에 대한 나보꼬프의 비관적인 생각을 표현한 문장이다.
262) 역주: 알렉산드르 이바노프(Александр А. Иванов, 1806~58)를 지칭한다. 화가인 부친으로부터 그림을 배웠고, 뻬쩨르부르그 미술아카데미를 수석으로 졸업했다. 1830년 정부장학금으로 이탈리아 유학을 떠났는데, 정치적 이유로 로마에서 생활하다 1858년에 귀국했다. 대표작으로 『민중 앞에 나타난 예수 Явление Христа народу』를 꼽을 수 있다.

지 않고 마무리 작업을 한 후, 자신의 작품 앞에 조용히 앉아 있었다."는 일화가 전해지고 있다. (20년 동안 작업 한 후에 이런 행동을 하다니!) 고골과 이바노프는 로마에서 상당히 빈곤하게 생활했다. 왜냐하면 이들은 생계를 돌보지 않고 오로지 작업에만 몰두했기 때문이다. 이들은 작품의 완성이 더디게 진행되는 것을 비난하는 참을성 없는 사람들로부터 지속적으로 들볶였다. 두 사람 모두 예민하고 까다로운 성격의 소유자였고, 제대로 교육도 받지 못했으며 세속적인 문제에 대해 어리석을 정도로 서툴게 대응했던 것이다. 이바노프의 작품에 등장하는 예수를 보고 고골은 "천상의 평화와 세상과 동떨어진 신성함을 드러내고 있는 예수가 당당하고 빠른 걸음으로 사람들에게 다가가고 있다..."고 말했다. 그는 이바노프의 그림에 자신이 아직 완성하지 못한 『죽은 혼』 2부의 종교적 메시지가 내포되어 있다고 생각했던 것이다. 즉 『죽은 혼』 2부에서 은빛이 감도는 이탈리아의 높은 성지로부터 예수가 출현한다고 생각했던 것이다.

알렉산드르 이바노프의 『민중 앞에 나타난 예수』

6.

『친구들과의 서신교환선』을 집필하는 동안 고골이 친구들에게 보낸 편지에는 상기에 언급한 문구가 포함되어 있지 않지만, 편지의 내용과 어조는 이 문구와 상당히 유사하다. (만일 편지에 이 문구가 포함되었다면, 아마도 고골은 고골이 아니었을 것이다.) 그는 일부 편지가 하나님으로부터 영감을 받고 쓰여진 것이라고 생각하며, 친구들에게 '사순절 주간에 매일'(daily during the week of Fast) 읽을 것을 요청했다. 그러나 편지를 받은 친구들 중 과연 어느 누가 고골의 요청을 순순히 받아들여, (가족들을 불러놓고 의식적으로 헛기침을 하면서) 마치 『검찰관』 1막에서 아주 중요한 편지를 읽어 내려가는 읍장처럼 행동했는지는 알 수가 없다. 고골이 친구들에게 보낸 편지에서 사용한 언어는 마치 독실한 기독교신자인체 하는 위선적인 패러디 수준에 가깝다. 그런데 이 편지에는 일부 아름다운 문구도 포함되어 있다. 예를 들어 고골이 매우 강렬한 세속적인 언어를 사용하여 자신을 기만했던 인쇄소에 대해 언급했을 때가 그러하다. 치밀한 계획을 세우고 친구들에게 요청한 그의 경건한 척하는 행동은 그들의 입장에서 볼 때 다소 귀찮고 성가신 주문이었다. 고골은 친구들을 자신의 노예로 만든 후, (잔심부름, 자신이 필요한 책을 사서 보내기, 비평기사를 복사하기, 그리고 인쇄업자와 흥정하기 등을 시키고) '죄인들'(sinners)에게 회개를 요구하는 아주 독특한 시스템을 개발했다. 그는 친구들에게 보상으로 『준주성범』[263]에 상세한 지침서를 동봉해서 보내주었을지도 모른다. 소화 장애를 앓고 있는 친구들에게 고골이 '물 치료법'(hydrotherapy)을 소개하는 문구는 ("아침 식사 전에 냉수 두 잔을 마셔라.") 이와 유사한 지침이라고 말할 수 있다.

---

263) 역주: 『준주성범(遵主聖範) De Imitatione Christi』은 중세 독일의 수도사이자 신비주의 사상가인 토마스 아 켐피스(Thomas à Kempis, 1380~1471)의 대표작이다. 이 작품은 예수를 본받는 방법을 기록한 신앙 수양서이다.

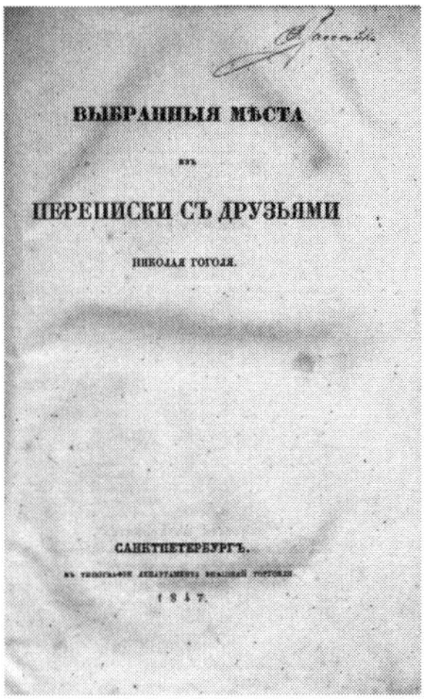

1847년에 발행된 『친구들과의 서신교환선』

"만사를 제쳐두고 내가 지시한 것을 이행하라."(Set aside all your affairs and busy youself with my own.) 고골은 주로 이런 식의 주문을 했던 것이다. 그는 매우 논리적인 방식으로 친구들에게 접근했고, 편지를 수신한 자들로 하여금 "고골을 돕는 자는 하나님을 돕는 것이다."(He who helps Gogol helps God.)라는 것을 믿고 따르게 만들었다. 그러나 고골이 이탈리아 로마, 독일 드레스덴과 바덴바덴에서 보낸 편지를 실제로 받은 사람들은 고골이 미쳐가고 있거나, 의도적으로 어리석은 짓거리를 하고 있다는 결론을 내렸다. 아마도 고골은 자신의 제왕적 권리를 주도면밀하게 사용하지 못한 것 같다. 예를 들어 그는 과거 자신을 공격했던 사람들에게 자신의 속내 일부를 보여주면서, 스스로를 하나님의 대변자로 자처했던 것이다. 비평가 뽀고진264)이 자신의 아내가 사망하자 너무나도 슬퍼하며 제정신을 잃었을 때, 고골은 그에게 다음과 같은 편지를 보냈다.

264) 역주: 비평가이자 역사학자인 미하일 뽀고진(Михаил П. Погодин, 1800~75)은 스쩨빤 쉐브이료프(Степан П. Шевырёв, 1806~64)와 더불어 대표적인 슬라브주의 비평가이며, 고골과 가깝게 지냈던 인물이다.

"교육이나 타고난 성품으로 훌륭한 인물이 될 수는 없습니다. 오직 예수 그리스도만이 당신을 훌륭한 사람으로 만들 수 있습니다. 이 말은 고인이 된 당신의 부인이 나를 통해 당신에게 말하는 것입니다." 이 편지에는 뽀고진을 향한 고골의 연민의 정이 아주 독특한 방식으로 드러나 있다. 악사꼬프[265]는 고골에게 책망과 충고를 던진 몇몇 안 되는 사람들 가운데 하나이다. 악사꼬프는 고골에게 다음과 같은 답장을 보냈다. "사랑하는 친구여! 나는 자네 신앙의 진정성과 친구들에 대한 자네의 선한 뜻에 추호도 의심을 하지 않네. 그런데 솔직히 말하겠는데, 자네가 표출하고 있는 신앙의 표현방식은 상당히 불쾌하고 못마땅하다네. 심지어 자네의 그런 방식에 메스꺼움을 느낄 지경이네. 지금 쉰 세 살인 나는 자네가 태어나기 훨씬 전에 토마스 아 켐피스의 작품을 읽었다네. 나는 다른 사람들의 믿음을 비난하지 않을 뿐 아니라, 그들의 믿음을 쉽게 받아들이지도 않는다네. 그런데 자네는 마치 내가 자네의 학생이라도 되는 것처럼, 내게 모닝커피를 마신 후 일정한 시간을 정해 놓고 토마스 아 켐피스가 쓴 『준주성범』을 하루에 한 챕터씩 읽으라고 선생님처럼 지시하고 있으니... 이건 정말 나를 짜증나게 만드는 터무니없는 요구이네..."

고골은 자신이 고안한 새로운 장르에 집착했다. 그는 자신의 모든 언행이 영적 감동에 의해 표출된 것이며, 자신이 받은 영적 감동은 『죽은 혼』 2부와 3부에 담길 신비스러운 본질을 드러낼 것이라고 주장했다. 뿐만 아니라 『친구들과의 서신교환선』은 독자들이 향후 집필할 『죽은 혼』 2부와 3부를 이해하고 수용할 수 있는 마음 밭을 일구기 위한 수단으로 간주했던 것이다. 따라서 고골은 자신이 독자들에게 친절하게 제공한 '디딤돌'(stepping stone) 작품[266]의 정확한 본질을 파악하지 못하고 있었던 것이다.

265) 역주: 역주 26번을 참조.
266) 역주: 『친구들과의 서신교환선』을 일컫는다.

『친구들과의 서신교환선』에서 다루고 있는 핵심 주제는 러시아 지주, 지방관리, 그리고 기독교인에 대한 고골의 충고이다. 그는 지주들을 지상에서 근면하게 살면서 천국에 대한 소망을 품고 중대한 임무를 띠고 있는 하나님의 대리인으로 간주했다. "당신(지주)들이 농민들에게 열심히 일하라고 종용하는 것은, 그들에게 필요한 것이 쾌락을 위한 돈이 아니라는 것을 알려주고, 그 증거로 즉석에서 지폐를 불태움으로써 돈이 아무런 가치도 없다는 것을 일깨워주고, ..."267) 멋진 장면이다. 지주가 현관에 서서 마치 마술사처럼 제스처를 취하고 빳빳한 새 지폐를 농민들에게 보여준다. 순수해 보이는 테이블 위에 성경책이 놓여있다. 어떤 소년이 불이 붙은 양초를 들고 서있다. 수염을 기른 농민들이 존경심과 긴장감이 범벅된 채 입을 딱 벌리고 그를 바라본다. 지폐가 불에 타면서 나비로 변할 때, 사람들은 경외감을 느끼며 웅얼거린다. 마술사는 손바닥을 비비면서 가볍게 그리고 기분 좋게 손을 턴다. 그리고 몇 마디 말을 지껄인 다음 성경책을 펼친다. 와우! 그 안에는 불멸의 진리가 들어있다.

검열관은 국가의 화폐를 제멋대로 소각함으로 정부에 대한 경멸을 표현했다고 판단하고 『친구들과의 서신교환선』 초판에 들어있는 상기에 언급한 문장을 정중하게 제거해 버렸다. 마치 『검찰관』에 등장하는 역사 교사가 갑자기 격분해서 국고(의자)를 파괴한 것을 비난하는 방식과 유사하게 제거해 버린 것이다. 이런 비유를 지속적으로 하고 싶어 하는 사람은, 어떤 의미에서 볼 때 『친구들과의 서신교환선』에 등장하는 고골이 자신의 작품에 등장하는 그로테스크한 인물들 가운데 한 사람으로 위장한 것일지도 모른다고 생각할 것이다. 고골이 지주들에게 제안한 교육제도는 학교도 필요 없고, 책도 필요 없고, 오직 지주와 시골 정교회 사제

---

267) 역주: 『친구들과의 서신교환선』 22번째 글 "러시아의 지주"(Русской помещик)에 실린 내용이다. (이글의 제목에서 고골은 русский 대신 русской를 사용했다.)

만 존재하면 된다는 것이다. “농민은 성경 외에 다른 책들이 있다는 것을 알 필요가 없다.” “시골 사제를 데리고 가서... 그를 영지의 관리인으로 삼아라.” 게으른 농민의 흉금을 찌르는 거친 욕설들이 또 다른 문장에 제시되어 있다. 그리고 아무런 연관이 없는 과장된 수사학적 표현들과 뽀고진을 비방하는 악의에 찬 표현들도 들어있다. “모든 인간이 부패한 쓰레기가 되었다.” 또는 “동포들(соотечественники)이여, 나는 두렵습니다.”라는 문장도 있다. 동포들이라는 단어는 ‘동료들’(comrades) 혹은 ‘신도들’(brethren)이라는 단어의 억양과 동일하게 또는 더 강렬하게 ‘써-어-쩨-체스뜨벤니끼’(saw-awe-tea-chesstvenikee)[268]로 발음해야 한다.

어째든 『친구들과의 서신교환선』은 엄청난 파장을 불러일으켰다. 당시 러시아의 여론은 민주주의 방식으로 조성되어 있었다. 덧붙여 말하자면 러시아는 미국을 상당히 동경하고 있었던 것이다. 그 어떤 황제도 이런 근간을 파괴할 수는 없었다. (이 근간은 훗날 소비에트 당국에 의해 파괴된다.) 그런데 19세기 중엽 러시아에서 일련의 시민사상이 태동하기 시작했다. 그 중 가장 급진적인 시민사상은 훗날 극악무도한 인민주의, 마르크스주의, 그리고 프롤레타리아 국제주의 등으로 변질된다. 그리고 농노제를 고수하며 진보와 개혁에 반대하는 민족주의자들은[269] 급진적인 시민사상가들과 다른 서클을 형성하고 있었다. 고골이 살던 시대에 ‘서구주의자들’(западники)이 진보와 개혁을 거부하는 수구세력을 능가하는 광범위한 문화적 발판을 마련했다는 점은 부인할 수 없다. 그런데 단순하게 비평가 벨린스끼[270]를 문학의 예술적 가치를 폄하하고 시민사상의 우월성만을 강조하는 60년대와 70년대 작가들의 선구자로 간주하는

---

268) 역주: 고골이 사용한 동포들(соотечественники)이라는 러시아어 단어를 ‘со-о-те-чественники’로 끊어서 발음하라는 것이다.

269) 역주: 슬라브주의자들(славянофилы)을 지칭한다.

270) 역주: 비싸리온 벨린스끼(Виссарион Г. Белинский, 1811~48)는 사실주의 비평가이자 서구주의 비평가이다.

것은 그리 적절하지 않다. (계통발생학적인 측면에서 볼 때 벨린스끼가 그들의 선구자였다고 말할 수는 있지만,) 그들이 주장하는 예술은 전혀 다른 의미를 갖고 있었다. 체르느이쉡스끼[271]와 삐사레프[272]는 대중에게 유익한 교본을 쓰는 것이, 자신들이 '순수한 예술'이라고 간주하고 있는 '대리석 기둥이나 요정을 묘사하는 작업'보다 더 중요하다는 논리를 전개했다. 그들은 민족적, 정치적, 그리고 속물적인 견해로 '예술을 위한 예술'(искусство для искусства)을 비난했던 것이다. 이처럼 자신들이 주장하는 선부른 개념을 수채화 물감으로 그린 선에 담긴 아름다움의 수준으로 끌어올리는 그들의 시대착오적인 논리전개방식은 일부 미국비평가들의 입장에서 볼 때 매우 우스꽝스러운 논쟁거리임에 틀림이 없다. 예술적 가치를 평가하는 비평가로서 많은 결점을 갖고 있는 벨린스끼는 진리와 자유에 대한 훌륭한 직감만을 소유하고 있는 시민이자 사상가에 불과했다. 그런데 아직 유아기에 머물고 있는 그의 직감은 그들의 정치적 소신에 의해 파괴될 가능성을 내포하고 있었다. 당시 벨린스끼의 컵에는 순수한 액체가 담겨져 있었다. 그런데 그 액체는 도브롤류보프,[273] 삐사레프, 그리고 미하일롭스끼[274]의 도움을 받고 가장 해로운 세균을 배양하는 액체로 변질되는 운명에 처하게 된다. 반면에 진흙탕에 빠져 허우적대고 있던 고골은 더러운 진흙웅덩이에 떠있는 기름기 있는 유약을 일종의 신비스러운 무지개로 착각하고 있었던 것이다. 『친구들과의 서신교환선』의 문제점을 낱낱이 파헤치며 고골에게 맹비난을 퍼부은 벨린스끼

271) 역주: 각주 95번을 참조.

272) 역주: 드미뜨리 삐사레프(Дмитрий И. Писарев, 1840~69)는 벨린스끼의 사상에 영향을 받은 인물로 유물론을 신봉하는 급진적 성향의 사상가이자 비평가이다.

273) 역주: 니꼴라이 도브롤류보프(Николай А. Добролюбов, 1836~61)는 벨린스끼와 체르느이쉡스끼의 영향을 받은 사상가이다. '예술을 위한 예술'을 전면 부정하고, 예술의 사회적 도덕적 가치를 최우선으로 간주한 급진적 성향의 사상가이자 비평가이다.

274) 역주: 니꼴라이 미하일롭스끼(Николай К. Михайловский, 1842~1904)는 나로드니끼 사상을 전개한 인물로, 러시아의 정치 및 경제개혁을 주장한 급진적 성향의 사상가이자 비평가이다.

의 유명한 편지는 소중한 기록물이다. 이 편지에는 짜르의 전제정치에 대한 맹렬한 비난도 담겨져 있기 때문에, 이 편지사본을 유포한 사람은 시베리아 유형지의 중노동이라는 엄벌에 처해졌다.[275] 고골은 자신이 재정적 도움을 받기 위해 귀족들에게 아부했다는 암시가 담긴 벨린스끼의 편지를 읽고 분개했다. 당시 기독교도인 고골은 '가난하지만 자존심이 있는'(poor and pride) 무신론자 벨린스끼를 상당히 경멸했다.

『친구들과의 서신교환선』에 심한 욕설과 빈정거림이 홍수처럼 넘쳐나고 있음에도 불구하고, 고골은 자신의 주장을 당당하게 고수했다. 고골은 이 작품이 '정신적으로 상당히 문제가 있는 상태에서 집필되었다는 점'과 '이런 부류의 작품을 집필하기 위한 경험은 부족하지만 악마의 도움을 받은 후 겸손함이 오만한 자기만족으로 변모되었다는 점'을 인정했다. (이 작품에는 고골이 스스로를 "흘레스따 꼬프처럼 행동하도록 내버려두었다."라는 표현이 들어있다.) 고골은 자신을 순교자로 간주하고 이 작품에서 순교자의 숭고한 정신을 강조하고 있는 것이다. 그리고 다음 세 가지 이유를 들며 이 작품의 중요성과 필요성을 피력하고 있다. 첫째 사람들에게 자신의 실체를 보여주기 위해, 둘째 사람들에게 그들 스스로의 실체를 보여주기 위해, 그리고 셋째 뇌우와 같은 방법으로 사람들의 일상적인 분위기를 정화시키기 위해 이 작품을 집필했다는 것이다. 이런 주장을 근거로 할 때 고골은『죽은 혼』2부를 수용할 여론을 미리 형성하려는 의도를 갖고『친구들과의 서신교환선』을 집필했다고 추정할 수 있다.

275) 역주:『친구들과의 서신교환선』을 읽고 분개한 벨린스끼가 1847년 7월 15일 독일 잘츠부르크에서 고골에게 보낸 편지를 일컫는다. 도스또엡스끼는 1847년 뻬뜨로쉡스끼가 주관하는 비밀모임에서 이 편지를 낭송한 죄로 사형을 언도 받았다가, 8년형으로 감형된 후 시베리아 유형지에서 4년간 중노동을 했다.

7.

오랫동안 해외여행을 하는 도중에 그리고 가끔 서둘러 러시아를 방문하는 과정에서 (마차 안에서, 여관에서, 친구의 집에서, 또는 그 밖의 장소에서) 고골은 자신의 최고 걸작[276]과 관련이 있는 자질구레한 내용들을 종잇조각에 기록했다. 때때로 그는 절근한 친구들에게 비밀리에 들려줄 『죽은 혼』 2부 원고의 일부 챕터를 몸에 지니고 있었을 것이고, 또 어떤 때는 아무 것도 갖고 있지 않았을 것이다. 가끔 어떤 친구가 『죽은 혼』 2부 원고의 일부 챕터를 일일이 필사했을지도 모른다. 그리고 고골은 아직 한 글자도 쓰지 않았지만, 자신의 머릿속에 모든 내용이 들어있다고 친구들에게 우겨댔을 지도 모른다. 고골이 사망하기 직전에 갖고 있던 『죽은 혼』 2부 원고가 완성되기 전에, 그가 수차례에 걸쳐 원고의 일부를 소각했다는 것은 분명한 사실이다.

그의 육체가 쇠약해지고 있었다는 점을 고려할 때 고골이 어떤 재주를 피우기 위해 비극적인 노력을 감행했을 지도 모른다. 마치 불임여성이 아이를 갖기 위해 중세교회의 칠흑 같은 어둠 속에 걸려있는 성모 마리아에게 간청하듯, 그는 『죽은 혼』 2부를 집필하는데 필요한 것들 — 집필능력, 하나님의 조언, 그리고 창의적인 상상력 — 을 얻고자 하는 목적으로 예루살렘을 여행했을지도 모른다. 그런데 고골은 자신의 계획과 달리 예루살렘 순례여행을 몇 년 동안 연기했다. 고골은 여행을 위한 영적 상태가 아직 준비되지 않았을 뿐 아니라, 하나님이 원하는 때가 아니었기 때문에 연기했다고 주장한다. "내가 여행할 길에 하나님이 설치해 놓은 장애물들을 미리 파악해야 한다." 고골이 순례여행(기독교인들의 순례여행이라기 보다 이교도들이 추구하는 여행에 가깝다)의 성공가능성을 최대한도로 끌어올리기 위해서는, 먼저 자신의 '영적 상태'(가톨릭

---

276) 역주: 『죽은 혼』 2부를 지칭한다.

교회에서 언급하는 은총과 유사한 의미)를 완벽하게 준비할 필요가 있었다. 게다가 여행길에 자신을 지루하게 만들지 않을 믿을만한 동반자도 필요했다. 그 동반자는 순례자의 변덕스런 감정에 맞춰 침묵할 때 침묵하고, 수다를 떨 때 수다를 떨어야 한다. 그리고 필요할 때마다 부드러운 손길로 여행용 담요를 순례자에게 덮어줘야 한다. 1848년 1월 마침내 그는 위험천만한 순례여행을 떠나게 된다. 그런데 이 여행은 이제까지 고골이 겪어본 적이 없는 참담한 실패로 끝나게 된다.

고골과 편지를 주고받는 충실하지만 따분한 친구들 중 한 사람인 연로한 나제쥐다 쉐레메쩨바[277] 부인이 고골을 모스크바 도시경계까지 배웅했다. 그녀는 고골에게 영혼의 평안함을 안겨주려고 부단히 기도를 하는 여인이었다. 고골이 도시경계를 지키는 경찰관들에게 제출한 여행허가서류는 아마도 완벽했을 것이다. 그런데 서류를 꼼꼼하게 점검하는 그들의 행동에 고골은 짜증을 냈다. 이처럼 성스러운 순례여행은 경찰관들에게 대했던 고골의 습관적이자 병적인 까다로운 태도로 시작되었다. 도시경계에서 고골과 헤어질 때 연로한 쉐레메쩨바 부인은 순례자에게 포옹을 하고 눈물을 흘렸다. 그리고 그녀에게 과잉 반응하는 고골을 위해 성호를 그었다. 바로 그 순간 경찰관은 다시 서류를 요구하며 도시를 떠나는 사람이 정확하게 누구냐고 물었다. 고골은 "이 노부인이요!"라고 소리치고, 난감해하는 쉐레메쩨바 부인을 남겨둔 채 마차에 올라탔다.

고골은 동네교회의 사제가 예배당에서 신도들에게 낭송할 수 있는 특별한 기도문을 모친에게 보냈다. 이 기도문에는 동방[278]의 강도들로부터 자신을 보호해 달라는 내용과, 바다를 횡단하는 동안 뱃멀미를 하지 않게 해달라는 내용이 들어 있다. 그런데 주님은 고골의 두 번째 요구는

277) 역주: 나제쥐다 쉐레메쩨바(Надежда Н. Шереметева, 1775~1850)는 시인 쮸체프(Фёдор И. Тютчев, 1803~73)의 이모이자 고골의 절근한 친구이다. 고골은 그녀를 자신의 영적 대모(духовная матерь)라고 불렀다.

278) 역주: 동방은 팔레스타인 지역을 일컫는 것이다.

수용하지 않았다. 고골이 타고 있던 변덕스러운 카프리[279])호가 나폴리와 말타 섬을 지나갈 때 그는 무시무시할 정도로 심한 뱃멀미를 했고, 이로 인해 "승객들이 몹시 당황해 했다." 나머지 순례여행에 대한 공식적인 기록은 특이할 정도로 거의 찾아볼 수 없다. 따라서 무슨 일이 일어났는지 알 수가 없다. 그가 예전에 스페인 여행을 조작했던 것처럼 팔레스타인 순례여행도 조작된 것이라고 주장하는 사람들도 있다. 수년간 계속해서 당신이 무언가를 할 것이라고 사람들에게 이야기하고 마음의 결정을 내리지 못한 채 괴로워할 때, 사람들로 하여금 당신이 그것을 행했다고 믿게 만들어주면 당신은 그 괴로움으로부터 해방되고 안도감도 느낄 수 있을 것이다.

"순례여행에서 내가 받은 마치 꿈같은 인상을 어떻게 당신에게 전할 수 있겠습니까? 나는 꿈속의 안개를 통해 성지를 보았습니다." (주꼽스끼에게 보낸 편지에서 인용) 우리는 사막에서 여행 동료인 바실리와 다투고 있는 고골을 바라본다. 고골은 사마리아 지방의 어느 곳에서 '수선화'(asphodel)[280])를 꺾었고, 갈릴리 지방의 어느 곳에서 양귀비도 꺾었다. (그는 루소[281])처럼 식물에 대해 모호한 감정을 갖고 있었다.) 고골이 나사렛에 도착했을 때 비가 내렸다. 고골은 비를 피할 수 있는 피신처를 찾아 그곳에서 두세 시간 머물렀다. "피신처에 앉아 있는 동안 내가 나사렛에 와있다는 것을 도저히 실감할 수 없었다." (고골이 앉아 있는 벤치 밑에는 암탉 한 마리가 쭈그리고 앉아 있었다.) "마치 내가 어느 러시아 마을의 역참에 와있는 것 같았다." 고골이 방문했던 성지들은 그가

---

279) 역주: 카프리(Capri)는 실제 선박명이 아니다. 나보꼬프가 변덕스러운 날씨를 강조하기 위해 선박명을 카프리(변덕이라는 뜻)로 명명한 것이다. 일종의 언어유희인 것이다.
280) 역주: 그리스신화에 나오는 낙원에 피는 꽃인데, 한번 피면 영원히 지지 않는다.
281) 역주: 앙리 루소(Henri Rousseau, 1844~1910)는 동시대 화가들과 달리 기이한 프랑스의 화가이다. 그는 환상적인 초사실주의 작품을 주로 제작했다. 그가 그린 초상화는 모델과 전혀 닮지 않았고, 그가 그린 식물은 실존하는 식물과 전혀 닮지 않았다.

꿈꾸어 왔던 신비스러운 세계와는 거리가 멀었다. 그 결과 과거 고골이 독일의 요양지에서 자신의 병든 육체를 치료했던 것과 달리, 팔레스타인 성지에서 자신의 병든 영혼을 치료할 수가 없었던 것이다.

8.

생애 마지막 10년 동안 고골은 『죽은 혼』 2부 집필에만 몰두했다. 하지만 그는 이전에 갖고 있던 무에서 생명을 창조하는 신비스러운 창작능력을 이미 상실한 상태였다. 그런데 만일 2부 집필을 위한 자료들이 미리 준비되어 있다면, 그것을 이용해 2부를 집필할 수 있는 능력은 보유하고 있었다. 비록 『죽은 혼』 1부와 같은 뛰어난 창작물은 만들어낼 수 없지만, 1부의 텍스트를 활용하여 2부를 새로운 방식으로 집필할 수 있다고 고골은 생각했다. 다시 말해 1부에 제시되어 있지 않은 어떤 명확한 목적을 2부에 새롭게 설정하겠다는 것이다. 그리고 이 목적은 1부에 소급적용할 수 있을 뿐 아니라, 2부의 창작을 위한 새로운 추진력도 제공할 수 있다는 것이다.

고골의 독특한 성격과 달리 그를 사로잡고 있는 기이한 망상은 거의 재앙수준이었다. 만일 어떤 작가가 "예술은 무엇인가?" 그리고 "예술가의 의무는 무엇인가?"라는 질문에 점점 관심을 집중하게 되면, 그는 작가가 가야할 길을 잃고 방황하게 된다. 고골은 병든 영혼들에게 조화와 평화를 제공하며 그들을 치유하는 것이 작가의 의무라고 판단했다. 이 치유 방법에는 설교와 교훈의 강력한 약제도 포함되고 있었다. 그는 자신의 작품에 러시아인들의 결점과 장점을 동시에 묘사해야한다고 생각했다. 그렇게 하면 독자들이 자신들이 갖고 있는 결점은 제거하게 되고, 자신들이 갖고 있는 장점은 보존하게 된다는 것이다. 2부의 도입부에서 고골은 등장인물을 '완벽할 정도로 선한'(wholly virtuous) 인물은 아니더라도, 1부에 등장하는 인물들보다 '더 중요한'(more important) 인물로 묘사하려고 노력했다. 고골은 출판업자들과 비평가들이 즐겨 사용하는 속어를 사용해서, 2부의 등장인물들에게 '인간미'(human appeal)를 부여하려고 노력했다. 만일 일부 등장인물들에 대한 작가의 '동정적인 태도'(sympathetic attitude)와 또 다른 일부 등장인물들에 대한 '비판적인 태도'(critical attitude)가 명확하게 제시되지 않는다면, 작가는 죄악을 범하는 결과를 초래하게 된다는 것이다. 따라서 두 종류의 태도가 명확하게 제시될 경우 겸손한 독자는 ['서술'(description)보다 대화체 형식으로 쓰여진 소설을 선호하는 독자, 왜냐하면 일상대화가 그 독자에게 '삶'(life) 자체이기 때문이다.] 자신이 어떤 것을 선택해야할지 깨닫게 된다는 것이다. 고골은 독자들에게 (고골이 상상하고 있는 독자들이라고 말하는 편이 더 나을 것이다.) 약속한 것을 실제로 이행했다. 고골은 '괴팍하고 허접한 성격'(petty traits of individual freaks), '거만한 속물근성과 기이한 성격'(smug vulgarities and oddities), 그리고 '고독한 예술가의 개인적인 시각을 통해 묘사되는 신성모독'(the sacrilegious medium of a lone artist's private vision) 등을 더 이상 사용하지 않고, 러시아인의 내면에 자리 잡고 있는 모든 능력의 풍부한 다양성과 이 다양성 속에 존재하고 있는 민족성의 충만함을 묘사할 것이라고 선언했다. 다시 말해 '죽은 혼'(dead souls)을 '살아있는 혼'(live souls)으로 만들겠다는 것이다.

상기에 고골이 (혹은 고골처럼 당혹스러운 의도를 갖고 있는 작가들이) 선언한 내용은 다음과 같이 간략하게 정리할 수 있다. "나는『죽은 혼』1부에서 독특한 세계를 창조했다. 그런데 지금은 내 상상력에 부합되는 이전과 다른 세계를 창조하여, 내가 상상하는 독자들과 '옳음'(Right)과 '그름'(Wrong)의 개념을 의도적으로 공유할 것이다." 이런 경우에 (고골뿐 아니라 대중잡지에 소설을 기고하는 작가들도 포함된다) 작가의 성공은 독자에 대한 작가의 비전이 독자가 갖고 있는 전통적인 관념에 (다시 말해 독자가 상상하고 있는 관념에) 얼마만큼 부합하는가에 달려있는 것이다. 뿐만 아니라 출판업자들이 심리적으로 위안을 주기 위해 정기적으로 제공하는 추잉검에 의해 지속적으로 그리고 조심스럽게 사육되고 있는 독자들의 개념과 얼마만큼 부합하는가에 달려있는 것이다. 그런데 고골의 입장은 그리 녹록치 않았다. 왜냐하면 첫째, 고골은 종교적 계시를 근거로 한 창작물을 집필하려고 애썼기 때문이다. 둘째, 상상속의 독자는 종교적 계시에 포함되어 있는 잡다한 디테일을 단순히 즐길 뿐 아니라, 작품을 통해 도움을 받고 개선되거나 완전히 갱생되어야하기 때문이다. 게다가 더 큰 문제는 속물의 관점에서 바라본 기괴함을 다루고 있는『죽은 혼』1부의 소재와, 충격적인 내용을 담고 있는『친구들과의 서신교환선』에 제시된 엄숙한 설교를 상호 결합시켜야한다는 것이다. (그런데 고골은 더 이상 새로운 문학장치를 창안할 능력이 없기 때문에, 또 다시 기괴함을 다룰 수밖에 없는 상황이었다.) 비록 고골이 등장인물을 '완벽할 정도로 선한'(wholly virtuous) 인물은 아니더라도 러시아인의 열정, 감정, 그리고 이상을 완벽하게 혼합한 '중요한'(important) 인물로 묘사하려 했지만, 작품을 집필하는 과정에서 그는 2부에 등장하는 인물들이 기괴함에 의해 차츰 오염되어가고 있다는 것과 도입부에 설정한 등장인물들이 악몽과도 같은 지주들과의 연관성 뿐 아니라 자신들이 거주하고 있는 자연환경과 밀접한 관계를 맺고 있다는 것을 깨닫게 되었다. 결과적으로 고골에게 남은 유일한 탈출구는 아주 명백하게 '선한'(good) 부류의 등장인물들을 창조하는 것뿐이었다. 왜냐하면 고골이 그 어떤 등장인물을 만들어낸다 하더라도, 그들의 불행한 혈통 때문에 독자들은 그들을 기괴한 형태를 띠고 있는 '완벽할 정도로 선하지 않은 인물들'(the not wholly virtuous)이라고 추정할 수밖에 없기 때문이다.

1847년 중세 암흑시대의 요하네스 크리스토무스[282])처럼 달변가이자 광신적인 사제였던 마뜨베이[283])는 고골에게 모든 작품 활동을 접고 자신뿐 아니라 자신과 생각이 같은 사제들이 알려준 '사후 세계'(Other World)를 준비하는 등 신자로서의 의무만을 이행하라고 충고했다. 만일 하나님이 부여한 글쓰기에 대한 충동에 따라 고골이 행동하는 것을 마뜨베이가 허락했다면, 고골은 『죽은 혼』 2부에 등장하는 인물들이 선하다는 것을 자신과 편지로 소통하고 있는 사람들에게 보여주려고 최선을 다했을 것이다. "흥미로운 스토리의 틀 속에서 다른 작가들이 묘사한 인물들보다 더 선한 인물들의 살아있는 예시를 왜 제공할 수 없단 말인가? 예시는 단순한 주장보다 더 강력한 힘을 갖고 있다. 그런데 이런 예시를 제공하기 전에 작가는 우선 선한 인물이 되어야할 뿐 아니라 하나님을 기쁘게 하는 삶을 살아야만 한다. 독자들이 다양한 장편과 단편소설을 많이 읽지 않았다면, 나는 글을 쓰겠다는 꿈을 품지 않았을 것이다. 비록 오늘날 대부분의 장편과 단편이 비도덕적이고 외설적인 경향을 띠고 있지만, 이 작품들이 독자들의 흥미를 유발시킬 뿐 아니라 이 작품들을 쓴 작가들이 재능을 겸비하고 있기 때문에, 독자들이 그들의 작품을 읽는 것이다. 나 역시 그들처럼 재능을 갖고 있다. 나는 자연과 사람들을 마치 살아 숨 쉬는 것처럼 묘사하는 재주도 있다. 그런데 내가 이런 재능을 갖고 있기 때문에, '하나님의 법칙'(Divine Law)에 따라 살고 있는 정직하고 신앙심이 깊은 사람들을 앞서 언급한 것처럼 흥미를 유발하는 비도덕적이고 외설스러운 방식으로 묘사하면 왜 안 된단 말인가? 나는 결코 돈과 명예를 위해 글을 쓰지 않는다. 이것이 바로 내가 글을 쓰는 주요 목적이라고 당신들에게 솔직하게 고백하고 싶다."[284]

---

282) 역주: 중세시대 콘스탄티노플 교회의 총주교를 역임한 요하네스 크리소스토무스(Johannes Chrysostomus, 347?~407)의 설교는 상당한 호소력을 갖고 있었다고 알려져 있다. 그의 별명 크리소스토무스는 그리스어로 '황금의 입'이라는 뜻이다.

283) 역주: 보수적 성향의 사제 마뜨베이 꼰스딴찌놉스끼(Матвей А. Константиновский, 1791~1857)는 러시아정교회의 설교자이자 선교사로 활동했다. 그는 구교도인들(староверы)을 박해한 인물로도 유명하다.

284) 역주: 나보꼬프가 독자들에게 자신의 문학관을 설명하는 내용이다.

단순히 교회를 만족시키기 위해 고골이 10년[285)]이라는 세월을 보냈다고 상상하는 것은 물론 터무니없는 생각일지도 모른다. 고골이 진정으로 하려고 했던 것은 '작가 고골'(Gogol the artist)과 '수도사 고골'(Gogol the monk) 모두를 만족시키는 그 무엇인가를 쓰는 것이었다. 그는 과거 위대한 이탈리아 화가들이 지속적으로 품고 있었던 생각에 사로잡혀 있었다. 훌륭한 수도원, 벽을 타고 올라가는 장미넝쿨, 그리고 유대인들이나 가톨릭 주교들이 쓰는 모자를 쓴 수척한 남자가 작업을 하고 있는 프레스코의 찬란하고 선명한 색채. 이런 것들이 바로 고골이 갈망했던 설정인 것이다. 고골은 이런 것들을 문학으로 변형시키려 애를 쓰면서 '죄'(Crime), '벌'(Punishment), 그리고 '구원'(Redemption)이라는 세 가지 주제를 사용하여 『죽은 혼』 1부, 2부, 그리고 3부를 각각 다루려고 했던 것이다. 그런데 고골의 이런 목적은, 고골의 독특한 천재성이 그가 자유롭게 설정한 극히 인습적인 계획을 아수라장으로 만들 수밖에 없기 때문이 아니라, 치치꼬프라는 인물에게 죄인의 역할을 강요했기 때문에 결코 달성될 수 없는 것이었다. 왜냐하면 치치꼬프는 죄인의 역할을 담당하기에 터무니없을 정도로 부적합한 인물이기 때문이다. 게다가 그는 사람의 영혼을 구원하는 일이 결코 발생할 수 없는 세계로 이미 진입한 상태였다. 그리고 『죽은 혼』 1부에 등장하는 인물들 가운데 고골이 동정심을 담아 묘사한 어떤 선한 사제[286)]는 파스칼[287)]이 행한 '외설적인 농담'(gauloiserie)을 할 수 없을 뿐 아니라, 스탈린이 소로[288)]가 집필한 내용을 자신의 마지

---

285) 역주: 고골은 1842년 『죽은 혼』 1부를 발표하고, 1843년부터 2부를 집필하기 시작했다. 그가 1852년에 사망했다는 것을 고려할 때 2부를 10년 동안 집필했다고 볼 수 있다.

286) 역주: 『죽은 혼』 1부 10장에 언급되고 있는 뜨루흐마쫍까 마을에 살고 있는 시도르(Сидор)라는 사제를 지칭하는 것으로 추정된다.

287) 역주: 파스칼(Blaise Pascal, 1623~62)은 프랑스의 수학자, 물리학자, 철학자, 그리고 종교사상가이다. 루이 드 몽탈트(Louis de Montalte)라는 필명으로 출판한 『시골 친구에게 부치는 편지 Lettres provinciales』에서 파스칼은 예수회 신학의 기만과 비도덕적인 윤리를 '외설적인 농담'을 사용하여 신랄하게 비판했다.

막 연설문에서 인용했던 것처럼 행동할 수도 없는 인물이기 때문이다

현재 보존되어 있는 2부의 몇몇 장[289]을 살펴보면 고골이 끼고 있는 마법과도 같은 안경의 초점이 흐릿해진 것 같다. 비록 치치꼬프의 시선이 (강렬하게) 앞에 펼쳐진 들판의 정중앙을 향하고 있는 것처럼 보이지만, 그의 시선이 초점으로부터 조금씩 벗어나고 있다는 느낌을 준다. 2부의 몇몇 장에 일부 뛰어난 구절들이 있지만, 이들은 단순히 1부의 구절들을 모방한 것에 불과하다. 그리고 검소한 지주,[290] 성스러운 상인,[291] 하나님처럼 공의를 행하는 공작[292]과 같은 '선한 인물들'(good characters)이 등장할 때, 독자는 그들이 마치 집안의 친숙한 물건들이 무질서하게 널 부러져 있는 저택을 취득하기 위해 몰려드는 이방인이라는 인상을 받게 된다. 내가 앞서 언급했듯이 치치꼬프의 사기행각은 범죄에 대한 패러디나 환영에 불과하기 때문에, 우리의 모든 발상을 뒤집어서 생각하지 않을 경우 그 어떤 '현실적인'(real) 징벌도 가능하지 않다. 결국 선한 인물들은 허구인 것이다. 왜냐하면 그들은 고골의 세계에 속한 인물이 아니기 때문이다. 따라서 치치꼬프와 그들의 만남은 독자들을 신경에 거슬릴 정도로 우울하게 만든다. 만일 고골이 결말부분에서 시베리아의 외딴곳에 (그곳에는 고골이 시베리아에 대한 정확한 이해를 구하기 위해 팔라스[293]가 쓴 『시베리아의 식물 Siberian Flora』을 공부했다는 파

288) 역주: 소로(Henry David Thoreau, 1817~62)는 미국의 시인이자 철학가이다. 자연에서의 자유로운 삶을 다루는 작품을 주로 집필했는데, 그의 대표작으로 1845년부터 2년 동안 월든 호숫가에서의 삶을 묘사한 『숲속의 생활 Walden』(1845~47)이 있다.

289) 역주: 현존하는 『죽은 혼』 2부는 1~4장 그리고 결론장으로 구성되어 있다.

290) 역주: 2부 2~4장에 등장하는 꼰스딴찐 꼬스딴조글로(Константин Ф. Костанжогло)를 지칭한다.

291) 역주: 2부 결론장에 등장하는 이반 뽀따쁘이치(Иван Потапыч)를 지칭한다.

292) 역주: 2부 결론장에 등장하는 공작(Князь)은 치치꼬프가 방문한 마을의 총독인데 치치꼬프를 감옥에 가두었던 인물이다.

293) 역주: 팔라스(Peter Simon Pallas, 1741~1811)는 독일 식물학자이자 동물학자이다. 1767년 예까쩨리나 2세에 의해 뻬쩨르부르그 과학아카데미 초빙되어 1774년까지 교환교수로 일했다. 그는 중앙러시아, 볼가 강 유역, 우랄, 서부시베리아, 알타이, 그리고 트

편적인 정보가 존재하고 있다.) 거주하고 있는 '어떤 선한 사제'(가톨릭 신부와 약간 유사한 부류의 사제)를 등장시켜 치치꼬프의 영혼을 구원하게 만들었다고 가정한다면, 그리고 치치꼬프를 외딴 수도원에서 일생을 마치는 쇠약한 수도사로 설정했다고 가정한다면, 눈 깜짝할 사이에 『죽은 혼』 2부의 결말부분을 소각한 고골의 행동은 그리 놀랄만한 사건이 아니라 당연한 행동이었다고 말할 수 있을 것이다. 마뜨베이 사제는 아마도 고골이 죽기 직전에 문학을 포기했다는 것에 대해 만족했을 것이다. 그러나 이 포기의 증거와 상징으로 여겨질지도 모르는 원고를 소각한 불길은 이와는 정반대의 의미를 내포하고 있다. 고골은 난로 앞에 쭈그리고 앉아 ("어디서?" 『Nikolai Gogol』을 발행할 출판업자가 내게 물었다. "모스크바에서" 내가 대답했다.) 눈물을 흘리며 자신이 오랫동안 애쓴 수고와 노력을 제거하고 있었던 것이다. 그는 완성된 작품[294]이 자신의 재능에 부합되지 않다는 것을 마침내 깨달았던 것이다. 그 결과 치치꼬프는 멋진 호숫가에 곳곳하게 서있는 전나무에 둘러싸여 있는 목조로 만든 예배당에서 경건한 죽음을 맞이하는 것이 아니라, 본연의 모습으로, 다시 말해 초라한 지옥의 파란 불꽃으로 복원되는 것이다.

랜스바이칼에서 동식물학을 연구했다.

294) 역주: 『죽은 혼』 2부를 지칭한다.

그가 당신에게 조그만 선물이라도 건넨다면 당신은 미칠 듯이 기뻐할 것이라고 치치꼬프는 생각했다. 그는 터무니없이 싼값에 그 혼들을 충분히 긁어모은 후, 공문서에 버젓이 살아있는 그 혼들을 저당잡힐 작정이었다. 내가 제안한 것처럼,(p.112) 실제 '살아있는 혼'의 밀거래를 허락하는 러시아정부가 윤리적인 잣대를 들이대며 '죽은 혼'(종잇조각에 기록되어 있는 추상적인 이름들)의 밀거래에 적극적으로 개입한다는 것은 상상도 할 수 없다. 그런데 『죽은 혼』 2부에서 치치꼬프를 인간미가 있는 죄인으로 그리고 러시아정부를 초인간적인 심판관으로 묘사하기 시작하면서 고골은 바로 이점을 완전히 놓쳐버리게 된다. 1부에 등장하는 인물들은 모두가 인간이하의 쓰레기일 뿐 아니라 고골 작품에 자주 등장하는 마귀세계에 살고 있는 악마와도 같은 존재이기에, 누가 누구를 심판한다는 것은 일고의 가치도 없는 일이다.

치치꼬프는 N이라는 마을에 등장하여 지방 유지들과 친분을 맺는다. 그리고 인근 대지주들을 방문하고 그들로부터 헐값에 죽은 혼들을 구입한다. 그가 만나서 거래했던 지주들은 다음과 같다. 경건한 척하며 점잔을 빼는 소바께비치, 나약하고 모든 일에 무관심한 마닐로프, 탐욕스러운 쁠류쉬낀, [좀벌레가 플러시(plush) 천에 구멍을 낼 때 나는 소리(plew-shkin)처럼 발음한다.] 미신세계와 현실세계의 완벽한 혼합물인 꼬로보츠까 부인, 그리고 난폭한 노즈드료프. (시끌벅적하게 떠들면서 남의 일에 참견하는 것을 좋아하는 사기꾼이며, 빠벨 치치꼬프처럼 불쾌한 인물이다.) 노즈드료프의 수다와 꼬로보츠까 부인의 경계심은 마을사람들로 하여금 '토실토실하게 살찐 모험가'(our plump adventurer), '시체를 죽도록 사랑하는 우리의 카사노바'(our necrophilous Casanova), '우리의 떠돌이'(our rolling stone), 그리고 '우리의 Mr. 치치꼬프'(our Mr. Chichikov)를 적대시하도록 만든다. 치치꼬프가 어떤 지주와 거래하고 또 다른 지주의 영지로 이동할 때마다 그는 고골이 작품에 끼워 넣은 경이로운 서정적 삽입문구들 — '풍경묘사'(landscape), '확장된 은유'

(expanded metaphor), 그리고 '마법사의 주문'(conjuror's patter) — 중 하나를 이용해서 마을을 빠져나간다. 『죽은 혼』에 관한 논의는 p.99~161 참조.

『죽은 혼』 2부는 단지 1장만이 현존하고 있다.[333] 몇몇 지주들을 방문하던 치치꼬프는 마침내 경찰관들과 마찰을 일으키게 된다. 비록 일부 구절은 훌륭하게 묘사되었지만, 작가의 종교적 메시지가 이 작품을 서서히 죽음으로 몰아넣는다.(p.188)

1842~1848년: 육체와 영적 건강을 회복하기 위해 이곳저곳을 여행함. 그러나 양쪽 다 회복하지 못함.

1847년: 『친구들과의 서신교환선』 발행.(p.182)

1848년 봄: 흐릿한 팔레스타인 순례여행.(p.186)

1848~1852년: 모스크바, 오데사, 바실리예프까(모친의 집이 있는 곳), 그리고 수도원들을 차례로 방문한 후 다시 모스크바로 귀환.

1852년 2월: 고골과의 마지막 만남에서, 험악하고 건장한 마뜨베이 사제는 기운이 없는 병약한 고골에게 "뿌쉬낀을 단념해라! 그는 죄인이며 이교도이다."라고 충고함.

1852년 2월 11일: "그날 밤 고골은 방에서 혼자 오랫동안 기도를 드리고 있었다. 새벽 3시에 그는 시중드는 소년을 불러 맞은편에 있는 방들이 따뜻한지 물어보았다. 당시 고골은 마뜨베이 사제를 광적으로 추종하는 알렉산드르 똘스또이 백작[334]의 모스크바 저택에 머물고 있었

333) 역주: 나보꼬프는 고골이 직접 쓴 『죽은 혼』 2부의 1장만을 인정하고 있다. 나머지 2~4장과 결론장은 고골 사후 지인들이 그의 제작노트를 참고하여 복원한 것이다. 자세한 내용은 김문황, "고골의 『죽은 혼』 연구", 『인문학지』, 충북대학교 인문학연구소, 2010을 참조.

334) 역주: 알렉산드르 똘스또이(Александр П. Толстой, 1801~73) 백작은 마뜨베이 사제와 절친한 사이였고, 1840년대 초반부터 고골을 적극적으로 후원했던 인물이다. 『친구들과의 서신교환선』에는 고골이 알렉산드르 똘스또이 백작에게 쓴 6편의 편지가 실려 있다. 편지의 제목은 다음과 같다. "질병의 의미", "우리의 교회와 성직자에 관한 몇

5.

가면의 극치

(The Apotheosis of a Mask)

1.

『외투』의 아까끼 아까끼예비치 삽화

"...어쨌든 그다지 뛰어난 점이 없는 어떤 사람이 있었다. 그의 얼굴에는 곰보자국이 나있고, 안색은 붉은색을 띠고 있으며, 앞을 잘 보지 못하는 근시안적인 눈을 갖고 있고, 앞이마는 대머리처럼 벗겨져 있고, 두 뺨에 나있는 주름은 대칭을 이루고 있는데 마치 치질환자의 그것과 비슷했다..."295)

"...그의 성(姓)은 '바쉬마츠낀'(Башмачкин)이다. 이 성이 '바쉬마끼'(башмаки, 단화)라는 단어에서 유래했다는 것은 분명하게 알 수 있다. 그런데 이 성이 언제, 어느 시대에, '바쉬마끼'에서 유래되었는지는 전혀 알 길이 없다. 바쉬마츠낀 가문의 모든 사람들은, 다시 말해 그의 아버지, 그의 할아버지, 그리고 '심지어'(даже) 그의 '처남'(brother-in-law, шурин)까지도

295) 역주: Н.В. Гоголь, 『Собрание сочинений в девяти томах』, том 3, Москва, Русская книга, 1994, с.109.

'장화'(сапоги)를 신고 다녔는데, 기껏해야 일 년에 세 번 정도 구두창을 갈아 신었다."[296]

2.

고골은 '기이한 인물'(strange creature)이다. 그런데 '천재'(genius)는 항상 기이하다. 과거 문학작품을 읽고 작가에게 고마움을 느끼는 독자들의 입장에서 볼 때, 자신들의 인생관을 훌륭하게 바꿔놓은 자는 다름 아닌 건전한 이류작가이다. 그런데 위대한 문학은 '비논리성'(irrational)의 주변을 맴도는 경향이 있다. 『햄릿』은 신경이 과민한 모범생의 허황된 꿈을 다루고 있다. 그리고 고골의 『외투』는 흐릿한 삶의 패턴에 블랙홀을 만드는 그로테스크하고 암울한 악몽을 다루고 있다. 피상적인 독자는 『외투』에서 어릿광대의 과장된 장난기와 웃음을 발견하게 될 것이고, 진지한 독자는 러시아 관료사회의 문제점을 고발하는 것이 작가의 숨은 의도라고 주장할 것이다. 그러나 웃음을 유발하는 작품이라고 생각하는 독자와 심각한 사회문제를 고발하는 작품이라고 주장하는 독자 모두 『외투』에서 고골이 진정으로 의도하는 바가 무엇인지 이해하지 못하고 있는 것이다. 『외투』는 상기에 언급한 두 부류의 독자를 위한 소설이 아니다. 이 작품은 독창적인 생각을 갖고 있는 독자를 위한 소설이다.

---

296) 역주: Ibid., p.109. 이 문단에 고골문학세계의 특징인 비논리, 불합리, 그리고 황당무계가 잘 묘사되어 있기 때문에 나보꼬프가 이 부분을 인용한 것 같다. 즉 이 문단에는 바쉬마츠낀 가문의 사람들이 장화를 신고 다녔기 때문에 단화라는 성을 갖게 되었다는 비논리적인 설명, 아까끼가 미혼인데도 불구하고 처남이 있다는 불합리한 주장, 그리고 생물학적으로 바쉬마츠낀 가문의 사람이 아닌 처남이 장화를 신고 다녔기에 그의 성이 바쉬마츠낀이라는 황당무계한 논리가 들어있다.

'균형이 잡힌 작품을 꾸준하게 집필한' 뿌쉬낀, '사실적이고 실질적인 문제를 다룬' 똘스또이 그리고 '절제된 작품을 집필한' 체홉은 자신들의 비이성적인 직관을 이용하여 문장을 애매모호하게 만들고 감추어진 의미를 드러내기 위해 갑작스럽게 초점을 전환하는 시도를 한 적이 있다. 그런데 고골의 작품은 이런 전환을 기저에 깔고 있다. 즉 고골 작품세계에는 이런 전환이 시도 때도 없이 발생한다는 것이다. 만일 고골이 전통적인 방식으로 두리뭉실한 작품을 썼다면 그리고 논리적인 방식으로 이성적인 주제를 다루었다면, 그는 자신의 모든 재능을 상실해 버렸을 것이다. 불후의 명작인 『외투』를 쓸 때 그랬던 것처럼 자신이 원하는 대로 자유롭게 사고하며 자신이 사유하고 있는 심연의 벼랑 끝에서 행복한 마음으로 작품을 집필했기에, 고골은 러시아가 배출한 가장 위대한 작가가 되었던 것이다.

작가들이 삶에 대한 이성적인 사고에서 갑작스럽게 그리고 삐딱하게 벗어나는 방식은 무척이나 다양하다. 위대한 작가는 자신만의 독특한 방식을 갖고 있다. 고골은 두 가지 방식 — '갑자기 무엇인가를 낚아채는 방식'(jerk)과 '미끄러지듯 활공하는 방식'(glide) — 을 혼합하여 사용했다. 우스꽝스럽게 그리고 갑작스럽게 열리는 자신의 발밑에 있는 작은 문을 상상해 봐라. 그리고 당신을 휙 들어 올린 후 쿵하는 소리를 내며 옆에 있는 함정으로 떨어뜨리는 '서정적 돌풍'(lyrical gust)을 상상해 봐라. '황당무계함'(the absurd)은 고골이 선호하는 뮤즈[297]이다. 그런데 내가 황당무계함이라고 말할 때는 '괴팍스러움'(quaint)이나 '익살맞음'(comic)을 뜻하는 것이 결코 아니다. 비참함의 정도와 단계가 다양한 것처럼 황당무계함의 정도와 단계도 다양하다. 고골의 경우 황당무계함의 정도와 단계는 비참함의 것과 유사하다고 말할 수 있다. 고골이 등장인

297) 역주: 뮤즈(Muse)는 고대 그리스로마 신화에 등장하는 문학, 음악, 그리고 예술을 관장하는 여신이다.

물들을 황당무계한 상황에 처하게 만들었다고 주장하는 것은 잘못된 것이다. 만일 어떤 사람이 살고 있는 세상 자체가 황당무계하다면, 그 사람을 황당무계한 상황에 처하도록 만들 수 없는 것이다. 다시 말해 '황당무계함'을 낄낄거리는 행동이나 으쓱대는 행동을 유발하는 의미로 사용할 수 없다는 것이다. 그러나 어떤 사람의 비참함이 인간의 상태를 의미한다고 생각한다면, 그리고 그 비참함이 비교적 덜 기이한 세계에 살고 있는 사람이 갖고 있는 가장 숭고한 열망, 가장 통렬한 고통, 그리고 가장 강렬한 열정과 연관이 있다고 생각한다면, 이를 극복할 수 있는 돌파구는 반드시 존재한다. 그리고 고골이 창조한 악몽과도 같은 무책임한 세상의 한가운데서 길을 잃고 방황하는 비참한 사람[298]은 일종의 '이차적인 대비'(a secondary contrast)를 통해 '황당무계한' 인물이 될 수 있는 것이다.

"재단사(뻬뜨로비치)의 코담배 상자의 뚜껑에 어떤 장군의 초상화가 그려져 있었다. 재단사의 엄지손가락에 의해 장군의 얼굴이 있어야 할 자리에 구멍이 나있었는데, 그 구멍 위에 네모난 종이가 붙여져 있기 때문에 그 장군이 누구인지 나(아까끼 아까끼예비치)는 알 수 없었다."[299] 이런 식으로 아까끼 아까끼예비치 바쉬마츠낀의 황당무계함이 묘사되고 있는 것이다. 우리는 어지럽게 빙글빙글 돌아가고 있는 가면들 중에 어느 한 가면이 인간의 얼굴이 될 것이라고 기대하지 않는다. 뿐만 아니라 어느 누구도 가면[300]이 붙여져 있는 곳이 얼굴이 있어야 할 자리라고 생각하지 않는다. 이처럼 고골의 세계를 구성하고 있는 가짜들이 난무하는 혼돈스런 세상으로부터 '인간의 본질'(essence of mankind)이 비이성적인 방식에 의해 탄생하고 있는 것이다. 『외투』의 주인공 아까끼 아까끼예비

298) 역주: 『외투』의 주인공 아까끼 아까끼예비치 바쉬마츠낀을 지칭한다.
299) 역주: Н.В. Гоголь, 『Собрание сочинений в девяти томах』, том 3, Москва, Русская книга, 1994, с.116.
300) 역주: 나보꼬프는 네모난 종이를 가면으로 해석하고 있다.

치는 황당무계한 인물이다. 왜냐하면 그는 비참하기 '때문이다.' 그리고 인간이기 '때문이다.' 그리고 그와 대비가 되는 강력한 포스에 의해 탄생했기 '때문이다.'

아까끼 아까끼예비치는 평범한 인간이 아니라 '비참한'(pathetic) 인간이다. 마치 이 작품이 단순한 익살극이 아닌 것처럼 그 역시 비참한 인간 그 이상이다. 이처럼 분명한 대비의 이면에는 미묘한 연결고리가 존재하고 있는 것이다. '그의 존재'(His being)는 마치 그가 속해있는 '꿈의 세계'(dream world)와 마찬가지로 가벼운 전율과 희미한 불빛을 드러낸다. 그리고 투박하게 채색된 스크린의 뒤편에 감추어져 있는 이 암시는 텍스트 표면에 드러난 다양한 구성과 예술적으로 결합된다. 그런데 19세기 사실주의 비평가들은 바로 이점을 완전히 놓쳐버렸다. 만일 당신이 창의적인 사고를 갖고 『외투』를 읽는다면, 텍스트의 이곳저곳에 천진난만하게 묘사되어 있는 구절에 어떤 부사나 전치사가 — 예를 들면 '~조차'(даже) 또는 '거의'(почти) — 문장의 흐름을 방해하지 않는 방식으로 교묘하게 삽입되어 있는 것과 이것들이 밤하늘로 솟구치면서 폭발하여 악몽과도 같은 불꽃놀이를 만들어내는 것을 발견하게 될 것이다. 그리고 다른 구절에서 갑자기 주제를 이탈하여 비논리적이고 불합리한 방향으로 흘러가는 일상적인 대화도 발견하게 될 것이다. 그리고 또 다른 구절에서 갑자기 문이 열리고 '포말을 일으키는 시'(foaming poetry)의 거대한 파도가 휘몰아치면서 점강법에 용해되거나, 패러디로 변하거나, 고골문학세계의 특징인 마법사의 주문으로 전환되는 현상도 발견하게 될 것이다. 지속적으로 모퉁이 뒤편에 잠복하고 있는 이런 현상들은 독자에게 황당무계하다는 느낌뿐 아니라 기발하다는 느낌도 줄 것이다. 그리고 독자는 사물의 '우스꽝스러운'(comic) 면과 '우주처럼 거대한'(cosmic) 면의 차이가 단지 하나의 치찰음[301]에 달려있다는 것도 발견하게 될 것이다.

---

301) 역주: 공기가 치아 사이의 좁은 틈을 통과하면서 발생하는 마찰을 이용해서 내는 소

3.

『외투』에 묘사되어 있는 무해한 문장들의 틈새를 통해 우리가 언뜻 감지할 수 있는 '기이한 세계'(queer world)는 도대체 무엇이란 말인가? 어떤 의미에서 그 세계는 진정한 현실세계라고 말할 수 있다. 그런데 그 세계를 감추고 있는 무대장치에 익숙한 우리의 관점에서 볼 때 그 세계는 상당히 황당무계한 세계로 여겨진다. 그리고 언뜻 감지할 수 있는 이런 틈새를 통해 온순한 하급관리인 『외투』의 주인공이 탄생했다는 것을 알 수 있다. 아까끼 아까끼예비치는 고골문학세계와 동떨어진 진정한 현실세계에 존재하는 비밀스러운 유령으로 구현된 것이다. 그는 온순한 하급관리이자, 유령이다. 그리고 우연히 하급관리로 변장하고 비참한 심연에서 현실세계로 방문한 손님인 것이다. 러시아의 진보적인 사실주의 비평가들은 아까끼 아까끼예비치를 사회적 약자로만 인식하고 『외투』를 사회고발작품으로 간주했다. 그러나 이 작품에는 그들이 생각했던 것보다 훨씬 더 큰 그 무엇인가가 내포되어 있다. 그리고 이 작품에서 발견할 수 있는 블랙홀과 틈새는 현실세계의 삶속에 존재하는 '돌풍'(flaw)을 암시하고 있다. 다시 말해 이 세상이 잘못 돌아가고 있고, 이 세상에 살고 있는 모든 사람이 자신에게 중요하다고 여겨지는 것만을 추구하는 경증 미치광이라는 것이다. 그리고 그들이 갖고 있는 황당무계한 논리적 추진력이 그들로 하여금 허황된 일을 지속적으로 하게 만든다는 것이다. 이것이 바로 이 작품에서 말하고 있는 진정한 메시지이다. 부질없는 겸손과 부질없는 권세처럼 허황된 것으로 가득찬 세계에서, 열정, 욕망, 그리고 충동이 가장 높은 수준에 도달한 상태가 바로 재단사들과 손님들이 무릎을 꿇고 열렬하게 숭배하는 '새 외투'(new cloak)인 것이다. 나는 지

리. 나보꼬프는 comic과 cosmic의 차이를 단지 치찰음(齒擦音, sibilant) /s/의 차이라고 말하고 있다.

금 도덕적인 교훈이나 윤리적인 견해를 말하고 있는 것이 아니다. 이런 세계에는 학생도 없고 선생도 없기 때문에 도덕적인 교훈이 결코 존재하지 않는다. 이 세계는 그냥 '존재하고 있는 것이다'(is). 그리고 이 세계는 이 세계를 파괴할 가능성이 있는 모든 것을 배척하고 있다. 그 결과 그 어떤 개선도, 그 어떤 투쟁도, 그 어떤 도덕적 시도도 결단코 '별의 항로'(course of a star)를 변경시킬 수 없는 것이다. 바로 이 세계가 고골의 세계인 것이다. 똘스또이의 세계, 뿌쉬낀의 세계, 체홉의 세계, 그리고 나의 세계[302)]와 전혀 다른 세계인 것이다. 고골의 작품을 읽은 후 독자는 '고골스럽게 변할지도'(gogolized) 모른다. 그리고 가장 예기치 않은 장소에서 고골세계를 일부 목격할 가능성도 있다. 나는 여러 나라를 여행했었다. 그곳에서 우연히 알게 된 어떤 사람의 열정적인 꿈이 바로 아까끼 아까끼예비치의 외투와 같은 것이었다.

4.

『외투』[303)]의 플롯은 매우 단순하다. 어떤 가난한 관리가 큰 결심을 하고 새 외투를 주문한다. 제작하는 동안 새 외투는 그의 인생의 꿈이 된다. 새 외투를 입고 외출한 첫날 밤 컴컴한 거리에서 그는 외투를 강탈당한다. 외투를 강탈당한 슬픔으로 인해 그는 사망한다. 그리고 그의 유령이 뻬쩨르부르그 도시에 출몰한다. 이것이 이 작품의 플롯이다. 그런

302) 역주: 나보꼬프의 문학세계를 지칭한다.

303) 『외투』의 러시아어 제목 쉬넬(Шинель)은 실을 꼬아 부드럽게 만든 실을 뜻하는 프랑스어 셰닐(chenille)에서 유래되었는데, 소매가 넓고 몸을 깊게 감싸는 망토 형태의 모피로 만든 카리크(carrick)를 뜻한다.
*역주: 카리크는 18세기 말 유럽에 등장한 긴 스타일의 남성용 코트를 뜻한다.

데 (고골의 작품이 항상 그렇듯이) 진짜 플롯은 고골의 문체 속에 그리고 비현실적인 에피소드의 이면에 존재하고 있다. 고골 작품의 진정한 가치를 인식하기 위해서는 전통적인 문학의 가치를 무시하고 고골의 초자연적인 상상의 길을 따라가면서 일종의 영적인 공중곡예를 해야만 한다. 고골의 세계는 어떤 의미에서 '우주 수축'[304]이나 '우주 폭발'[305]과 같은 현대 물리학의 개념과 연관이 있다고 말할 수 있다. 고골의 세계는 과거 끊임없이 회전하는 시계의 태엽장치와는 전혀 다른 세계이다. 우주 공간에 만곡(彎曲, curvature)이 존재하듯 그의 문학세계에도 만곡이 존재한다. 그런데 고골의 마법과도 같은 카오스의 세계 속으로 머리를 들이대며 과감하게 뛰어드는 러시아 독자들은 거의 없다. 뚜르게네프를 위대한 작가라고 생각하는 러시아인들, 그리고 차이꼽스끼[306]가 단순히 뿌쉬낀의 작품에 근거하여 비열하게 오페라 대본들을 썼다고 생각하는 러시아인들은, 고골의 신비스러운 바다에서 가장 잔잔한 파도 위로 노를 저으며 고골의 기발한 유머와 흥미진진한 재담을 즐기는 것이 고작일 것이다. 그러나 흑진주를 찾기 위해 다이빙을 하는 사람과 해안가의 그늘에 앉아있는 것보다 깊은 바다 속에 들어가 괴물을 잡는 것을 선호하는 사람은 『외투』에 존재하고 있는 우리의 상황이 비논리적이고 불합리한 자각 속에서 어렴풋이 인식되고 있는 또 다른 독특한 상황과 연결되어 있다는 흔적을 발견하게 될 것이다. 뿌쉬낀의 산문은 3차원의 세계이다. 그런데 고골의 산문은 최소한 4차원의 세계인 것이다. 고골을 그의 동시

---

304) 역주: 우주 수축(Concertina Universe)은 블랙홀(black hole)을 지칭하는 것으로 사료된다.

305) 역주: 우주 팽창(Explosion Universe)은 빅뱅(big bang)을 지칭하는 것으로 사료된다.

306) 역주: 차이꼽스끼(Пётр И. Чайковский, 1840~93)는 평생에 뿌쉬낀의 문학작품을 토대로 한 세 편의 오페라를 창작했다. 1878년 오페라 『예브게니 오네긴』, 1883년 서사시 『뽈따바 Полтава』를 토대로 한 오페라 『마제빠 Мазепа』, 그리고 1890년 오페라 『스페이드 여왕 Пиковая дама』을 발표했다. 차이꼽스끼는 『예브게니 오네긴』의 여주인공 따찌야나를 어린 시절 자신의 첫사랑인 프랑스인 가정교사의 분신으로 간주하며 그녀에게 연민의 정을 표현했다고 알려져 있다.

대인들과 비교할 때 그는 유클리드[307]의 이론을 반박하고 수많은 이론을 발표한 러시아의 수학자 로바쳅스끼[308]와 비교할 수 있다. (로바쳅스끼 이론은 약 100년 후 아인슈타인[309]에 의해 증명된다.) 유클리드가 주장하는 대로 평행하는 두 직선이 만나지 않는다면, 그 두 직선은 만날 수 없기 때문이 아니라 그 두 직선이 서로 다른 일을 하고 있기 때문인 것이다. 『외투』에서 드러난 고골의 문학세계는 평행한 두 직선이 서로 만날 뿐 아니라, 마치 물속에 비친 두 개의 기둥에 '파문'(ripple)이 일 때 일그러져 보이듯이 두 직선이 서로 꿈틀거리며 황당무계하게 얽혀있다는 것을 보여주고 있다. 고골의 재능은 바로 그 파문인 것이다. 2 더하기 2는, 5의 제곱근이나 4가 아니라, 5가 될 수 있다는 것이다. 고골의 세계에서는 이런 모든 것이 자연스럽게 발생한다는 것이다. 고골의 세계에는 합리적이고 논리적인 수학과 우리가 옳다고 믿고 있는 그 어떤 물리학의 법칙이 존재하지 않는다.

---

307) 역주: 유클리드(Euclid, B.C.330~B.C.275)는 "평면 위에서 직선 밖의 한 점을 지나 그 직선과 평행한 직선은 단 하나만 존재한다."라는 유클리드 기하학을 주장한 그리스 수학자이다.

308) 역주: 니꼴라이 로바쳅스끼(Николай И. Лобачевский, 1792~1856)는 수천 년 내려온 유클리드 세계의 벽을 허문 비(非)유클리드 기하학의 선구자이다. 그는 유클리드와 달리 직선 밖의 한 점을 지나 그 직선과 만나지 않는 직선을 그을 수 없다는 가정 하에, 비유클리드 기하학을 주장했던 것이다. 다시 말해 평면 위의 두 직선은 서로 만난다는 것이다.

309) 역주: 1915년 아인슈타인은 로바쳅스끼의 비유클리드 기하학을 근거로 하여 우주가 평평하지 않고 중력에 의해 휘어져 있다는 것을 주장을 펼치며 일반상대성이론을 발표했다.

5.

외투를 제작하는 과정을 거친 후 완성된 외투를 아까끼 아까끼예비치가 입은 행위는 아이러니하게도 '자신의 실체를 드러내기 위해' 외피를 '벗어 버리는'(disrobing) 행위인 것이다. 다시 말해 완전히 벌거벗은 유령의 상태로 되돌아가는 행위인 것이다. 이야기의 도입부에서부터 그는 불가사의할 정도로 아주 높이 점프하는 훈련을 하고 있었다. 그가 거리를 걸을 때 구두밑창이 달지 않도록 발끝으로 살금살금 걷는다거나, 도로 한가운데 있는지 아니면 사무실에서 정서를 하고 있는지 전혀 인식하지 못한다는 식의 악의 없는 디테일한 묘사들은 아까끼 아까끼예비치의 실체를 서서히 분해하는 역할을 한다. 그리고 이야기의 말미로 가면서 유령을 통해 그의 실체가 확연하게 드러나게 된다. 강탈당한 외투를 찾기 위해 뻬쩨르부르그 거리를 배회하는 그의 유령이 불행한 상황에 처한 자신을 돕지 않았던 '유력인사'(значительное лицо)의 외투를 빼앗는다는 이야기는 순진한 독자들에게 그저 평범한 유령이야기처럼 여겨질지도 모른다. 그런데 나는 『외투』의 마지막 장면에 기술된 이야기를 한 단어로 요약하여 표현할 수가 없다. 이 이야기는 '극치'(極致, apotheosis)이면서 동시에 이와 정반대의 의미를 갖고 있는 '급락'(急落, dégringolade)[310]이라고 말할 수 있다. 마지막 장면은 다음과 같다.

"유력인사는 두려움으로 인해 거의 숨이 끊어질 지경이었다. 자신의 사무실에서나 자신의 부하직원들 앞에서 언제나 위엄을 보여 왔던 인물이었다. 사람들은 그의 늠름한 태도와 외모를 보고 뭔가 소름끼치는 듯한 위엄을 상상하곤 했다. 그러나 지금 이 순간 (외모로 볼 때 엄청나게 강하다는 인상을 주는 사람들에게 흔히 그렇듯이) 그는 '심지어'(даже)

310) 역주: 나보꼬프는 급락, 추락, 폭락이라는 뜻을 갖고 있는 프랑스어 dégringolade를 사용하고 있다.

일종의 발작을 일으킬 정도의 공포에 사로잡혀 있었다. 그리고 그는 '심지어'(даже) 자신의 외투를 황급히 벗어던졌다. 그리고는 전속력으로 자신의 집으로 가라고 마부에게 고함을 쳤다. 대개의 경우 결정적인 순간에 터져 나오는 목소리를 들은 후, 그리고 '심지어'(даже: 이 단어가 반복해서 사용되고 있다는 점에 주목하라.) 훨씬 더 큰 효과를 유발하는 목소리를 들은 후, 마부는 어깨사이로 목을 움츠리고 채찍을 휘둘러 쏜살같이 마차를 몰았다. 6분쯤 지나 (고골의 특별한 시계에 의하면) 유력인사는 자기 집의 현관에 도착했다. 외투를 잃어버리고 겁에 질려 얼굴이 창백해진 그는 까롤리나 이바노브나 (유력인사의 정부)의 집으로 가는 대신 자신의 집으로 직행했던 것이다. 그는 비틀거리며 침대로 향했고, 말할 수 없는 불안 속에서 하룻밤을 지냈다. 이튿날 아침식사를 할 때 그의 딸이 그에게 '아빠, 오늘 안색이 좋지 않네요!'라고 말했다. 그러나 아빠는 아무 말도 하지 않았다. (이 부분은 성경에 나오는 우화의 패러디이다.) 그는 자신이 어제저녁 어디에 갔는지, 어디를 들르려고 했는지, 그리고 무슨 일이 일어났는지 한마디도 하지 않았다. 이 사건은 그에게 강렬한 인상을 심어주었다. (여기서 고골은 극적인 점강법을 사용해서 언덕 밑으로 미끄럼을 타기 시작한다.) 그는 부하직원들을 향해 '자네가 어떻게 감히 그럴 수가 있는가? 지금 자네 앞에 있는 사람이 누군지 알고 있는가?'라고 하는 말도 이전보다 훨씬 덜 사용하게 되었다. 그리고 설령 그런 말을 하더라도, 우선 그들의 사정을 들은 후에 했다. 그러나 이보다 더 중요한 것은 그날 밤 이후로 관리의 행색을 한 유령이 더 이상 출몰하지 않았다는 것이다. 아마도 유력인사의 외투가 그 유령에게 꼭 맞았기 때문일 것이다. 그리고 누군가의 외투가 강탈당했다는 이야기는 더 이상 들리지 않았다. 그런데 의심이 많은 사람들은 유령이 사라졌다는 말을 곧이 믿지 않았다. 그들은 도시의 변두리에 아직도 관리 행색을 한 유령이 출몰하고 있다고 주장했다. 뿐만 아니라 꼴로멘스꼬예의 초소에서 근무하고 있는 경찰관이 어느 집 뒤편에서 유령이 나타난 것을 두 눈으로 똑똑히 목격했다고 (논리적인 상황에서 갑자기 그로테스크한 분위기로 공중곡예를 하며 하강하고 있는 것이다.) 주장했다. 그런데 이 경찰관은 선천적으로 약골이었다. 언젠가 '보통의 엄지돼지 크기로 자란 돼지새끼 한 마리'(обыкновенный взрослый поросёнок)가 어느 주택에서 뛰쳐나와 그 경찰관의 다리를 들이받아 그가 넘어졌는데, 근처에 있던 마부들이 이 모습을 보고 배를 움켜쥐고 웃어댔다는 것이다. 그래서 그는 자신을 비웃은 죄로 마부들에게 담뱃값으로 일인당 '2꼬뻬이까'(грош)씩 걷어 들였다는 것이다. 유령을 멈춰 세울 용기가 없는 경찰관은 어둠 속에서 유령을 뒤따라갔는데, 갑자기 유령이 가던 걸음을 멈추고 뒤를 돌아보며, '심지어'(даже) 살아있는 사람의 주먹과 비교도 되지 않는 엄청난 크기의 주먹을 얼굴에 들이대며 '너 뭘 원하는 거야?'라고 묻자, 그 경찰관은 '아무것도 아닙니다.'라고 대답하고 되돌아갔다는 것이다. 그리고 엄청나게 큰 키에 덥수룩한 콧수염을 기르고 있는 이 유령은 오브호프 다리 쪽으로 걸어갔고, 얼마 후 어둠 속으로 완전히 사라졌다는 것이다."311)

이처럼 『외투』의 마지막 장면에서 폭포처럼 쏟아져 나오는 '뚱딴지같은'(irrelevant) 디테일한 묘사들은 (예를 들면 엄지돼지 크기로 자란 돼지새끼들을 농가가 아닌 개인 주택에서 볼 수 있다는 말도 안 되는 주장) 독자로 하여금 하나의 단순한 디테일조차 인식하지 못하게 하는 '최면술 효과'(hypnotic effect)를 양산해 낸다. (그리고 바로 이 효과가 이 작품의 백미인 것이다.) 고골은 이 장면에서 『외투』의 가장 중요한 핵심주제를 가면을 사용해 감추고 있는 것이다. (왜냐하면 모든 실체가 가면이기 때문이다.) 외투를 입지 않은 아까끼 아까끼예비치의 유령으로 간주된 인물은 사실상 아까끼의 외투를 강탈한 사람인 것이다. 그런데 아까끼 아

---

311) 역주: Н.В. Гоголь, 『Собрание сочинений в девяти томах』, том 3, Москва, Русская книга, 1994, с.135~36.

까끼예비치의 유령은 외투를 입지 않고 스스로의 힘에 의존한 채 존재하고 있었던 것이다. 반면에 이상야릇한 역설적인 상황에 푹 빠진 경찰관은 이 유령을 아까끼의 외투를 강탈한 사람이 아니라, 유력인사의 외투를 강탈한 사람으로 오인하고 있는 것이다. 이처럼 이 이야기는 하나의 '완벽한 원'(full circle)을 그리고 있다. 사과인 척하는 또는 행성인 척하는 또는 인간의 얼굴인 척하는 포즈를 취하고 있음에도 불구하고, 이 원은 다른 모든 원들과 마찬가지로 '악순환'(vicious circle)을 하고 있는 것이다.

이 작품의 이야기는 다음과 같은 순서로 진행된다. '중얼거림'(mumble), 중얼거림, '서정적 물결'(lyrical wave), 중얼거림, 서정적인 물결, 중얼거림, 서정적인 물결, 중얼거림, '환상적 클라이맥스'(fantastic climax), 중얼거림, 중얼거림, 그리고 이 모든 것을 파생시킨 '카오스로의 복귀'(back into the chaos). 최고의 경지에 도달한 문학작품은 패자를 동정하거나 승자를 저주하는 일에는 거의 관심이 없다. (마치 이름도 없고 소리도 없는 그림자들처럼) 다른 세계의 그림자들이 스쳐지나가는 '인간영혼의 비밀스러운 깊은 심연'(secret depth of the human soul)을 다루는 문학이 바로 최고의 경지에 도달한 예술인 것이다.

6.

인내심이 있는 독자들이 한두 명씩 늘어간다는 것은, 그들이 내 책에 관심이 있다는 증거이다. 내가 고골에 대해 이 글을 쓰는 목적은 명백하다. 직설적으로 다음과 같이 말할 수 있다. 만일 당신이 러시아에 대해 무엇인가를 진정으로 알고 싶다면, 그리고 쑥대밭이 되어버린 독일이 왜 다른 나라를 공습했는지 그 이유를 알고 싶다면, 그리고 '사상'(ideas),

'사실'(facts), 그리고 '메시지'(messages)에 관심이 있다면, '고골작품을 멀리하라!'(Keep away from Gogol). 고골작품을 읽기위해 러시아어를 배운다 하더라도 너무나 어렵기 때문에 당신은 당장의 현금보상은 받지 못할 것이다. 고골작품을 멀리하라! 고골작품을 멀리하라! 고골은 당신에게 할 말이 전혀 없다. '궤도에서 멀리 떨어져라!'(Keep off the tracks.) '고압전류가 흐르고 있다.'(High tension.) '오랫동안 관심을 두지마라!'(Closed for the duration.) '피하고'(Avoid), '자제하고'(Refrain), '아무것도 하지마라!'(Don't.) 여기서 나는 '금지'(vetos), '위협'(threats), 그리고 '차단'(interdictions) 등을 의미하는 모든 단어들을 열거하고 싶다. 물론 그릇된 방향으로 가고 있는 독자들은 이렇게까지 멀리오지 않기 때문에 그렇게까지 할 필요는 없다. 그러나 나는 올바른 방향으로 가는 독자들을 (나와 뜻을 같이하는 형제들, 그리고 나를 닮은 분신들을) 열렬히 환영한다. 나의 형은 오르간을 연주한다. 나의 누나는 독서를 한다. 그런데 "그녀는 나의 이모이다."(She is my aunt.)[312] 당신은 처음으로 러시아 알파벳, 순음, 설음, 치음, 그리고 '꿀벌'(buzz)이 내는 소리, '수벌'(drone)이 내는 소리, '땅벌'(bumblebee)이 내는 소리, '체체파리'(Tse-tse Fly)가 내는 소리를 닮은 문자들도 배우게 될 것이다. 당신은 어떤 모음을 '어어'(Ugh)[313]라고 발음해야 한다. 러시아어의 인칭대명사 격변화를 배우면서 당신은 멘탈이 붕괴되는 느낌을 받을 것이다. 그러나 이 방법 외에 (고골과 유사한 부류의 러시아 작가들을 포함하여) 고골을 이해할 수 있는 방법은 전혀 없다. 위대한 문학작품들이 그러하듯, 고골의 작품은 '사상의 현상'(phenomenon of idea)이 아니라 '언어의 현상'(phenomenon of language)인 것이다. 고골

312) 역주: 나보꼬프는 마치 고골처럼 갑자기 비논리적이고 황당무계한 문장을 삽입하고 있다.

313) 역주: 감탄사 ugh는 역겨움이나 불쾌감을 나타내는 의성어이다. 우리말로 '욱'이나 '웩'으로 표기할 수 있는데, 나보꼬프는 러시아어를 처음 배울 때 느끼는 거부감을 이 단어를 통해 암시하고 있는 것이다.

(Гоголь)은 '고-골'(Go-gall)[314]이 아니라 '고어-걸'(Gaw-gol)[315]이라고 발음해야 된다. 고골 이름의 마지막 자음 엘(ль)은 영어에는 없는 부드럽고 약하게 발음하는 연자음이다. 만일 어떤 독자가 자신이 읽고 있는 작품을 쓴 작가의 이름을 제대로 발음하지 못한다면 그는 그 작가의 작품을 제대로 이해할 수 없을 것이다. 이 책에서 내가 번역한 다양한 구절들은 빈약한 나의 영어를 토대로 하여 내가 할 수 있는 최상의 선택이었다. 나의 예민한 청각을 이용하여 내가 번역한 구절들이 어느 정도 완벽하다 할지라도, 내가 원어민 수준의 억양을 완벽하게 이해하지 못했다면 고골의 문학세계가 제대로 전달되지 않았을 수도 있다. 내가 이해하고 있는 고골 문학세계를 독자들에게 전달하려고 부단히 노력했지만, 고골 문학세계의 독특한 실체에 대한 확실한 증거는 제시하지 못했다. 내가 고골의 문학세계를 완벽하게 이해하지 못했다는 것을 내 가슴에 손을 얹고 독자들에게 고백한다. 그런데 고골은 정말로 작품을 썼다. 그리고 정말로 존재했었다.

고골은 1809년 4월 1일에 태어났다. 그의 어머니는 (그녀는 다음과 같은 형편없는 일화를 꾸며냈다.) 당시 유명한 작가인 까쁘니스뜨[316]에게 고골이 5살 때 쓴 시를 보여주었다고 주장한다. 고골의 시를 읽은 후, 까쁘니스뜨는 '이 경건한 부랑아'(the solemn urchin)를 끌어안고 고마워하는 고골의 부모에게 다음과 같이 말했다는 것이다. "만일 이 아이가 '선한 기독교인'(a good Christian)이 되어 '교사와 안내자'(teacher and guide)가 된

314) 역주: 영어 단어 gall은 부정적인 뜻을 갖고 있는 '뻔뻔스러움', '분개' 등을 의미한다. 나보꼬프가 이 단어를 의도적으로 선택했다고 추정된다.

315) 역주: 영어 단어 gaw는 '하나님'을 뜻하는 비속어이다. 나보꼬프가 이 단어를 의도적으로 선택했다고 추정된다.

316) 역주: 바실리 까쁘니스뜨(Василий В. Капнист, 1758~1823)는 18세기말 러시아사회를 풍자한 작품과 희곡을 집필한 작가이다. 대표작으로 『풍자 1 Сатира I』, 『처음이자 마지막 풍자 Сатира первая и последняя』, 그리고 희곡 『참소 Ябеда』 등을 꼽을 수 있다. 그는 18세기 유명한 고전주의 작가인 가브릴 제르좌빈(Гаврийл Р. Державин, 1743~1816)의 동서이다.

다면, 이 아이는 천재작가가 될 것입니다." 그런데 고골이 4월 1일에 태어났다는 것은 거짓이 아니라 사실이다.[317]

317) 역주: 나보꼬프는 고골이 '거짓말로 서로를 속이며 즐거워하는' 만우절에 태어났다는 것을 지적하면서, 그가 사실주의 작가가 아니라 비현실적인 작가라는 것을 역설적으로 표현한 것이다.

6.

해설 (Commentaries)

"글쎄요," 나의 출판업자[318]가 말했다...

아름다운 저녁놀이 삭막한 산등성이 사이에 황금빛 틈새를 만들었다. 그 틈새의 깊숙한 가장자리에는 전나무들이 속눈썹처럼 서있었다. 그리고 그 틈새의 더 깊숙한 곳에 있는 또 다른 산등성이의 희미하고 흐릿한 실루엣이 눈에 들어왔다. 우리는 유타(Utah)주에 있는 알파인(Alpine)호텔의 라운지에 앉아있었다. 인근 비탈길에 서있는 호리호리한 사시나무들과 오래된 폐광에 피라미드처럼 쌓여있는 희미한 물체들이 투명한 유리창을 통해 우리가 나누고 있는 대화에 살며시 끼어들었다. 마치 소바께비치의 집에서 바이런 풍으로 그려진 그림들이 치치꼬프와 소바께비치의 대화에 끼어들었던 것과 유사했다.

"글쎄요," 나의 출판업자가 말했다. "마음에 듭니다. 그런데 고골작품이 무엇을 이야기하고 있는지 학생들이 알아야 한다고 생각합니다."

내가 말했다...

"아닙니다." 그가 말했다. "그런 의미로 말한 것이 아닙니다. 학생들이 고골작품에 대해 많은 것을 알아야 한다고 말한 것입니다. 저는 '플롯'(plot)을 말하고 있는 것입니다. 학생들은 고골작품이 무엇에 '대해'(about) 말하고 있는지 알고 싶어 합니다."

내가 말했다...

"아닙니다. 그런 것 같지 않습니다." 그가 말했다. "저는 이 원고를 주의 깊게 읽어 보았습니다. 그리고 제 처도 꼼꼼하게 읽었습니다. 그런데 저희들은 이 원고에서 고골 작품의 플롯을 찾을 수가 없었습니다. 그리고 이 책의 뒷부분에 참고문헌이나 연보 같은 것도 포함시켜야 된다고 생각합니다. 그래야 학생들이 이 책을 읽는데 도움이 될 것입니다. 그렇지 않으면 학생들이 당황스러워하며 이 책을 읽지 않을 것입니다."

---

318) 1936년 뉴욕에서 New Directions 출판사를 설립한 미국 모더니스트 시인이자 출판업자인 제임스 라그린(James Laughlin, 1914~1997)을 지칭한다.

나는 현명한 학생이라면 훌륭한 백과사전이나 러시아문학 안내서에서 연대기나 주요 사건들의 목록을 찾을 수 있다고 말했다. 그는 모든 학생들이 현명하지 않다고 말하고, 그런 것들을 따로 찾아야하는 불편함 때문에 대부분의 학생들이 투덜거릴 것이라고 말했다. 나는 다양한 부류의 학생들이 존재한다고 말했다. 그는 출판업자의 입장에서 볼 때 오직 한 부류의 학생들만이 존재한다고 말했다.

블라지미르 나보꼬프

나는 진정한 플롯이 고골 작품의 텍스트 이면에 분명히 내재되어 있다는 것을 출판업자에게 열심히 설명했다. 나는 그에게 다음과 같이 말했다. "나는 이 책에서 진정한 플롯을 제공하고 있습니다. 고골의 이야기는 플롯이 있는 이야기들을 모방한 것입니다. 이를테면 평범한 나방의 외형을 저버리고, 마치 평범한 나비처럼 전혀 다른 모습으로 변모한 희귀하게 생긴 나방과 비슷한 것일지도 모릅니다."

"상관없습니다." 그가 말했다.

"아니면 흔히 찾아볼 수 없는 도마뱀이나 새와 비슷한 것일지도 모릅니다." 내가 말했다.

"예, 이해합니다." 그가 말했다. "완벽하게 이해합니다. 그런데 결국 플롯은 플롯입니다. 그리고 학생들은 고골 작품에서 무슨 일이 '일어나는지'(happen) 알아야만합니다. 예를 들어 제가 이 원고를 읽었음에도 불구하고, 『검찰관』을 직접 읽기 전까지 저는 이 작품이 무엇에 대해 이야기하는지 전혀 이해하지 못했습니다."

"『검찰관』에서 무슨 일이 일어났는지 말씀해 보세요?" 내가 물었다.

"글쎄요," 의자 뒤로 몸을 젖히면서 그는 말했다. "무슨 일이 일어났냐하면, 한 젊은이가 카드게임에서 돈을 다 잃었기 때문에, 어떤 읍에서 오도 가도 못하는 신세가 되었고, 이 읍에는 정치인들이 많았는데, 그는 돈을 마련하기 위해 자신이 그들을 사찰하라는 상부의 지시를 받고 파견된 정부 관리로 믿게 만든 후, 그들로부터 돈을 긁어모았습니다. 그리고 읍장의 딸과 사랑도 나누었고, 읍장의 와인도 마셨고, 판사, 의사, 지주, 상인, 그리고 모든 관리로부터 뇌물을 받은 후, 그는 진짜 검찰관이 도착하기 직전에 이 읍을 떠납니다."

내가 말했다...

"맞습니다. 물론 그렇게 생각할 수도 있겠죠." 내 말에 동조하며 출판업자가 말했다. "그리고 이 원고에는 『죽은 혼』에 대한 글도 있죠. 이 원고의 『죽은 혼』에 관한 부분을 읽고서도, 이 작품이 무엇을 말하고 있는지 도저히 이해할 수가 없었습니다. 제가 누차 말씀드리지만, 참고목록은 반드시 필요합니다."

"고골 작품의 번역서와 고골 비평서 목록을 말씀하시는 것이라면..." 내가 말했다.

"글쎄요," 출판업자가 말했다.

"만약 그것을 원한다면 문제는 아주 간단합니다. 버나드 거니[319]가 아주 훌륭하게 번역한 『죽은 혼』, 『검찰관』, 그리고 『외투』를 제외한 나머

319) 역주: 각주 138번을 참조.

지 것들은 터무니없을 정도로 왜곡된 번역물입니다."

바로 이때 코커스패니얼 강아지 두 마리, 누군가에게 조용히 호소하는 듯 보이는 푸른빛이 감도는 하얀색 눈과 땅에 끌릴 정도로 긴 귀를 가진 검은색 강아지 한 마리, 그리고 얼굴과 배가 분홍색으로 얼룩진 흰색 암캐 한 마리가 누군가 열어놓은 문을 통해 호텔의 라운지로 들어왔다. 그리고 그들은 자신들의 푹신한 발바닥을 이용하여 가구 사이로 비틀거리며 돌아다니기 시작했다. 그러자 누군가가 그들을 붙잡아 그들이 있던 테라스로 내쫓았다.

"그리고 영어로 쓴 고골 비평서들 가운데 미르스끼[320]가 고골에 대해 비평한 내용이 들어 있는, 뉴욕시의 노프(Knopf) 출판사에서 1958년에 발행한 『러시아문학사 History of Russian Literature』를 제외하고 나머지는 열거할 필요가 없을 정도로 형편없습니다. 물론 러시아어로 발행된 많은 비평서도 있습니다. 그중에 극히 일부만 훌륭하고 나머지는 '제정러시아를 묘사한 고골'(Gogol the Painter of Tsarist Russia), '사실주의자 고골'(Gogol the Realist), '농노제와 관료제를 비판한 고골'(Gogol the Great Opposer of Selfdom and Bureaucracy) 또는 '러시아의 디킨스, 고골'(Gogol the Russian Dickens)이라는 터무니없는 주장을 펼치고 있는데 하나같이 형편없습니다. 문제는 내가 이런 서적들을 참고문헌 목록에 열거해야 한다면, 나는 따분함을 달래기 위해 가상의 책제목들과 작가명들을 만들어서 여기저기에 삽입하는 작업을 할 것입니다. 이렇게 함으로써 당신으로 하여금 누가 도브롤류보프[321]인지, 누가 이바노프-라줌니끄[322]인지, 그

320) 역주: D.S. 미르스끼(Дмитрий П. Святополк-Мирский, 1890~1939)는 1921년 영국으로 이주하여 런던대학에서 러시아문학을 가르쳤다. 마르크스주의와 볼셰비키즘을 동경한 그는 1932년 소련으로 들어왔는데, 스탈린의 대숙청기간인 1937년에 내무인민 위원회(비밀경찰)에 의해 체포되어 강제노동 8년형을 언도 받았다. 그는 1939년 6월 강제노동수용소에서 사망했다.

321) 역주: 역주 273번을 참조.

322) 역주: 라줌니끄 이바노프-라줌니끄(Разумник В. Иванов-Разумник, 1878~1946)는 러시

리고 누가 오브샤노 꿀리[323]인지 모르게 만들 것입니다."

"아니 됐습니다." 출판업자가 서둘러 말했다. "고골 비평서 목록이 더 이상 필요하다고 생각하지 않습니다. 제가 원하는 것은 단지 시대 순으로 고골이 무슨 일을 했고, 어떤 작품들을 집필했고, 또 그 작품들이 무엇을 다루고 있는지 등을 간략하게 기술한 연보입니다. 이런 연보는 쉽게 만들 수 있다고 생각합니다. 그리고 고골의 초상화도 필요합니다."

"저도 오랫동안 고골의 초상화에 대해 곰곰이 생각해봤습니다." 내가 말했다. "좋습니다. 고골의 코 초상화를 게재합시다. 고골의 얼굴도 아니고, 어깨도 아니고, 오로지 코만을 그린 초상화를 게재합시다. 아주 크고 날카로운 고골의 코 말입니다. 동물학에서 궁금증을 유발하는 신체의 어느 중요부위를 크게 확대해서 잉크로 코의 윤곽을 깔끔하게 처리한 고골의 코 초상화 말입니다. 선(線)의 대가인 도부쥔스끼[324]에게 혹은 박물관 미술가에게 부탁해 보겠습니다."

"만약 그렇게 한다면 아무도 이 책을 사지 않을 것입니다." 출판업자가 말했다.

위 글의 내용은 이 책의 뒷부분에 첨부되어 있는 연보가 어떻게 해서 만들어졌는지를 설명해주고 있다. 이 연보는 상호 연관되어 있는 이런 저런 구절들을 찾아보면서 내 책에 푹 빠진 독자들을 위한 것이 아니라, 단지 고골의 생애와 작품들을 한눈에 훑어보고 싶어 하는 게으른 독자들을 위한 것이다. 이 책의 표지에는 고골의 초상화가 실려 있는데, 이 그림은 베레사예프[325]가 1933년에 러시아어로 출판한 『고골 전기 Гоголь в

아와 소련의 사회주의 비평가이자 작가이다.

323) 역주: 오브샤노 꿀리(Овсяно Кули)는 출판업자를 골탕 먹이기 위해 나보꼬프가 만든 가상의 작가 이름이다.

324) 역주: 므스찌슬라프 도부쥔스끼(Мстислав В. Добужинский, 1875~1957)는 러시아와 리투아니아의 화가이자 미술 비평가이다. 도시풍경을 묘사하는데 대가였다고 알려져 있다.

325) 역주: 비껜찌 베레사예프(Викентий В. Вересаев, 1867~1945)는 폴란드계로 러시아에

жизни』에 실린 초상화를 복사해서 실은 것이다. 내가 이 책에서 기술한 내용은 온전히 사실을 근거로 한 것이다. 즉 고골이 모친에 보낸 편지를 포함한 고골의 다양한 편지들을 근거로 하여 기술했다. 그리고 편지의 내용은 내가 직접 요약했다. 일부 러시아 비평가들이 한 두 차례에 걸쳐 나를 고골과 결부시켰던 일이 있었다. 그런데 그들이 나와 고골과의 연결고리를 다시 조사했을 때, 나는 이미 고골과 연결되어 있는 매듭을 풀어버렸고 내 상자 안에는 고골과 연관된 것이 아무것도 남아있지 않았다.

서 태어나 활동한 의사이자 비평가이다. 베레사예프는 필명이고 그의 본명은 스미도비치(Смидович)이다. 그는 19세기 작가인 뿌쉬낀, 고골, 도스또옙스끼, 그리고 똘스또이의 자서전을 집필했다.

7.

연보 (Chronology)

1809년 4월 1일: 우크라이나 뽈따바 현(縣) 쏘로친쯔이(Сорочинцы: '친'에 강세를 붙여라) 마을의 밝고 질퍽거리는 시장에서 출생.

1821년: 네쥔 고등학교 입학.(p.29)

1825년: 소지주이자 우크라이나의 아마추어 극작가인 부친 사망.

1828년: 고등학교를 졸업하고 뻬쩨르부르그로 상경. 북위 50°에서 60°에 이르는 거리. 즉 밴쿠버에서 카리부까지의 거리와 비슷함.[326] 그 해에 뚤라에서 레프 똘스또이 탄생.

1829년: 일관성 없이 직장을 찾아 이리저리 헤매다가 두 편의 시 — 서정시 『이탈리아 Италия』와 '전원시'(idyll)라고 명명한 분량이 길고 변변치 않은 『간쯔 뀨헬가르쩬』 — 를 발표.(p.30)

1829년 8월 1일: 『간쯔 뀨헬가르쩬』의 사본을 모두 거둬들여 소각함.(p.31)

1829년 8월~9월: 북부독일로의 변덕스러운 여행을 떠남.(p.48) 신속하게 돌아와 관리가 됨.(p.52)

1830년: 문학잡지에 우크라이나의 삶에 관한 단편들을 기고하기 시작.(p.52)

1831년: 공직생활에서 오는 혼란스러움과 우울함을 털어버리고 여학교에서 역사를 가르치기 시작. 여학생들은 그를 재미없고 고루한 교사로 평가.

1831년 5월 말: 뿌쉬낀(1799~1837, 가장 위대한 러시아 시인)을 만남.(p.55)

---

326) 역주: 밴쿠버(Vancouver)는 캐나다 서부 태평양 연안의 항구도시이다. 카리브 (Caribou)는 미국 메인 주에 위치한 마을이 아니라, 아이다호 주의 작은 마을 카리브를 지칭한다. 거리는 대략 1,000km이다.

1831년 9월: 유령과 우크라이나 사람들에 관한 이야기를 다루는 단편 모음집 『지깐까 근교 농가의 야회』 1부를 발표. 일부 비평가들은 매우 신선하고 흥미로운 작품으로 평가.(p.56)

1832년 3월: 상기 작품의 2부 발표. 2부에 실린 『무시무시한 복수』에는 드네쁘르 강에 관한 훌륭한 묘사가 있다.("바람 한 점 없는 잔잔한 드네쁘르 강은 아름답다." 등) 그리고 『이반 표도로비치 슈뽄까와 그의 이모』에서 고골 문학세계의 특징이 나타나기 시작.(p.59)

1834년: 문단의 친구들을 통해 뻬쩨르부르그 대학의 세계사 담당 조교수로 임명됨. 고골은 조심스레 준비했던 첫 번째 강의에서 두리뭉실한 시적 화술로 자신의 빈약한 지식을 성공적으로 감출 수 있었다. 그 후에 턱이 부어 말을 잘 할 수 없다는 것을 넌지시 암시하기 위해 볼에 반창고를 붙이고 강의실에 나타나곤 했다. 그리고 잔득 기가 꺾인 채 로마제국의 폐허에 관한 작은 그림들을 학생들에게 배포함.

1835년: 『미르고로드』라는 제목 하에 두 권의 단편집 발표. 문학적으로 특별히 뛰어나지는 않지만, 소름끼치는 이야기인 『비이』, 늙은 부부의 단조롭고 무기력한 유머, 나태, 폭식, 이기심 등을 감상적으로 묘사한 『옛 기질의 지주들』,(D.S. Mirky: History of Russian Literature, p.194 참조) 1833년 12월 2일 뿌쉬낀에게 읽어주었던 고골의 가장 유머러스한 작품 『이반 이바노비치와 이반 니끼포로비치가 어떻게 싸웠는가에 관한 이야기』,("매우 독창적이고, 대단히 재미있었다." 뿌쉬낀의 논평) 상당히 허구적으로 묘사한 까자끄인들의 모험을 멜로드라마 형식으로 집필한 『따라스 불바』. 고골은 마치 코르네유의 『르 시드』[327]에 등장하는 우크

327) 역주: 코르네유(Pierre Corneille, 1606~84)는 프랑스의 극작가이다. 그는 스페인 극을 모방한 『르 시드 Le Cid』를 1836년 파리에서 초연했다. 사랑하는 남여 주인공이 명예와 의무감 때문에 서로가 적이 된다는 이야기를 다루고 있다. 이와 반대로 『따라스 불바』는 사랑 때문에 부친과 조국을 배반하는 까자끄 안드리(Андрий)가 등장하는 허

라이나인으로 위장한 스페인사람처럼, 또는 헤밍웨이가 묘사한 스페인사람들처럼 까자끄인들을 묘사했다. 같은 해 고골은 에세이와 단편들을 한데 묶은 작품집 『아라베스끼』를 발표. 이 작품집에는 『넵스끼 거리』,(p.35) 『광인일기』,(p.15~16)(이 작품의 마지막 단락이 『Nikolai Gogol』의 맨 앞에 있다.) 그리고 『초상화』(초상화의 인물이 소생한다는 이야기) 등이 담겨있다. 거의 같은 시기에 상상을 초월한 악몽을 다룬 단편 『코』를 집필. 도시에 살고 있는 한 불행한 인물에 대한 이야기로 주인공의 얼굴에서 저절로 떨어져 나간 코가 거리를 활보한다. 마치 당신은 꿈속에 나타나는 인물이 아무개라는 것을 알고 있지만, 그와 안면이 전혀 없거나 아무 상관이 없는 인물처럼 보이더라도 결코 혼란스러워 하는 일은 없을 것이다.(p.25) 그리고 두 편의 드라마 『검찰관』(p.63)과 『결혼 Женитьба』을 집필. 후자는 약혼녀와 결혼식을 올리기로 작정하고 연미복을 주문한 어떤 남자가 결혼을 망설이다가 마지막 순간 창문을 뚫고 탈출한다는 다소 허황된 희극이다. 고골작품에 등장하는 남자주인공은 여성과 함께 멀리 달아나지 못한다.

1835년 12월 18일: "나와 뻬쩨르부르그 대학은 서로 상대방의 얼굴에 침을 뱉고 헤어졌다. 난 다시 자유로운 까자끄가 되었다."(뽀고진에게 보낸 편지에서)

1836년 1월 30일: 주꼽스끼(1783~1852, 러시아 낭만주의문학의 대부이자, 독일과 영국의 시를 번역한 위대한 번역가)의 저택에서 개최된 파티석상에서 『검찰관』 대본을 낭독.

1836년 5월 1일: 『검찰관』 첫 번째 공연.(p.65)

1836년 6월: 관객들의 반응에 발끈 화를 내고 외국으로 떠남.(p.95)

구적인 이야기를 다루고 있다. 자세한 내용은 김문황, "따라스 불바 연구: 의도적 변형" 『어문논총』, 동서문학회, 2007을 참조.

"그 후 12년 동안(1836~48) 외국에서 생활했고, 간간히 잠시 러시아를 방문함."(D.S. Mirky: p.186 참조)

1836년 10월: 스위스 브베(Vevey). 여기서 1836년 5월 뻬쩨르 부르그에서 계획했던 『죽은 혼』 1부를 집필하기 시작.

1836년~1837년 겨울: 파리. 고골은 '부르스 광장'(Place of de la Bourse)과 '비비안 거리'(rue Vivienne)의 모퉁이에 위치한 집에 거주하고 있었다. 여기서 『죽은 혼』 1부의 대부분을 집필. "브라우닝의 문이 웰슬리대학 도서관에 보존되어 있다."(Browning's door is preserved in the library of Wellesley College.)[328] 따스한 날이면 치치꼬프를 데리고 '튈르리 궁전'(Tuileries)의 가로수 길[329]을 산책했다. 참새들과 회색 동

---

328) 역주: 나보꼬프는 고골과 전혀 연관이 없는 이 문장을 연보에 쌩뚱맞게 삽입했다. 그리고 독자들에게 이 문장에 대한 궁금증을 유발시킨다. 독자들로 하여금 수수께끼 같은 이 문장을 해석하도록 유도하고 있는 것이다. 이것이 바로 나보꼬프가 즐겨 사용하는 예술기법이다. 소설의 정형화된 체계를 거부한 나보꼬프는 예기치 않은 장면, 게임, 수수께끼, 속임수 등을 제시하며 독자들에게 혼돈을 불러일으킨다. 그리고 이런 장치를 통해 독자들로 하여금 작품에 몰입하게 만드는 것이다.

나보꼬프는 눈에 보이는 현실세계가 속임수와 수수께끼가 가득하기 때문에 작가 역시 작품에서 속임수와 수수께끼를 쓸 수밖에 없다고 주장한다. 그의 소설, 다시 말해 그의 메타픽션(Metafiction)에는 기존의 의미와 질서를 뒤집기 위한 패러디가 사용되고, 전통적인 소설형식이 해체되고, 전통적인 플롯이 사라지고, 전통적인 의미의 주인공도 존재하지 않는다. 이런 예를 가장 잘 보여주는 작품이 1941년에 발표한 장편 『The Real Life of Sebastian Knight』이다.

이 문장에서 언급한 Browing은 로버트 브라우닝(Robert Browning, 1812~89)과 그의 부인 엘리자베스 브라우닝(Elizabeth Browning, 1806~61)을 지칭한 것이다. 전자는 독백을 사용하여 등장인물들의 복잡한 심리를 묘사한 영국의 극작가이자 시인이다. 그는 나보꼬프처럼 블랙 코미디와 같은 아이러니하고 난해한 작품을 썼다. 후자는 포(Edgar Allan Poe, 1809~49)에게 영향을 끼친 영국의 여류시인이다. 그리고 나보꼬프가 1941~1948년 교수로 재직했던 웰슬리대학의 도서관에는 '브라우닝 부부 기념관'이 있다. 이곳에는 브라우닝 부부가 출판한 작품들의 초판, 필사본, 그리고 두 사람이 주고받은 서한 등이 보존되어 있다. 나보꼬프가 이 문장에서 사용한 '문'은 그들의 작품을 뜻할 뿐 아니라, 브라우닝 부부의 작품세계로 들어가는 소통과 이해의 관문이라는 뜻도 내포하고 있다. 사족을 덧붙이자면, 이 문장을 번역하는데 거의 일주일이 걸렸다.

329) 역주: 19세기 국민악파 작곡가인 무소르그스끼(Модест П. Мусоргский, 1839~81)는

상들.

1837년 초: 로마. "나의 삶과 내 최고의 환희는 뿌쉬낀과 함께 소멸되었다."(뻬쩨르부르그에서 벌어진 뿌쉬낀의 결투와 죽음에 관한 소식을 접하고 뽀고진에게 보낸 편지)

1838년 봄: 로마. 폴란드인 가톨릭신자 두 명은 고골을 가톨릭으로 개종시켰다고 판단하고 가톨릭본부에 보고서를 제출했다. 그러나 비평가 베레사예프(1867~1945)는 고골이 당시 폴란드인 가톨릭신자 두 명을 기만했다고 주장한다.(В.В. Вересаев, Гоголь в жизни. Москва-Ленинград, Академия, 1933, с.190 참조) 고골은 재력가인 그의 친구 지나이다 볼꼰스까야 공작부인[330](열렬한 가톨릭 신자)이 로마를 떠나자마자 그들과의 관계를 단절했다고 주장.

1839년 5월: 로마에서 결핵으로 죽어가고 있는 젊은 공작 요십 비엘고르스끼[331]와의 짧은 로맨틱한 우정. 비엘고르스끼의 침대 머리맡에서 함께 보낸 시간은 고골의 단편(斷篇)『별장에서의 밤 Ночи на вилле』[332]에 묘사된 비애 속에서 강렬하게 메아리친다.

1874년 자신의 절근한 친구인 화가 가르뜨만(Виктор А. Гартман, 1834~1873)의 죽음을 추모하는『전람회의 그림 Картинки с выставки』을 발표했다. 무소르그스끼는 이 작품의 세 번째 곡 "뛸르리 궁전"에서 아이들과 부모가 뛰노는 모습을 묘사했다.

330) 역주: 지나이다 볼꼰스까야(Зинаида А. Волконская, 1792~1862)는 1829년 가톨릭으로 개종한 인물이다. 식견과 미모를 겸비한 그녀는 뿌쉬낀, 뱌젬스끼, 뽀고진 등과 가깝게 지냈으며, 젊었을 때는 알렉산드르 1세의 정부였다. 지인들을 가톨릭으로 개종시키려고 노력한 인물인데, 니꼴라이 1세는 그녀가 개종하고 모스크바를 떠나 로마에 상주한 것을 달가워하지 않았다.

331) 역주: 비엘고르스끼(Иосиф М. Виельгорский, 1817~39)는 주꼽스끼, 뿌쉬낀, 그리고 고골과 친분이 있는 미하일 비엘고르스끼(Михаил Ю. Виельгорский, 1788~1856) 백작의 아들이고 당시 황태자인 알렉산드르 2세의 친구이다.

332) 역주: 고골 비평가 칼린스키는 이 작품을 근거로 고골이 동성애자라는 주장을 펼치고 있다. 자세한 내용은 Simon Karlinsky, *The Sexual Labyrinth of Nikolai Gogol*, Chicago: The University of Chicago Press, 1976을 참조.

1839~1840년 겨울: 러시아로 귀환. 러시아문단의 친구들 앞에서 『죽은 혼』 1부 1장을 낭독.

1840년 4월: "자기 마차가 없는 사람들 가운데 나와 함께 비엔나로 여행하고자 하는 사람은 연락바람. 여행비용은 공동부담." (《모스크바 신문 Московская газета》에 실린 광고)

1840년 6월~1841년 10월: 이탈리아로 귀환. 로마에서 활동하고 있던 러시아화가들과 지냄. 단편 『외투』 완성.(p.197)

1841~1842년 겨울: 러시아로 귀환.

1842년: 『죽은 혼』 1부 출판.(p.99) 고골이 살고 있던 시기에 당신이 러시아의 지주라면, 당신은 농노를 팔거나 살 수 있을 뿐 아니라 저당 잡힐 수도 있다. 가축의 수를 '두'(頭)로 헤아리는 것처럼 농노들은 '혼'(душа)으로 불려졌다. 만일 당신이 백 개의 혼을 가지고 있다면, 당신이 별 볼일 없는 이류 시인이라는 의미가 아니라 소지주라는 것을 뜻한다. 정부의 관리는 당신이 소유한 농노의 수를 조사한다. 그리고 당신은 농노들에 대한 인두세를 지불해야만 한다. 비록 당신이 소유한 농노들 중 하나가 죽었다고 하더라도, 당신은 다음번 인구조사 때까지 그 죽은 농노에 대한 인두세를 지속적으로 지불해야만 한다. 왜냐하면 그 죽은 '혼'(душа)이 명단에 남아있기 때문이다. 비록 당신은 그 죽은 혼의 생체기관인 팔과 다리를 더 이상 사용할 수는 없지만, 당신이 잃어버린 그 혼은 공문서의 '극락세계'(Elysium)에 여전히 살아있는 것이다. 그리고 다음번 인구조사가 행해질 때 비로소 그 혼이 말소된다. 이처럼 그 혼의 불멸성이 지속되는 동안 당신은 반드시 그 혼에 대한 세금을 지불해야만 한다. 『죽은 혼』에서 치치꼬프의 계획은 필연적으로 늘어만 가는 죽은 혼들을 당신으로부터 사들인 후, 그가 당신대신 죽은 혼들의 인두세를 지불해 준다는 것이다. 죽은 혼들을 명단에서 제거해주면 당신은 기뻐할 것이고, 거래가 성사될 때 그가 당신에게 조그만 선물이라도 건넨다면 당신은 미칠 듯이 기뻐할 것이라고 치치꼬프는 생각했다. 그는 터무니없이 싼값에 그 혼들을 충분히 긁어모은 후, 공문서에 버젓이 살아있는 그 혼들을 저당잡힐 작정이었다. 내가 제안한 것처럼,(p.112) 실제 '살아있는 혼'의 밀거래를 허락하는 러시아정부가 윤리적인 잣대를 들이대며 '죽은 혼'(종잇조각에 기록되어 있는 추상적인 이름들)의 밀거래에 적극적으로 개입한다는 것은 상상도 할 수 없다. 그런데 『죽은 혼』 2부에서 치치꼬프를 인간미가 있는 죄인으로 그리고 러시아정부를 초인간적인 심판관으로 묘사하기 시작하면서 고골은 바로 이점을 완전히 놓쳐버리게 된다. 1부에 등장하는 인물들은 모두가 인간이하의 쓰레기일 뿐 아니라 고골 작품에 자주 등장하는 마귀세계에 살고 있는 악마와도 같은 존재이기에, 누가 누구를 심판한다는 것은 일고의 가치도 없는 일이다.

치치꼬프는 N이라는 마을에 등장하여 지방 유지들과 친분을 맺는다. 그리고 인근 대지주들을 방문하고 그들로부터 헐값에 죽은 혼들을 구입한다. 그가 만나서 거래했던 지주들은 다음과 같다. 경건한 척하며 점잔을 빼는 소바께비치, 나약하고 모든 일에 무관심한 마닐로프, 탐욕스러운 쁠류쉬낀, [좀벌레가 플러시(plush) 천에 구멍을 낼 때 나는 소리(plew-shkin)처럼 발음한다.] 미신세계와 현실세계의 완벽한 혼합물인 <u>꼬로보츠까</u> 부인, 그리고 난폭한 <u>노즈드료프</u>. (시끌벅적하게 떠들면서 남의 일에 참견하는 것을 좋아하는 사기꾼이며, 빠벨 치치꼬프처럼 불쾌한 인물이다.) <u>노즈드료프</u>의 수다와 <u>꼬로보츠까</u> 부인의 경계심은 마을사람들로 하여금 '토실토실하게 살찐 모험가'(our plump adventurer), '시체를 죽도록 사랑하는 우리의 카사노바'(our necrophilous Casanova), '우리의 떠돌이'(our rolling stone), 그리고 '우리의 Mr. 치치꼬프'(our Mr. Chichikov)를 적대시하도록 만든다. 치치꼬프가 어떤 지주와 거래하고 또 다른 지주의 영지로 이동할 때마다 그는 고골이 작품에 끼워 넣은 경이로운 서정적 삽입문구들 — '풍경묘사'(landscape), '확장된 은유'

(expanded metaphor), 그리고 '마법사의 주문'(conjuror's patter) — 중 하나를 이용해서 마을을 빠져나간다. 『죽은 혼』에 관한 논의는 p.99~161 참조.

『죽은 혼』 2부는 단지 1장만이 현존하고 있다.[333] 몇몇 지주들을 방문하던 치치꼬프는 마침내 경찰관들과 마찰을 일으키게 된다. 비록 일부 구절은 훌륭하게 묘사되었지만, 작가의 종교적 메시지가 이 작품을 서서히 죽음으로 몰아넣는다.(p.188)

1842～1848년: 육체와 영적 건강을 회복하기 위해 이곳저곳을 여행함. 그러나 양쪽 다 회복하지 못함.

1847년: 『친구들과의 서신교환선』 발행.(p.182)

1848년 봄: 흐릿한 팔레스타인 순례여행.(p.186)

1848～1852년: 모스크바, 오데사, 바실리예프까(모친의 집이 있는 곳), 그리고 수도원들을 차례로 방문한 후 다시 모스크바로 귀환.

1852년 2월: 고골과의 마지막 만남에서, 험악하고 건장한 마뜨베이 사제는 기운이 없는 병약한 고골에게 "뿌쉬낀을 단념해라! 그는 죄인이며 이교도이다."라고 충고함.

1852년 2월 11일: "그날 밤 고골은 방에서 혼자 오랫동안 기도를 드리고 있었다. 새벽 3시에 그는 시중드는 소년을 불러 맞은편에 있는 방들이 따뜻한지 물어보았다. 당시 고골은 마뜨베이 사제를 광적으로 추종하는 알렉산드르 똘스또이 백작[334]의 모스크바 저택에 머물고 있었

333) 역주: 나보꼬프는 고골이 직접 쓴 『죽은 혼』 2부의 1장만을 인정하고 있다. 나머지 2~4장과 결론장은 고골 사후 지인들이 그의 제작노트를 참고하여 복원한 것이다. 자세한 내용은 김문황, "고골의 『죽은 혼』 연구", 『인문학지』, 충북대학교 인문학연구소, 2010을 참조.

334) 역주: 알렉산드르 똘스또이(Александр П. Толстой, 1801~73) 백작은 마뜨베이 사제와 절친한 사이였고, 1840년대 초반부터 고골을 적극적으로 후원했던 인물이다. 『친구들과의 서신교환선』에는 고골이 알렉산드르 똘스또이 백작에게 쓴 6편의 편지가 실려 있다. 편지의 제목은 다음과 같다. "질병의 의미", "우리의 교회와 성직자에 관한 몇

다. 소년은 그 방들은 따뜻하지 않다고 대답했다. '외투를 가져와라.' 고골이 말했다. '자 가자, 거기 가서 할 일이 있다.' 그는 양초를 들고 지나치는 방마다 성호를 그었다. 고골은 그 중의 한 방으로 들어가서 다른 사람들이 깨지 않도록 조용히 난로의 배기통을 열라고 소년에게 명령했다. 그리고 서랍장 안에 들어있는 서류가방을 꺼내오라고 지시했다. 서류가방을 가져오자 고골은 리본으로 동여맨 사본 묶음을 꺼내 난로 속에 집어넣었다. 그리고 양초를 이용해서 불을 붙이기 시작했다. 무슨 일이 일어나고 있는지 깨달은 소년은 무릎을 꿇고 고골에게 그만두라고 애원했다. (뽀고진은 『죽은 혼』 2부와 3부의 소각에 관해 이렇게 말하고 있다.) '네가 상관할 일이 아니다.' 고골이 말했다. '기도하는 것이 차라리 더 나을 것이다.' 소년은 흐느껴 울기 시작했고, 지속적으로 그에게 그만두라고 애원했다. 고골은 불에 타고 있는 사본 묶음의 귀퉁이가 까맣게 그슬린 것을 보고, 난롯불이 꺼져가고 있다는 것을 알아차렸다. 그는 난로 안에서 사본 묶음을 꺼낸 후 리본을 풀었다. 그리고 연소를 촉진시키기 위해 종이들을 흩어놓고, 다시 촛불을 종이 끝에 갖다 댔다. 그리고는 난롯가 옆에 있는 의자에 앉아 종이들이 다 탈 때까지 기다렸다. 모든 것이 끝나자 고골은 성호를 긋고 자신의 방으로 돌아왔다. 그리고 소년에게 입 맞춘 후 침상에 누운 채 눈물을 흘렸다." 아마도 불행한 느낌과 안도감이 교차했을 것이다.(p.194)

1852년 3월 4일: 사망.(p.19)

마디 말", "같은 주제(교회와 성직자)에 관해", "연극, 연극에 대한 편파적 시각, 그리고 편견에 관해", "러시아를 사랑해야만 한다", 그리고 "러시아를 여행하는 것이 필요하다".